Hans-Ulrich Jörges
Der Kobaltkanzler

Hans-Ulrich Jörges

DER KOBALTKANZLER

Ein deutscher Albtraum

Roman

Osburg Verlag

Osburg Verlag GmbH
Heimhuder Straße 81
D-20148 Hamburg
info@osburgverlag.de

Lektorat: Ulrich Steinmetzger, Halle (Saale)
Korrektorat: Hilke Ohsoling, Lübeck
Umschlaggestaltung: Judith Hilgenstöhler, Hamburg
Satz: Hans-Jürgen Paasch, Oeste
Druck und Bindung: CPI Books GmbH, Leck
Printed in Germany
ISBN 978-3-95510-363-7

Kobalt ist ein silbriges, bläulich-graues Metallerz. Wenn Kobaltsalze und Aluminiumoxid gemischt werden, entsteht ein blauer Farbton. Das Pigment gilt als giftig. Die Farbe Kobalt oder Kobaltblau ist ein mittleres Blau, heller als Navy, aber dunkler als Himmelblau. Es wirkt kühl und autoritär.

1

Frank Möhrenschein, Programmchef des WDR und verlässlicher Erklärer von Wahlergebnissen, saß am Schreibtisch seiner Suite im Hotel Adlon am Brandenburger Tor. Eben, am frühen Nachmittag des Wahlsonntags, hatte er die erstaunlichen Ergebnisse der Nachwahl-Umfragen erhalten. Er schlug im Telefonat mit seinem Intendanten einen geschäftsmäßigen Ton an. »Also nochmal: Es gibt keinen Zweifel mehr. Die AfD ist die mit Abstand stärkste Partei bei dieser Bundestagswahl, und, ja, Sie haben vollkommen Recht, das rührt an die Fundamente unseres Parteienstaates. Und des öffentlich-rechtlichen Rundfunk- und Fernsehsystems. Das ja, seien wir ehrlich, ein Teil des Parteienstaats ist. Nun werden sie uns in allen Gremien an die Gurgel gehen.«

Auch ihm persönlich, das war Möhrenschein klar. Er hatte mal die Rundfunkgebühr als »Demokratiesteuer« bezeichnet. Die AfD, daran hatte er keinen Zweifel, würde diese Karte ziehen. Sie wollte nicht nur die Gebühren abschaffen, sondern auch das öffentlich-rechtliche System als Ganzes. Es hatte unermüdlich gegen die AfD getrommelt.

»Wenn Sie um 18 Uhr nach Schließung der Wahllokale unsere Projektion verkünden, lieber Herr Möhrenschein ...« Der WDR-Gewaltige zögerte, rang um die passenden Worte.

»Ja?« Möhrenschein zog das »a« in die Länge, es machte ihm Vergnügen, den Chef ein wenig zappeln zu lassen. So gut wie der war er schon lange, aber Intendant, das würde er wohl nie werden mit seinem blassen Buchhaltergesicht. Nur für die Verkündung der Wahlergebnisse war keiner so gut geeignet wie er – das feine, eingefrorene Lächeln markierte den Allwissenden, den Über-allem-Schwebenden. Wie die Schlange Ka im Dschungelbuch: Vertraut mir …

»Wenn Sie also rauskommen damit«, nahm der Intendant seinen Faden wieder auf, »seinen Sie betont sachlich. Keine Kritik. Keine Empörung. Kein falscher Ton. Sie berichten rein wissenschaftlich. Mit eisiger Neutralität.« Möhrenschein wollte aufbegehren, doch dann schluckte er seine Widerworte runter. »Wir dürfen«, fuhr der Intendant fort, »keinerlei Angriffsfläche bieten. Die Blauen werden den WDR ohnehin ins Visier nehmen und die Führungsfiguren rauskegeln. Also vermutlich auch uns beide. Es sei denn, wir hätten nach der Wahl unsere Verwendbarkeit in neuer Zeit bewiesen. Der restliche Sender aber wird entgrünt, radikal. Von Rotfunk kann ja längst keine Rede mehr sein. Wir sind Grünfunk, und alle wissen das.«

»Na ja, noch ist nicht alles verloren«, warf Möhrenschein ein, der die Krawatte löste und den Kragen aufknöpfte. »Ohne Koalitionspartner können sie nicht regieren. Ich sehe nicht …«

»Täuschen Sie sich nicht, Möhrenschein«, fiel ihm der Intendant ins Wort. »Ab heute ist das Land ein anderes. Überall wird man darüber räsonieren, ob man sich mit denen einlassen soll. Und überall wird es taktische Absetzbewegungen in Richtung AfD geben.

Also: Sie sind heute Abend weiß wie ein Bettlaken, die Sachlichkeit und Fairness in Person. Falls wir beiden es schaffen, werde ich Ihnen das nicht vergessen.«

Frank Möhrenschein verabschiedete sich knapp, richtete sich auf, rückte nach vorne bis an die Kante der Sitzfläche und stützte die Ellenbogen auf die Schreibtischplatte. Es war 15.12 Uhr an diesem historischen Tag. Vor einer Viertelstunde hatte er die Ergebnisse der Nachfragen erhalten, die Erhebungen unter jenen, die aus den Wahllokalen kamen und nun offenbaren sollten, wem sie ihre Stimme gegeben hatten. Diese Umfragen ergaben: Die AfD war überall in Deutschland, im Osten und im Westen, im Norden und im Süden, bei Männern wie bei Frauen, bei Jungen wie Alten, stärkste Partei geworden. Ihre Wähler verschleierten das nicht mehr, sie bekannten sich. Mit wachsendem Mut. Der Vorsprung der AfD vor der CDU/CSU wuchs beträchtlich. Und wie es aussah, scheuten sich die Wähler auch nicht mehr, ihr Bekenntnis schon beim Verlassen der Wahllokale ohne Zögern zu offenbaren. Das hatte es noch nie gegeben. Früher war das faktische Wahlergebnis der AfD immer beträchtlich höher ausgefallen als die Nachwahl-Umfrage.

Der WDR-Wahlpapst war schon am Samstag von Köln nach Berlin geflogen und hatte sich – zur besonders günstigen Medienrate – im Adlon einquartiert. Man hatte ihm, wie seinem prominenten Vorgänger, der sich überraschend in den Ruhestand zurückgezogen hatte, eine Suite mit ausladendem Schreibtisch gegeben.

Am Morgen hatte er zwei Spiegeleier mit Bacon verspeist, zwei Tassen schwarzen Kaffee und frisch gepressten Orangensaft dazu getrunken, nun schlenderte er, ohne zu Mittag gegessen zu haben, in den nahegelegenen Reichstag, wo die großen Fernsehsysteme der Welt eben ihre Studios bezogen. Es war trocken und kühl. Die verhangene Sonne spendete diffuses Licht. Das gab dem Tag ein magisches Flair. Noch gut zwei Stunden, und er würde Millionen von Menschen eine Sensation verkünden.

Möhrenschein zückte sein Handy und rief seine Frau in Köln an. Die kapriziöse Lady meldete sich nach dem siebten Klingeln. Die schwierige Lady trug ihr Haar, das inzwischen rasant ergraut war, noch im halblangen Schnitt ihrer Jugend. Möhrenschein stellte sich vor, wie sie sich mühsam aus dem Sessel erhob, nachdem sie den halbblinden Pudel aus dem Arm gelegt hatte. Er entschloss sich zu Süßholz. »Liebes«, flötete er ins Telefon, »geht es dir gut?«

Sie giftete zurück. »Untersteh dich und greif einer jungen Kollegin untern Rock. Noch einmal und …«

Möhrenscheins Miene verfinsterte sich, eben durchquerte er das Brandenburger Tor. Ein paar Touristen erkannten ihn und wichen ehrfürchtig zur Seite. »Liebes, du solltest die Sache endlich mal ruhen lassen. Nach fünfzehn Jahren habe ich Anspruch auf Pardon. Das war ein einmaliger Ausrutscher. Die jungen Dinger sind mir zu dumm, das weißt du doch.«

Vor fünfzehn Jahren hatte er im Kölner Sendezentrum eine blonde Schönheit, Anfang zwanzig, in seinem Büro auf dem Schreibtisch rasend vor Begierde bei halboffener Tür penetriert. Die junge Frau stöhnte so laut, dass eine vorbeikommende Sekretärin hereinschaute und mit einem Ausruf des Schreckens davonlief.

Möhrenschein erschlaffte augenblicklich, zog sich aus der jungen Frau zurück und schloss seine Hose. Das rettete ihn nicht. In der Tür erschienen ein Personalrat und die Frauenbeauftragte des Senders. Sie fertigten anderntags ein Protokoll an, und die Sache nahm ihren Lauf.

Möhrenschein kam glimpflich davon, mit einer strengen Ermahnung des Intendanten – aber nur deshalb, weil die junge Frau bei ihrer Einvernahme durch die Gremien beschwor, es habe sich um einvernehmlichen Sex gehandelt, er sei keineswegs übergriffig gewesen. Möhrenscheins Frau erfuhr davon noch am Tag der leidenschaftlichen Tat aus dem Mund der Frauenbeauftragten. Als er nach Hause kam, an der Hose noch die eingetrockneten Spuren der erotischen Aufwallung, befahl sie ihn aufs Sofa und machte ihm in brutaler Offenheit klar, dass sie ihn bei Wiederholung verstoßen würde. Das wäre für ihn zwar eine erotische Befreiung, doch eine existenzielle Wende, denn Gisela Möhrenschein-Puck war die Tochter eines Industriellen, der mit Autozubehör Milliarden angehäuft hatte. Der Programmdirektor des WDR hatte Arbeit gar nicht nötig, er betrieb sein Amt als Hobby. Vor allem, weil es ihm wachsende Popularität eintrug – auf den Spuren von Jörg Schönenborn, der die Aufgabe geprägt hatte und unvergessen war.

Im Reichstag hatte Möhrenschein im Wahlstudio der ARD seine eigene Klause, schäbig eingerichtet, ohne jeden Charme. Ein Kunststofftisch, zwei Stühle, eine Garderobe. Möhrenschein wurde fast übel, als er das vertraute Interieur betrat, das schon sein Vorgänger zusammengetragen hatte. Er verdiente Besseres, doch als Ausweis von Bescheidenheit und Sparwillen war ihm der Schrott aus dem WDR-Fundus gerade recht. Möhrenschein wusste es immer einzurichten, dass ihn einige Kollegen und Politiker in seiner Zelle besuchten. Es sollte sich herumsprechen, wie mönchisch er dem Sender diente.

Der Programmchef ließ sich in den harten Bürostuhl fallen und lauschte den gedämpften Geräuschen des hochlaufenden ARD-Studios. Noch hatte er einen taktischen Vorteil vor allen anderen. Er wusste mehr als sie. Möhrenschein raunte vor sich hin: »Ich wäre ja blöd, wenn ich daraus nichts machen würde.« Für einen Moment starrte er an die Wand, dann griff er zum Handy und wählte die Nummer, die er noch nie gewählt hatte. Das Gespräch wurde augenblicklich angenommen, denn der andere wartete auf Informationen. Franz Hacker war der Rechtsaußen der AfD, ein veritabler Nazi. Aber er war kein Dummkopf, sondern taktisch wie strategisch außerordentlich begabt. Bei einem Umtrunk im Bundestag hatte er Möhrenschein seine Telefonnummer anvertraut.

»Hier ist der bestinformierte Mann der ARD«, lärmte Möhrenschein los, nachdem sich Hacker mit einem knappen Ja gemeldet hatte. »Sie erinnern sich: Möhrenschein.« Die Antwort war ein zweites Ja. »Ich fühle mich an diesem historischen Tag verpflichtet, Sie rechtzeitig zu informieren«, begann Möhrenschein, nun wieder die knäckebrotspröde Sachlichkeit in Person. »Herr Hacker, Ihre Partei ist heute mit großem Vorsprung stärkste Partei in Deutschland geworden. Das sagen uns die Wahlnachfragen vor den Stimmlokalen. Das alte Parteiensystem liegt in Trümmern.«

Hacker schwieg einen Moment, um den Hinweis zu verarbeiten. »Ich danke Ihnen, Herr Möhrenschein. Das ist sehr freundlich von Ihnen. Und wenn wir …« Er unterbrach sich kurz. »Und wenn wir mal über neue Führungsfiguren im deutschen Fernsehen zu bestimmen haben, dann, lieber Herr Möhrenschein, werde ich mich erinnern. Einstweilen: Deutschland mit uns!« Hacker beendete das Gespräch abrupt. Er würde nun viel zu telefonieren haben.

Möhrenschein lehnte sich zurück. Er lag inzwischen fast auf dem Bürostuhl, sein Rücken schmerzte. Das hast du gut gemacht, das war eine super Idee. Nun bist du bei den Siegern der Geschichte. Ich werde es allen zeigen. Diesen Zipfel der Macht lasse ich nicht mehr los. Nun hat mein Leben wieder ein Ziel: Intendant!

Um 17.58 Uhr schob sich Möhrenschein mit tiefgefrorenem, fast unmerklichem Lächeln vor die Kamera. In dieser Rolle kannten ihn inzwischen Millionen. »Meine Damen und Herren, wenn in zwei Minuten die Wahllokale überall in Deutschland geschlossen haben und wir Ihnen unsere Wahlprognose präsentieren, dann werden Sie Zeugen eines wahrhaft historischen Moments. Es sieht nämlich ganz danach aus, als wäre die AfD zum ersten Mal stärkste Partei in Deutschland geworden. Das würde unser Parteiensystem bis in die Grundfesten erschüttern und das Land durchschütteln, wie wir es seit 1945 nicht erlebt haben.« Nun hatte er doch schon dicht vor Schließung der Wahllokale die Katze aus dem Sack gelassen. Auch Wurscht, das würden ihm die triumphierenden Blauen eher zugutehalten.

Möhrenschein wandte sich nach rechts zu der Video-
wand neben seinem Kopf. »Und hier ist sie, unsere Prognose. Die AfD ist stärkste Partei geworden, mit gut
38 Prozent. Die CDU/CSU folgt, weit abgeschlagen, mit
etwa 23. Die SPD stürzt auf neun, die Grünen fallen
auf acht. Die Wagenknecht-Partei bringt es auf etwa
sieben Prozent. Nicht so viel, wie sie sich erhofft hatte,
offenbar nimmt man ihr das Geplänkel mit der CDU
im Osten übel. FDP und Linke werden dem Bundestag
aller Wahrscheinlichkeit nach nicht mehr angehören.«
Im Hintergrund waren Jubelschreie zu hören. Die
Schalte zur Wahlparty der AfD stand schon …

2

Um 18.07 Uhr klingelte bei Johann Korn das Handy. Er hatte sich nach der Prognose der ARD in sein Büro in der Parteizentrale der CDU zurückgezogen und alle anderen rausgeworfen. »Lasst mich einen Moment alleine, ich muss nachdenken.« Hinterm Schreibtisch stützte er den Kopf in beide Hände und starrte durch die breite Fensterfront in die Berliner Nacht hinaus. Das dürfte das Ende sein, das würde er politisch kaum überleben. Tränen füllten seine Augen. Kanzler hatte er werden wollen. Um es seiner Intimfeindin, der abgetretenen Ostschlampe, zu zeigen. Und nun hatte er die CDU förmlich zertrümmert. Weil ihm Henning Förster, Amandus Lebeau und all die anderen Neider wieder mit ihrer unsäglichen Kanzlerkandidaten-Debatte den Teppich unter den Füßen weggezogen hatten. Und dann die unaufhörlich anschwellende Flüchtlingswelle, ungebremst von der Regierung. Ungebremst auch von ihm selbst …

Korn schaute aufs Display des Handys, das ihm den Anrufer annoncierte. Besser: die Anruferin. Bettina Voss, las er. Vor Jahren hatten er und die AfD-Frau die Handynummern ausgetauscht. Für den Fall des Falles … Der war jetzt eingetreten. Korn schob das Handy zur Seite – bis er sich doch einen Ruck gab. Nein, wenn du untergehen möchtest, dann verhalte dich weiter so borniert. Du musst Kontakt halten, kommunizieren, kämpfen. »Frau Voss? Ich gratuliere Ihnen. Sie sind die Siegerin des Tages.«

Korn hörte gedämpfte Stimmen am anderen Ende, dann Voss: »Lieber Herr Korn, es ist ja noch nichts entschieden. Ich möchte Ihnen nur in aller Kürze zurufen: Ziehen Sie keine voreiligen Schlüsse! Schlagen Sie keine Tür zu. Ich wiederhole: Schlagen Sie keine Tür zu! Alles Weitere klären wir in Ruhe.« Korn wollte schon antworten: Niemals, das wissen Sie doch … Aber da war die Leitung tot.

Er sprang auf, streckte die Glieder, fuhr sich mit den Händen übers müde Gesicht. Der langgestreckte Schädel mit den eingefallenen Wangen und den dunkel verschatteten Augen war bleich, fast blutleer, und die wenigen, sorgfältig gekämmten Haare ließen ihn so spießig wirken wie selten zuvor. Er trat ans Fenster und blickte sein Spiegelbild an. Die Schultern hingen herab, er bot ein Bild des Jammers. »Johann Korn«, flüsterte er, »war's das jetzt?«

Dann schüttelte er sich und richtete sich auf. Viertel nach sechs, höchste Zeit, ins Wahlstudio zu eilen, vor die Kameras zu treten und sich auf die Zahlen zu konzentrieren. Vorher aber musste er noch mit seinem Generalsekretär sprechen. Er hatte ihn sofort am Telefon. »Schöne Scheiße, was?«, begann Korn.

»Das kann ich nicht dementieren.«

Der Parteichef fuhr fort: »Was sage ich jetzt?«

Der General hatte Zeit gehabt zum Nachdenken: »Bloß nichts Endgültiges. Kein Rücktritt. Keine Koalition. Keine Selbstgeißelung. Zeit gewinnen ist alles.«

Minuten später stand Korn auf seinem Platz, das Kreuz aus Klebeband zur Markierung seiner Position unter den Schuhsohlen. Bereit für die Pfeile, die ihn gleich durchbohren würden.

Möhrenschein musterte Korn durchdringend. Sprach er hier mit einem Todgeweihten? Der Blick des CDU-Chefs irrte durchs Studio, heftete sich dann glasig an Möhrenscheins Augen. Der filibusterte ein wenig herum, historisches Ergebnis, zertrümmertes Parteiensystem ... Dann wurde er wieder konkret, er konnte nicht ohne Zahlen. »Schauen wir mal genauer auf die anderen Parteien. Die CDU/CSU, die vor vier Jahren schon außerordentlich schlecht abgeschnitten hatte, holt nur noch gut die Hälfte der AfD. Die SPD – nicht zu vergessen: die Partei der Kanzler Brandt, Schmidt und Schröder – ist seit ihrem letzten Wahlergebnis mehr als halbiert, nur noch einstellig. Die Grünen, die sich vor wenigen Jahren noch Hoffnungen auf die Kanzlerschaft gemacht haben, stürzen auf ein Fünftel der AfD. Den Liberalen und den Linken läutet das Totenglöckchen.«

Möhrenschein wandte sich frontal zur Kamera und straffte sein Gesicht zu stählerner Entschlossenheit. »Die Regierungsbildung, das muss jetzt in aller Klarheit gesagt werden, dürfte außerordentlich schwierig werden. Es gibt prinzipiell nur drei Möglichkeiten: Entweder die AfD kann die Union oder die Wagenknecht-Partei für eine Koalition gewinnen. Oder andere Parteien tolerieren eine AfD-Minderheitsregierung. Oder Union, SPD, Grüne und Wagenknecht bilden gemeinsam eine Regierung gegen die Wahlsiegerin AfD. Eine solche ...« Wieder fiel ihm der

17

Intendant ein. Er brach ab und wandte sich zu dem halbrunden Stehtisch, an dem sich schon Bettina Voss, die Kanzlerkandidatin der AfD, und Johann Korn, der Vorsitzende der CDU, in Position gebracht hatten. Voss strahlte, trug ein nachtblaues Samtjackett mit weinrotem Seiden-Einstecktuch über einer strahlend weißen Bluse. Besser konnte man sich nicht kleiden. Korn war bleich. Er trug einen überaus langweiligen dunkelgrauen Anzug mit grüner Krawatte. Zwischen den beiden stand Ines Vollhardt, die Leiterin des ARD-Hauptstadtstudios, ein Kölner Gewächs im dunkelblauen hochgeschlossenen Kleid.

»Frau Voss«, begann Vollhardt, »Ihnen muss man gratulieren zu diesem fulminanten Sieg. Bloß, das ist meine erste Frage, mit welcher anderen Partei wollen Sie eine Koalition eingehen, um ins Kanzleramt einzuziehen? Alle anderen schließen das aus.«

Voss spürte, dass dies ein womöglich entscheidender Moment war. Jetzt bloß keinen Fehler machen! Offen sein! Die Tür öffnen! Für Korn, für wen denn sonst? Als sie in der Nacht aus dem Schlaf geschreckt war, da war ihr exakt dieser Moment im ARD-Studio durch den Kopf gegangen. Eins nach dem anderen, hatte sie sich vorgenommen, du musst argumentieren, nachvollziehbar und sympathisch.

»Liebe Frau Vollhardt«, begann sie, »zunächst mal Dank für Ihre Glückwünsche. Ich möchte hier nicht triumphieren, aber eines doch ganz deutlich machen: Die AfD ist um ein Mehrfaches stärker als jede andere Partei und hat ohne jeden Zweifel den Auftrag zur Regierungsbildung erhalten. Dazu, das ist richtig, brauchen wir einen Partner. Deshalb werden

wir mit den anderen Parteien in Sondierungen ein-
treten, um deren Bereitschaft zur Regierungsbildung
auszuloten. Herrn Korn«, Voss zwinkerte belustigt
über den Tisch zu ihm hinüber, »überbringe ich diese
Einladung schon hier und jetzt.« Korn hatte den Blick
gesenkt und starrte auf einen imaginären Punkt auf
dem Tisch.

»Ich verbinde diese Einladung«, fuhr Voss fort,
»mit der Warnung vor alternativen Koalitionsüber-
legungen der vier anderen Parteien. Eine kunterbunte
Konfetti-Koalition gegen die Wahlsiegerin AfD stünde
unter enormen inneren Spannungen und würde keiner
Partei so sehr schaden wie der CDU/CSU. Die Union
würde darin von den Linken überwältigt und bei der
nächsten Wahl auch noch die Hälfte ihrer verbliebenen
Wähler an uns verlieren. Wir sind die Sieger, lieber
Herr Korn, und wir werden Ihnen ein Bündnis leicht
machen – ein Bündnis, mit dem Sie sich überall sehen
lassen können. Die AfD möchte Deutschland sanie-
ren – nicht verspielen.«

Korn hatte den Blick wieder gehoben, schaute Voss
aber nicht an. Er schwieg, bis Vollhardt die Hoffnung auf eine spontane Replik aufgab und ihn frontal ansprach. »Sie haben das Angebot von Frau Voss
gehört, lieber Herr Korn. Sind Sie zu Sondierungs-
gesprächen mit der AfD bereit?«

»Liebe Frau Vollhardt, Sie kennen die Position
der Union. Wir haben mit unserem Unvereinbar-
keitsbeschluss jede Kooperation mit der AfD aus-
geschlossen. Daran fühle ich mich gebunden …«

Die Moderatorin hatte ein feines Gespür für taktische Mätzchen. »Sie fühlen sich daran gebunden?

Verfechten Sie diesen Beschluss heute nicht mehr aktiv, ganz persönlich betrachtet?«

»Jeder spürt an diesem Abend, liebe Frau Vollhardt, dass sich die politischen Koordinaten in Deutschland grundlegend verändert haben. Darüber gilt es nachzudenken. Nicht nur heute Abend. Auch noch morgen und übermorgen. Mein Denkprozess hat begonnen, das kann ich Ihnen versichern. Aber es gilt unverändert: Für eine Zusammenarbeit mit der AfD …«

Er schaute über den Tisch in die Augen von Bettina Voss. Und die blinzelte ironisch zurück.

»Lassen Sie bitte solche Faxen, liebe Frau Voss! Ich wiederhole: Für eine Zusammenarbeit mit der AfD lässt unser Beschluss kaum Möglichkeiten.«

Vollhardt packte blitzschnell zu: »Kaum?«

Es sollte die Vokabel des Abends werden. Am nächsten Morgen wurde sie in allen Leitartikeln hin und her gewendet.

»Kaum«, das Spiel war eröffnet.

3

Als sich Bettina Voss an der Moderatorin vorbei-
schob, um das Studio zu verlassen und dem mit einem
eigenartigen Kinderclown-Gesicht hereindrängenden
Noch-Kanzler Platz zu machen, beugte sie sich leicht
vor und raunte, nur für Vollhardt vernehmbar: »Rufen
Sie mich bitte an. Hören Sie? Unbedingt. Rufen Sie
mich an.« Die Karte mit ihrer Handynummer schob
sie der Fernsehfrau mit sanftem Druck in die Linke.

Vollhardt nahm die Hand vom Tisch und blinzelte
Voss freundlich zu. »Mach ich.«

Korn hatte das ARD-Studio schon verlassen. Sein
Abend war ein einziger Spießrutenlauf durch die Reihen der Reporter. »Werden Sie zurücktreten, Herr
Korn?« – »Werden Sie Frau Voss treffen?« – »Was
werden Sie Ihrer Partei empfehlen?« Er wich aus,
finassierte, schwadronierte. Bloß keine Festlegungen
heute Abend! Die Journalisten hatten ihn nie
gemocht. Nun verachteten sie ihn. Mit Korn ließ sich
nichts anfangen. Weg mit dem Langweiler!

Um 2.34 Uhr saß er in seinem Dienstwagen und
wies den Fahrer an, ihn nach Hause zu seinem Apartment zu bringen. Der CDU-Generalsekretär wollte in
den Wagen schlüpfen, doch Korn wies ihn schneidend
zurück. »Sie nicht! Nicht jetzt!« Der Abgewiesene ver-
gaß diese Demütigung nie. Du wirst mich noch mal

brauchen, dachte er voller Grimm, und dann schlägt die Stunde der Revanche.

Als die Limousine vom Parkplatz hinter dem Reichstag glitt, konnte sie gerade noch der Menschenmenge entkommen, die sich eben in rasantem Tempo um das Parlament schloss. »Nazis raus!«, »Voss ins Nagelstudio!«, »Hacker an die Wand!« ertönte es in Sprechchören. Steine flogen Richtung Reichstag. Ein Molotow-Cocktail zerbarst am geparkten Audi des Kanzlers und setzt ihn augenblicklich in Brand. Das war das Signal für die Polizei. Martialisch gerüstete Hundertschaften rückten vor – »Knüppel frei!« –, drei Wasserwerfer drängten mit aufheulenden Motoren in die Menge.

Einer verfolgte Fliehende bis zum Brandenburger Tor, als sich einer der Demonstranten umwandte, eine Pistole hob und vier Schüsse auf das Fahrzeug abgab. Der Fahrer wurde durch den Motorraum schräg von unten in die Schulter getroffen, verlor die Kontrolle über das Schlachtschiff und gab reflexartig Vollgas. Der Wasserwerfer schoss nach vorne, beschrieb einen weiten Bogen und drückte einen jungen Mann gegen eine Säule des Brandenburger Tors. Der Stoßfänger zermalmte seinen Unterleib, der Schädel wurde gegen die Säule geschleudert. Das Knacken des Schädels ging im Wutgeheul der Demonstranten unter, die nun nicht mehr davonliefen, sondern kehrtmachten, den Wasserwerfer umzingelten und dessen Besatzung zusammenschlugen, die sich nach draußen kämpfte, um für den verletzten Fahrer Hilfe zu holen. Als die Polizei Verstärkung bekam und einige Uniformierte Warnschüsse in die Luft abgaben, löste sich der Tumult auf, und der Platz vor dem Tor war im Nu menschenleer. Zurück blieben vier verletzte Polizisten, darunter der ohnmächtige Fahrer, und sieben blutende Demonstranten, unter ihnen der ans Tor Gequetschte vor dem Wasserwerfer.

Ähnliche Unruhen gab es an diesem Abend auch in Hamburg, Leipzig und Frankfurt. Etwa 700 000 Menschen waren auf den Beinen. 37 Autos brannten, 242 Personen wurden ernstlich verletzt. Medien beklagten die Rückkehr Weimarer Verhältnisse. Der AfD-Bräunling Franz Hacker forderte bei Demonstrationen die Freigabe von Schusswaffen für die Polizei. Der Noch-Kanzler nannte ihn daraufhin einen »Nazi, so schlimm wie Himmler«.

Währenddessen hatte der ahnungslose Johann Korn im Fond seines Dienstwagens zum ersten Mal Gelegenheit, seine Situation in Ruhe zu durchdenken. Sicher erschien ihm, dass er nur dann im Amt bleiben konnte, wenn die Union Aussicht darauf hatte, einer neuen Regierung anzugehören. Ein Fahrrad, das stehen bleibt, fällt um, dachte er. Halt es in Bewegung, tritt in die Pedale! Für die Koalitionsverhandlungen wäre er unverzichtbar. Lebeau in Düsseldorf? Ein Leichtgewicht. Schick in Kiel? Ein Wegducker. Förster in München? Ein Trickser und Täuscher. Keiner von denen könnte Vertrauen gewinnen. Und er? Wollte er überhaupt weitermachen unter solchen Bedingungen? Sollte er das auf sich nehmen? Korn starrte aus dem Fenster des Wagens, ohne wahrzunehmen, woran er vorbeigefahren wurde. Dann riss er sich empor, stützte die Hände rechts und links ins Sitzpolster, schob das Kinn grimmig nach vorn und presste die Kiefer aufeinander. Nein, diesen Triumph würde er ihr nicht gönnen, der Nägel kauenden Madame, die er endlich, endlich hinter sich gelassen hatte. Sie sollte erleben, dass Johann Korn nicht aufgab, dass er politische Fantasie hatte und wusste, wie die Partei wieder nach oben zu reißen war. Nee, Fräulein, nicht mit mir …

Also: Koalition mit SPD, Grünen und Wagenknecht – oder Tolerierung der AfD? Schwarz-Rot-Grün-Rot erschien zunächst einfacher, leichter zu vermitteln. Doch die Union würde in dieser kuriosen Allparteienregierung zerschlissen werden, noch weiter nach links driften und die Mitte ganz und gar der AfD überlassen. Nein, Schwarz-Rot-Grün-Rot war vergiftet. Ein verhängnisvoller Irrweg in der Geschichte. So konnte er intern argumentieren. Alle würden ihn verstehen – und die meisten ihm wohl folgen.

Zweite Option: Eine Minderheitsregierung der AfD tolerieren? Das könnte plausibel erscheinen. Die Union würde sich die Hände nicht schmutzig machen und könnte die Rechten jederzeit fallen lassen. Programmatisch würde sie nur das mitmachen, was das Land auf Mitte-Kurs hielt. Einerseits. Andererseits wäre die CDU in die Regierungsgeschäfte verstrickt und würde für alles mit haftbar gemacht werden, was die Blauen verbockten. Und er, Korn, wäre der Pate einer mafiosen Konstellation. Bei der nächsten Wahl hatte die Union damit nichts zu gewinnen. Was schiefgelaufen war, würde ihr angelastet. Was gelungen war, würde sich die AfD aufs Konto buchen. »Tolerieren heißt nicht regieren«, brummelte Korn vor sich hin. Das Land … Er musste das Land in den Vordergrund rücken. Stabilität. Vertrauen. Zukunft.

Ja, und schließlich: Koalieren mit der AfD. Ein Wutgeheul würde durch die Medien gehen. Das wäre der schnöde Bruch aller CDU-Beschlüsse zur AfD. Großer, ganz großer Tumult. Einerseits. Andererseits: In einer formellen Koalition ließe sich die AfD unter Kontrolle halten, von Rechtsaußen zur rechten Mitte ziehen. Für ihre faschistischen Wähler also entzaubern. Bei der folgenden Wahl hätten sie das zu büßen, die Klugscheißer.

Aber: Die CDU musste ein paar Schikanen einbauen, mit denen sich der AfD der Schneid abkaufen ließe. Korn grübelte und starrte im Vorüberfahren eine Prostituierte auf dem Gehweg an, die ihren Rock hob und ihn ihr magisches Dreieck sehen ließ. Korn schüttelte den Kopf, als hätte ihn beim Boxen eine harte Rechte getroffen. Blödsinn, denk weiter …

Also, wo war er? Schikanen für die AfD. Auch die würde ein paar stählerne Haken aushalten müssen, wenn sie eine Koalition wollte. Schmerzhaften Verzicht üben. Und da ratterte es auch schon vor seinem inneren Auge vorüber. Erstens, zweitens, drittens. Ja, so würde er es machen – und zunächst mal mit Voss abklären. Gleich am frühen Morgen würde er sie anrufen. Die Vorfreude verkrampfte seinen Bauch. Nein, er war nicht erledigt. Überhaupt nicht. Er würde es allen zeigen. Der Ex-Kanzlerin vor allem, die in dieser Nacht vermutlich schon frohlockte, er wäre erledigt. Für alle Zeiten. Von wegen. Erstick an deinem Gift, ich bin noch da. Und wie!

Zu Hause in seinem Wohnzimmer streckte er die Glieder, bis die Schultergelenke knackten, trank ein Glas Wasser und ließ sich dann auf den lederbezogenen

Stuhl sinken, an den sein Cello gelehnt war. Er liebte das Instrument über alle Maßen, seine warmen Töne, sein poliertes Holz und die immer wiederkehrende Chance, mit dem Cello im Arm alles Aktuelle zu vergessen und ganz alleine, von niemandem gestört oder herumkommandiert im Venezianischen zu schwelgen.

Wie anders war das noch, als er verheiratet war mit der ehrgeizigen, verbitterten, erzkatholischen Frau, die niemals von ihm abließ und ihn immer aufs Neue unter Druck setzte: Du weißt, was dein Ziel ist! Du vergisst es nicht! Du haust alle aus dem Weg, die dir in die Quere kommen! Das Cello hatte sie nicht ausstehen können. Es war ihr zu weich, zu warm, zu verliererhaft. Quietschst du dir schon wieder einen ab, herrschte sie ihn an, wenn er sich zurückziehen und in sich versinken wollte.

Schließlich ertrug er es nicht mehr und schlug ihr mit dem Bogen quer übers Gesicht, als sie sich zeternd zu ihm herabbeugte. Die Spur des Bogens färbte sich feuerrot. Und als sie den Mund öffnete, um zu schreien, kam er ihr zuvor: »Morgen beantrage ich die Scheidung. Verschwinde aus meiner Wohnung, sofort! Deine Mutter wird sich freuen, wenn sie dich wieder in dein Mädchenzimmer stecken kann.«

Das Juristische dauerte zwei Jahre, die Medien verloren rasch das Interesse an dem Fall, und er fand endlich die Ruhe, nach der er sich so gesehnt hatte. Frauengeschichten gönnte er sich von Zeit zu Zeit, doch nie mit ernsthaften Absichten.

Korn nahm das Cello in den Arm, schlug das Notenheft zu, das auf einem Ständer vor ihm lag, schloss die Augen und spielte, was ihm in den Sinn kam. Das

Prelude aus der Cello Suite Nr. 1 von Bach, ein bekanntes Stück. Die Musik durchrieselte ihn angenehm – bis jemand von unten heftig gegen den Fußboden klopfte. Er kannte das böse Ritual schon, der Bürokrat in der Wohnung unter ihm bestand auf Einhaltung der Ruhezeiten und zerklopfte ihm bei Verstößen die Nerven. »Schon gut!«, schrie er, lehnte das Cello wieder gegen den Stuhl und schaltete den Fernseher an, um letzte Nachrichten zu schauen.

Nach dem Wahlsieg der AfD und dem Angebot an die Union folgten Unruhen in diversen Städten. Ein junger Mann, der von einem Wasserwerfer ans Brandenburger Tor geschleudert worden war, hatte schwerste innere Verletzungen und lag im Wachkoma auf einer Intensivstation. Korn erstarrte. Der Märtyrer gegen die AfD! Der Verletzte, der um sein Leben rang, studierte Archäologie und gehörte keiner linken Gruppe an. Er hieß Thomas Kopp. Die Szene nannte ihn Tommi. Noch in der Nacht wurde an vielen Orten in Deutschland die Parole an Hauswände gesprüht: »Rache für Tommi.«

Im ganzen Land herrschten Gottes Gnade und die Faust. Der CDU-Chef bekam in dieser Nacht kein Auge zu.

4

Um Punkt sechs rief er Bettina Voss an, in Unterhose, mit dunklen Schatten um die Augen. Korn fröstelte. Draußen regnete es in Strömen. Spärliches Licht hatte Suizid-Qualität. Voss war sofort am Handy, obgleich sie einen fetten Kater hatte, weil sie die ganze Nacht gefeiert hatte. Gin Tonic hieß das Tier. Korn hatte keine Lust auf Fisimatenten. »Guten Morgen, Frau Voss«, stürmte er los, »wir müssen uns sehen. Rasch. Unter vier Augen. Und vertraulich. Wenn's nach mir geht, schon um sieben. Ich schlage vor, in meinem Bundestagsbüro, da ist so früh noch niemand.« Voss zögerte keinen Moment. »Ich könnte auch schon um halb sieben, hab's nicht weit. Je früher, desto besser …«

Sie klopfte zwei Minuten vor halb an die Tür. Korn rappelte sich mit müden Gliedern auf und begrüßte sie auf der Schwelle. »Nehmen Sie bitte Platz, ich möchte direkt zur Sache kommen. Kaffee?« Die AfD-Chefin entschied sich für einen Espresso und ein Glas Wasser. Als Korn vom Kühlschrank zurückkehrte, sagte er noch im Gehen: »Wir stellen uns mal einen Moment vor, die Union würde mit der AfD eine Koalition bilden, unter einem Kanzler Ihrer Partei …«

»Oder einer Kanzlerin …«

»Darauf komme ich gleich. Das wäre ein wahrhaft historisches Ereignis, das der Union viel abverlangen würde. Wir müssten unsere Brandmauer zu Ihrer Partei abreißen und so viel von unseren eigenen Beschlüssen fressen, dass wir förmlich daran ersticken.«

Korn saß wieder auf seinem Bürostuhl und starrte Voss einen Moment finster an. »Aber wir haben ja vereinbart, wir stellen uns das mal vor.«

Voss wollte etwas sagen, doch Korn stoppte sie mit energisch vorgestreckter Hand. »Hören Sie mir bitte erst mal zu. Die Union darf nicht alleine Opfer bringen. Dann brächte ich das in meiner Partei nicht durch, und Wahlniederlagen in Serie wären programmiert. Auch die AfD muss ein paar schmierige Kröten küssen, und zwar so angeekelt, dass es niemand übersehen kann.«

Er nahm einen Schluck Kaffee und fuhr fort. »Deshalb nenne ich Ihnen drei Bedingungen für ein Bündnis. Die sind für mich unverhandelbar. Sie sagen ja, oder die Sache ist erledigt. Erstens: Nicht Sie, liebe Frau Voss, werden Kanzlerin, sondern … Konrad Frotzeck, Ihr Ehrenvorsitzender. Der war mal in der CDU, hat in Niedersachsen mit einem der unseren gearbeitet, ist ein Bildungsbürger par excellence und kann unsere Wähler beruhigen. Er hat zwar mal die Nazi-Zeit als Rülpser der Geschichte bezeichnet, aber das war eine misslungene Formulierung für das eigentlich Richtige. Er meinte nur, das Dritte Reich war nichts im Vergleich zu tausend Jahren deutscher Geschichte.«

Voss schwieg, sie war in ihrem Sessel zusammengesunken.

»Zweitens, liebe Frau Voss: Nach zwei Jahren, zur Hälfte der Legislaturperiode, wechselt der Kanzler. Die CDU übernimmt, genauer gesagt: ich. Bei der Gelegenheit könnte das Kabinett insgesamt umgebildet werden.

Und drittens: AfD und Union stellen die gleiche Zahl an Ministern. Ich übernehme das Auswärtige Amt. Sie lenken die Regierungsgeschäfte als allmächtige Kanzleramtsministerin an der Seite Frotzecks, der mit seinen über achtzig Jahren nicht mehr der Frischeste ist.«

Korn beugte sich nach vorne und starrte über den Schreibtisch. »Zwei andere Bedingungen möchte ich bei der Gelegenheit gleich noch mit benennen. Deutschland bleibt Mitglied von EU und NATO …«

Nun grätschte Voss ins Gespräch. »Ach, wenn Sie das schon erwähnen … Wir werden die deutschen Beiträge zur EU drastisch kürzen. Und wir werden uns aus dem Sklavendasein unter den Amerikanern lösen und wieder ein aktives, zukunftsoffenes Verhältnis zu Russland aufbauen. Die gesprengte Nordstream-Pipeline wird repariert, und wir importieren wieder billiges russisches Gas, zumindest für unsere Industrie. Das sind unsererseits Bedingungen. Aber was Sie vorgetragen haben, lieber Herr Korn …«

»Ist unverrückbar. Entweder Sie akzeptieren oder unser Kontakt ist gleich wieder vorbei. Ich kann mich ohne Beute nicht bei meinen Leuten sehen lassen. Hopp oder topp, liebe Frau Voss?«

Die blickte nachdenklich auf ihre Hände, die sie im Schoß gefaltet hatte. Dann begann sie zögernd zu nicken. »Gut, wir kriegen das hin. Das sind zwar unheimlich harte Brocken, aber ein Kanzler der AfD wiegt vieles auf. Ich werde es meinen Leuten beibiegen, denke ich.«

»Ich nehme Sie beim Wort, liebe Frau Voss, und werde mit dieser Botschaft am Abend in unsere Präsidiumssitzung gehen. Dort lasse ich abstimmen.

Ich brauche eine belastbare Mehrheit. Und dann heißt es für uns beide: Helm auf zum Gebet!«

Mit einem festen Händedruck gingen sie auseinander. Die Rechte von Bettina Voss schmerzte, denn Korn hatte gewaltige Pranken, und er liebte es, damit Eindruck zu hinterlassen. »Wenn wir Ergebnisse haben, rufen wir uns wechselseitig an«, schickte er ihr hinterher. Sie hob nur den rechten Daumen. Schweigend.

Dann brachte er sie doch noch zum Stehen mit einer halblaut, aber gefährlich gemurmelten Frage. »Ach ja, das interessiert mich noch: Haben Sie eigentlich auch mal mit … mit der … mit der … schönen Linken gesprochen?«

Sie wandte sich wieder um und lief davon. »Ach, wissen Sie, lieber Herr Korn, dieses Rosa-Luxemburg-Double hat mich nie interessiert. Eine grauenhafte Vorstellung, mit der … wie Sie sagen: schönen Linken in einer Regierung zusammengespannt zu sein und täglich ihre Belehrungen anhören zu müssen. Dann lieber ein wirrer Haufen, Verzeihung, wie Ihrer.«

Im Foyer setzte sie sich auf eine Bank und begann nachdenklich auf einem Streichholz zu kauen, das sie aus ihrer Handtasche gezogen hatte. Die Bedingungen für die AfD waren beinhart, aber unterm Strich zählte, dass die Partei den Sprung ins Kanzleramt schaffen und ihre Isolation durchbrechen würde. Frotzeck – und sie an seiner Seite –, vielleicht gar keine schlechte Idee. Und Kanzlerwechsel nach zwei Jahren, das hielt die Union bei der Stange.

Voss warf das weichgekaute Streichholz weg und rief die Schwergewichte ihrer Partei an, einen nach dem anderen, einschließlich Franz Hacker, den Anführer der Rechten. Treffen um 17 Uhr. »Ich habe eine wichtige Information.« Dann las sie auf dem Handy, dass die Grünen schon eine Koalition mit Union und SPD abgelehnt hatten. Weil ein solches Notbündnis die AfD noch stärker machen würde. Das lief ja alles prächtig.

5

In der Minute, als Bettina Voss das Büro Korns verließ, wurde Thomas Kopp in der Charité operiert. Die Chirurgen konnten den gedämpften Lärm der Demonstranten vor dem Gebäude hören, als sie Kopps Schädel öffneten. Es hatte sich darin viel Blut gesammelt, das aufs Hirn drückte und lebensbedrohlich wurde. Sie saugten die Flüssigkeit ab und verschlossen eine Ader mit einer Klemme. Das Hirn war schon geschädigt, das zu erkennen war nicht schwer. Der Demonstrant vom Brandenburger Tor würde vermutlich lebenslang gehandicapt sein.

Dann wechselte das Team der Operateure, und die Neurologen wurden von Internisten abgelöst. Die öffneten den Bauchraum, um die Zerstörungen im Unterleib aufzufangen. Das Bild, das sich ihnen bot, war verheerend. Kopps Blase war geplatzt, der Darm zerquetscht, Nieren und Magen bluteten aus offenen Wunden. Es dauerte sieben Stunden, um die Blase zu flicken, große Stücke aus dem Darm zu schneiden und Nieren wie Magen zu stabilisieren. Kopps Leben stand auf Messers Schneide, als nach der Schädelöffnung auch noch der Bauchraum so lange und heftig bearbeitet wurde. »Gott sei ihm gnädig«, murmelte der jugendlich wirkende Oberarzt, der das Team der Operateure leitete.

Zur selben Zeit, als Thomas Kopp auf die Intensivstation geschoben und an allerlei Maschinen angeschlossen wurde, veröffentlichte die Staatsanwaltschaft eine Pressemitteilung. »Verletzter Demonstrant vom Brandenburger Tor nach Operation noch immer im Koma. Ärzte sprechen von lebensbedrohlicher Lage. Angeschossener Polizist nach medizinischem Eingriff auf dem Weg der Besserung.«

Die Nachrichten wurden von den Demonstranten vor der Charité mit Wutgeheul beantwortet. »Nazis weg! Killt den Dreck!«, wurde zur meistgerufenen Parole. Radio und Fernsehen machten Kopps Schicksal zur Spitzenmeldung, da es aus der Politik noch keine neuen Nachrichten gab. Überall in Deutschland wurden Streifenwagen der Polizei mit Steinen und Brandsätzen beworfen, in Hildesheim taumelte ein Oberwachtmeister brennend durch die Fußgängerzone, bis die Verkäuferinnen eines Schuhgeschäfts das Feuer mit Decken erstickten.

International rückte die deutsche Krise ins Zentrum des Medieninteresses. Die englische »Sun« ging am weitesten mit der Schlagzeile: »Hitlers Enkel sind da!« Der deutsche Aktienindex verlor in den ersten zwei Stunden des neuen Handelstages sieben Prozent. Keiner der interviewten Politiker wusste eine Lösung für das Wahlchaos. Die Grünen wollten einer Notregierung gegen die AfD nicht angehören, die SPD war verstummt und aus der CDU kamen nur hinhaltende Statements. Einzig die AfD war laut und klar: Wir sind bereit!

Thomas Kopp kämpfte derweil seinen letzten Kampf.

Am frühen Nachmittag erschien Johann Korn in der Charité, einen Rosenstrauß in der Hand. Er hatte sich das zerknitterte Gesicht eines hungrigen Hofhundes zugelegt und musste von der Polizei mit gezückten Schlagstöcken eine Gasse durch die Demonstranten gebahnt bekommen. »Sie sollten sich schämen!«, rief er dem heulenden Mob zu, der ihn daraufhin mit einem Hagel von Steinen eindeckte. Einer traf ihn schmerzhaft am Hinterkopf. Aus der Platzwunde quoll das Blut und sickerte in seinen Hemdkragen. Korn erreichte den Eingang der Charité mit letzter Kraft, im Foyer sackte er zusammen. Ihm war übel, er übergab sich auf den kalten Steinfußboden. In die Notaufnahme wurde er geschoben. Sein Kreislauf war so schwach, dass er kaum wahrnahm, was mit ihm geschah. Sein Wahlkreis im Münsterland ging ihm plötzlich durch den Kopf, zum ersten Mal seit der Wahl. Er hatte sein Direktmandat verloren, das er schon Jahrzehnte verteidigt hatte, mit 60 oder 65 Prozent. Korn fröstelte und stürzte in einen tiefen schwarzen Schlund. Er hatte ein Summen im Schädel, das alle anderen Geräusche überlagerte. Als die Platzwunde am Hinterkopf zugetackert war und er eine Weile geruht hatte, kehrte sein Bewusstsein zurück.

Das hier durfte nicht als Niederlage enden! Er hatte sich den Besuch nach dem Treffen mit Voss überlegt. Großmut gegenüber dem Feind, das würde die vereinigte Linke, aber auch seine innerparteilichen Gegner verblüffen. Nun war er sogar noch zum Märtyrer geworden. Korn erhob sich, schüttelte seinen blutbefleckten Mantel zurecht und wandte sich an den Arzt, der ihn betreut hatte. »Ich möchte Herrn Kopp sehen, bitte bringen sie mich zu ihm.«

Man führte ihn auf die Intensivstation, wo er durch ein Fenster den komatösen Studenten liegen sah. Korn blickte eine Weile zu ihm hin, verbeugte sich dann leicht, als wäre er schon tot, wandte sich ab und verließ die Klinik wieder. An der Tür nahm ihn ein Polizeitrupp in die Mitte, kämpfte ihn durch die johlende Menge. »Korn, du Nazi, verpiss dich!«, schrie ihm einer entgegen.

Die Pressemitteilung, die in diesem Moment die CDU-Zentrale verließ, hatte er sich hart verdient. »Korn besucht schwer verletzten Demonstranten in der Charité und wird selbst verletzt.« Die Bilder des CDU-Chefs mit dem blutbesudelten Kragen gingen um die Welt. Aber auch ein zweites Foto faszinierte die Medien. Korn hatte den Blumenstrauß fallen gelassen, als ihn der Stein traf. Ein Pressefotograf hatte die Rosen festgehalten, die von den Demonstranten zertreten worden waren. Welche Symbolik! Versöhnung und Hass …

6

Bettina Voss verfolgte das Schicksal Korns in den Live-News des Fernsehens. Als ihr Entsetzen wich, rief sie Ines Vollhardt an. Sie musste etwas tun, um den schockierten CDU-Chef auf Linie zu halten. Jetzt bloß kein Wankelmut! »Liebe Frau Vollhardt, ich muss Sie heute sehen, sagen wir um drei. In meinem Büro. Ich habe wichtige Neuigkeiten für Sie. Und: Melden Sie schon mal über den WDR einen Kommentar über die Regierungsbildung in den Tagesthemen an.«

Die Journalistin war elektrisiert, putzmunter. »Na, ich bin gespannt.«

Voss ließ sich todmüde aufs Bett fallen. Binnen Sekunden war sie eingeschlafen. Sie erwachte, als es noch gerade Zeit war zu duschen und sich von einem herbeitelefonierten Wagen des Bundestags abholen zu lassen. Als Vollhardt in ihr Büro geführt wurde, hatte sie schon drei Tassen Kaffee getrunken und war wieder auf der Höhe. Sie spürte, wie ihr Herz Tempo aufnahm. Bettina Voss erschauerte regelrecht. Sie spürte, dass sie allein Deutschlands Schicksal in der Hand hielt und dass es auf jeden ihrer Züge ankam.

»Liebe Frau Vollhardt, nehmen Sie Platz. Ich möchte gleich zum Punkt kommen. Ich biete Ihnen ein sehr persönliches Bündnis zwischen uns beiden an. Ich werde Sie, sofern Sie einverstanden sind mit diesem … nennen wir es ruhig: Pakt, fortan regelmäßig und selbstverständlich vertraulich über alles unterrichten, was sich in Sachen Regierungsbildung tut. Aufrichtig und ohne Vorbehalte. Umgekehrt versprechen Sie mir, dass Sie meine Partei und mich rücksichtsvoll behandeln. Keine Hetze, keine Tiefschläge, keine Propaganda.«

Bettina Voss war von sich selbst einmal mehr angetan. Sie war eine Frau der Tat, ohne jeden Zweifel. Nur deshalb war sie an diesem Platz, von dem aus sie das Schicksal Deutschlands, ach was: Europas und der ganzen Welt endlich in die richtige Richtung wenden konnte. Erwartungsvoll fixierte die AfD-Vorsitzende die Journalistin. Ines Vollhardt schwieg, schlug den Blick nieder und rang mit sich, was man ihr ansehen konnte. Dann hob sie den Kopf mit einem Ruck und drängte nach vorne auf die Stuhlkante. Das klang verlockend, aber sollte sie sich wirklich verkaufen? An die Rechten? An Voss? Schließlich fasste sie einen weittragenden Entschluss. »Ach, wissen Sie was? Ich werde das tun. Denn jeder bei den Öffentlichen pflegt so eine Verbindung. Die meisten inzwischen zu Grünen. Nur ich habe noch keinen Deal. Also wage ich den mit Ihnen, denn ich glaube, Sie werden unheimlich an Bedeutung gewinnen und ich kann davon nur profitieren.«

Die beiden Frauen erhoben sich und gaben sich die Hände. »Na dann …« – »Auf geht's …«

Voss sammelte sich einen Moment. Dann entwickelte sie ihren Gedanken. »Sie können heute Abend in der Tagesschau schon mitteilen, dass es vermutlich eine Koalition der AfD mit der CDU geben wird. Erste

Sondierungen waren jedenfalls erfolgversprechend. Aber nicht ich werde Kanzlerin, sondern Konrad Frotzeck übernimmt, der ja aus der CDU kommt und die Partei gut kennt. Ich werde das Koalitionsschiff als Kanzleramtsministerin de facto steuern. Johann Korn möchte das so. Ebenso, dass es nach zwei Jahren, in der Mitte der Legislaturperiode, einen Kanzlerwechsel geben soll. Dann übernimmt die CDU, mit Korn als Kanzler. Und drittens: Beide Parteien stellen die gleiche Anzahl von Ministern, obgleich sie bei der Wahl so unterschiedlich abgeschnitten haben. Das alles macht Korn zur Bedingung, weil nicht nur die CDU Kröten schlucken soll. Und jeder soll das merken. Das muss auch öffentlich werden, denn nur so hat Korn die Chance, sich in seinem Laden durchzusetzen. Insofern diene ich ihm und der gemeinsamen Sache, indem ich Ihnen reinen Wein einschenke.«

Vollhardt hatte sich auf einem Blöckchen Notizen gemacht, nun schaute sie sprachlos auf. Voss fuhr fort. »Ich habe mir außerdem überlegt, dass diese Koalition schon in der Gründungsphase eine Erzählung braucht, ein populäres Siegel, das alle kennen, einen Namen, der für die neue Zeit steht, den nationalen Aufbruch.«

Vollhardt war überrumpelt. Sie verstand nicht recht und starrte Voss an. Die fuhr fort: »Die Farbe unserer Partei ist blau. Die Blauen können wir aber verständlicherweise nicht heißen …« Vollhardt prustete. »Aber sehr bekannt ist kobaltblau. Strahlend und rein. Sie sollten, liebe Frau Vollhardt, Frotzeck als Kobaltkanzler bezeichnen. Und die Koalition als Kobaltkoalition.« Die AfD-Vorsitzende blickte triumphierend über den Tisch. »Gut, nicht?«

Vollhardt zeigte sich beeindruckt: »Das wird einschlagen – und sich festsetzen.« Und sie, dachte sie, würde die Schöpferin des »Kobaltkanzlers« sein und als solche in Erinnerung bleiben. Für die Karriere versprach das einen mächtigen Schub. Die neue Zeit begann überaus ermutigend – für sie persönlich. Ein plötzliches Glücksgefühl durchrieselte sie.

Die Journalistin hatte keine Bedenken, die Idee der AfD-Chefin als ihre eigene anzunehmen.

»Das ist großartig! Herrliche Idee! Ich werde das heute Abend unters Volk bringen. Kobaltkanzler! Ganz Deutschland wird davon reden!« Voss jedoch hatte zwiespältige Gefühle. Denn so wichtig es war, die Fernseh-Frau zu verpflichten, so bitter war es doch, die Idee vom »Kobaltkanzler«, ihre ganz persönliche Eingebung, so selbstlos zu verschenken.

Am Abend sprach Vollhardt, vorm Kanzleramt stehend, den Aufmacher der »Tagesschau«. Es bahne sich eine Koalition an … Und so weiter. Sie schloss mit den Worten: »Die Farbe der AfD ist blau. Kobaltblau. Wenn man so will, entsteht hier nun eine Kobaltkoalition. Mit Konrad Frotzeck als Kobaltkanzler.«

Binnen Minuten raste der Begriff durch die sozialen Netzwerke. CNN nahm ihn ebenso auf wie die BBC. Zum ersten Mal schien die Vorstellung von der rechten Macht etwas Sympathisches zu haben. Strahlkraft.

7

Als der lädierte CDU-Chef den Sitzungssaal betrat, um den Kopf einen mächtigen Verband, steckten Amandus Lebeau und Valentin Schick, seine ewigen Rivalen aus Düsseldorf und Kiel, gerade flüsternd die Köpfe zusammen. Er war sicher: Es ging um ihn, vermutlich um seinen Sturz nach der Wahlpleite. Korn nahm Platz und griff zur Glocke, um Ruhe herzustellen. Es war wenige Minuten nach 19 Uhr. Die Tagesschau hatte die Sensation noch nicht verbreitet.

»Liebe Parteifreundinnen und -freunde, ich möchte diese Sitzung mit einer wichtigen Mitteilung eröffnen.« Das Gemurmel verstummte. »Ich habe heute Morgen die Möglichkeiten einer Regierungskoalition mit der AfD sondiert. Dabei …«

Der einsetzende Tumult schnitt ihm das Wort ab. Schick fuhr von seinem Stuhl hoch und rief: »Unerhört!«

Lebeau sekundierte: »Das ist Verrat an unserer Partei! Und Betrug an uns!«

»Haben wir nicht über Jahre von einer Brandmauer zwischen uns und der AfD gesprochen?«, fuhr Schick fort. »Wissen Sie überhaupt, was eine Brandmauer ist? Sie muss felsenfest stehen und jede Ausbreitung von Flammen verhindern. Die AfD steht für uns jenseits und ist damit unerreichbar. Die Wähler müssen sich entscheiden zwischen uns und denen. Wenn wir anfangen, Lücken in die Brandmauer zu brechen, bieten wir taktischen Wählern jede Gelegenheit, hin und her zu jonglieren und uns nach rechts zu zwingen. Wollen wir das?«

»Das wäre eine Katastrophe«, stimmte Lebeau wieder ein. Er kam nicht dazu weiterzusprechen. Ein ohrenbetäubendes Toben im Saal erstickte seine Rede. »Verrat!«, war zu hören. Oder »Wahnsinn!« und »Lüge!« Einige Funktionäre waren aufgesprungen. Andere simsten die Neuigkeit von den Turbulenzen in der CDU-Führung nach draußen. »CDU-Chef unter schwerem Beschuss«, meldete dpa.

Korn saß kerzengerade und wartete eine Weile, bis sich der Lärm gelegt hatte. »Lassen Sie mich erklären …«

Der Generalsekretär fiel ihm ungefragt ins Wort und fuhr fort: »Lassen Sie bitte mich erklären, warum und mit welchem Ergebnis sich der Parteivorsitzende zu diesem Schritt entschlossen hat. Haben Sie ein Einsehen, dass er mit seiner Kopfverletzung nicht voll aktionsfähig ist im Moment. Also bitte: Eine Koalition mit SPD, Grünen und Wagenknecht, drei linken Parteien also, wäre ungemein schädlich. Sie würde für die CDU weitere Stimmenverluste an die AfD bedeuten.«

»Halt die Fresse, Kleiner!«, rief jemand von hinten. Es war nicht auszumachen, wer es war.

»Wie Herr Korn kenne auch ich unsere Beschlusslage, die braucht uns niemand vorzubeten. Aber es gilt nun mal: Tempora mutantur, nos et mutamur in illis. Die Zeiten ändern sich – und wir uns in ihnen. Die AfD als stärkste Partei, das erfordert die Abkehr von Beschluss-Routine.«

Nun übernahm Korn wieder: »Wir müssen Deutschland regierbar halten, und wir müssen die AfD zu Kompromissen zwingen, die ihre Wählerschaft enttäuschen.« Er ließ die Augen durch die Reihen wandern, dann fuhr er fort. »Und, das ist nicht weniger wichtig, wir müssen unsere Partei im Spiel halten, an der Macht!«

Wieder erhob sich Murren, durchsetzt von dem Ruf: »Zurücktreten!«

»Ich bin noch nicht fertig, meine Freundinnen und Freunde. Ich habe Frau Voss, mit der ich sondiert habe, drei Bedingungen für ein Bündnis genannt, die der AfD einiges abverlangen und schon mal etwas Glanz von ihrem Sieg nehmen. Diese Bedingungen, diese aus AfD-Sicht glitschigen Kröten, müssen dem Publikum vorgeführt werden.«

Der General fiel ein: »Das werde ich übernehmen! Bitte, Herr Korn …«

»Erstens: Nicht Voss wird Kanzlerin, sondern Konrad Frotzeck, den wir als nationalkonservativen Bildungsbürger aus unserer Partei gut kennen. Zweitens: Die Kanzlerschaft geht nach zwei Jahren an uns über, konkret: an mich. Und drittens: Wir bekommen so viele Minister wie die AfD. Es versteht sich, ich erwähne das nur der Vollständigkeit halber: NATO und EU bleiben unberührt. Frau Voss hat nach Luft geschnappt, aber sie wird ihrer Parteiführung unsere Bedingungen vortragen. Ich nehme an: Die akzeptieren.« Korn schaute triumphierend in die Runde. Das war ein Coup, damit hatte keiner gerechnet. Der General applaudierte theatralisch.

Doch es erhob sich Widerspruch. »Ich bleibe dabei«, wandte Schick ein, »dieser Alleingang ist unerhört. An der Seite der AfD würden wir Prozesse in Gang setzen, deren Ausgang unkalkulierbar ist. Wir riskieren nicht nur unsere Partei, wir riskieren auch Deutschland.«

»Nein, wir riskieren gar nichts!«, antwortete Korn. »Ganz im Gegenteil: Wir kehren an die Macht zurück, ins Kanzleramt nämlich.«

Lebeau sprang auf: »Ich beantrage eine Abstimmung über folgenden Antrag: Das Präsidium der CDU entzieht Johann Korn das Vertrauen und erwartet seinen sofortigen Rücktritt. Das Präsidium lehnt ein Bündnis mit der AfD in jeder denkbaren Form ab.«

Es war, als hätte jemand eine Handgranate in den Saal geworfen. Die Präsiden sprangen auf, schrien und gestikulierten. Bis sich Hendrik Krammer, der Sachse, mit einem schrillen Aufschrei Gehör verschaffte. »Ich stelle folgenden Antrag dagegen: Das Präsidium der CDU spricht Johann Korn sein Vertrauen und seine Anerkennung für die Sondierungen mit der AfD aus. Es bevollmächtigt den Vorsitzenden, diese Bemühungen mit dem Ziel einer Koalitionsvereinbarung fortzusetzen.«

Korn blickte in die Runde, es war plötzlich ganz still geworden. »Ich habe nicht den Eindruck, dass eine weitere Diskussion gewünscht wird. Deshalb stelle ich die beiden Anträge zur Abstimmung. Zuerst den weitergehenden, der mich zum Rücktritt auffordert. Ich denke, in dieser Konfrontation ist es richtig, offen abzustimmen. Wer für diesen Antrag ist, den bitte ich die Hand zu heben.«

Siebzehn Präsiden waren anwesend, sieben hoben die Hände. »Und nun der Antrag von Hendrik Krammer. Wer stimmt dafür?« Wieder sieben Hände, dann folgte zögernd eine achte, die von Johanna Senn aus Rheinland-Pfalz. »Enthaltungen?« Zwei Präsiden aus Nordrhein-Westfalen hoben die Hände. Sie ließen also Lebeau, den Mann aus ihrer Heimat, im Stich.

»Damit, liebe Freundinnen und Freunde«, trompetete der General, »verbleibt Johann Korn im Amt und setzt die Sondierungen mit der AfD fort. Ich bitte das Präsidium, ihm zwei Mitglieder aus seinen Reihen an die Seite zu …«

Lebeau unterbrach, beugte sich weit über seinen Tisch und platzte heraus: »Damit kann ich nicht leben. Ich empfinde dies als Vergewaltigung unserer Partei. Deshalb erkläre ich meinen Rücktritt als Ministerpräsident und CDU-Landesvorsitzender von Nordrhein-Westfalen. Ich werde auch die CDU verlassen und behalte mir die Gründung einer neuen Partei mit den alten Werten der Christdemokratie vor.«

Das Tosen im Saal ging in ein Heulen über.

Umso gesitteter tagte die AfD-Führung. Voss hatte nicht den gesamten Vorstand geladen, das war zu kurzfristig, sondern nur den harten Kern, der in Berlin und Brandenburg greifbar war. Man traf sich im Reichstag.

Mit Frotzeck und Hacker hatte Voss zuvor schon telefoniert. Frotzeck war beseelt von der Aussicht auf seine Kanzlerschaft. Damit würde er seine alte Rechnung mit der Ex-Kanzlerin begleichen. Die Frage nach seiner Gesundheit wischte er vom Tisch. »Ein bisschen was mit der Prostata, wie bei älteren Herren üblich, aber nichts Dramatisches.«

Voss erwischte Hacker beim Ordnen von Nazi-Devotionalien. Er saß vor einer Vitrine, die voll davon war. Ein Fan hatte ihm die Hakenkreuz-Armbinde eines Gauleiters geschickt, oben und unten mit goldenem Eichenlaub bekränzt, außerdem eine historische Erstausgabe: »Mit Adolf Hitler auf Festung Landsberg. Nach Aufzeichnungen des Mitgefangenen Oberleutnant a. D. Hans Kallenbach«. Eine Erstausgabe von 1933. Hacker hörte sich die Nachricht der Vorsitzenden schweigend an und zerstreute ihre Bedenken. »Von mir haben Sie keinen Widerstand zu erwarten. Im Gegenteil, ich gratuliere Ihnen. Ich komme.«

In der Sitzung ergriff er nach der Einführung durch Voss gleich das Wort. »Ich werde für diese Lösung stimmen. Sie scheint uns viel abzuverlangen, aber das gilt nur bei oberflächlicher Betrachtung. Konrad Frotzeck ist geradezu eine präsidiale Erscheinung. Sehr beruhigend für Leute mit drückender Blase. Entscheidend ist nur eines: Wir rücken ins Kanzleramt ein!« Heftiger Applaus antwortete ihm. »Wer hätte gedacht, dass das so einfach gehen würde?«

Hacker drückte das Kreuz durch und verfiel in leicht schnarrenden Ton. »Und was immer wir mit der CDU aufschreiben – es gilt: Der Bundeskanzler bestimmt die Richtlinien der Politik. Wir werden zeigen, wo's langgeht. Und Herr Korn wird seine Zunge verschlucken. Zwei Jahre hältst du doch durch, Konrad, oder?«

Frotzecks Gesicht war zart gerötet, er stand vor dem Gipfel seines Lebens. »Zur Teufelsaustreibung«, scherzte er, »werde ich einen Marschallstab aus dem Frankreich-Feldzug durchs frühere Büro der Kanzlerin tragen.« Die Runde johlte. »Die beiden Jahre reite ich nicht nur auf einer Backe ab, ich werde sie auch mit aufregenden Impulsen füllen. Um eines möchte ich dich aber noch bitten, Franz: Schau, dass deine Leute die Füße stillhalten. Keine Fackelzüge, kein Heil Hitler! auf dem Marktplatz, keine Schlägereien mit Chaoten! Wenn jetzt jemand marodiert in Deutschland, ist es die Linke. Wir nicht!« Hacker nickte fast unmerklich.

Und obgleich es nicht abgesprochen war, formierten sich alle zu einer Reihe, um Voss und Frotzeck nacheinander die Hände zu schütteln.

In diesen Minuten verließ Johann Korn die CDU-Zentrale, und als er eben im Begriff war, in seinen Wagen zu steigen, fiel ihm schaudernd ein, dass er vergessen hatte, den CSU-Chef zu informieren. Er hatte ihn kaum am Handy, da kam der andere auch schon grußlos zur Sache. Ruppig, in erregtem Ton. »Verschluck deine Worte, Johann. Ich brauch sie nicht. Und dich auch nicht. Was du mir vergessen hast mitzuteilen, hab ich eben in der Tagesschau gesehen. Kobaltkanzler, schon gehört?«

»Verzeih bitte, Henning, ich …«

»Du kannst auch künftig alleine agieren. Eurer Kobaltkoalition wird sich die CSU nicht anschließen. Wir setzen uns in Bayern die AfD nicht in den Pelz. Wir werden sie hier bekämpfen, was immer ihr auch in Berlin treibt. Aber du brauchst dir nicht in die Hose zu scheißen: Die CSU wird im Bundestag mit euch stimmen, sofern wir mit euren Beschlüssen einverstanden sind. Sind wir es nicht, müsst ihr euch eure Mehrheit wer weiß wo suchen. In der größten Not werden wir euch aber schon nicht fallenlassen.«

»Henning, bitte überstürz nichts, lass uns in Ruhe darüber …«

»Ich rede nicht über Beschlüsse, die schon gefallen sind. Du meinst, ich bin beleidigt? Ja, das bin ich. Auch. Aber wenn ich an Bayern denke, kann ich Franz Josef Strauß nicht vergessen: Rechts von der CSU darf es keine demokratisch legitimierte Partei geben. Du, lieber Johann, hast FJS derart misshandelt, dass er im Grab rotiert. Und nun, verzeih bitte, muss ich weiter telefonieren, um meine Partei zusammenzuhalten.«

Johann Korn sackte das Blut in die Füße. Verdammt, wie hatte er den bloß vergessen können? Nun stand nicht nur Lebeaus Drohung mit der Parteigründung im Raum, nun zerbrach auch noch die Gemeinsamkeit mit der CSU. Von Schwesterparteien konnte jedenfalls keine Rede mehr sein, wenn die eine der Regierungskoalition angehörte, die andere aber nicht. Jetzt, Korn erbleichte, ging es um alles. Auch um seinen Kopf. Es blieb nur eine Lösung: alles auf eine Karte, Tempo aufnehmen, nach vorne!

8

Die Verwüstungen in der Union waren ungeheuer. Durch die Verweigerung der CSU war nicht nur die politische Gemeinschaft von CDU und CSU zerstört, auch die Fraktionsgemeinschaft im Bundestag war faktisch aufgelöst. Die Union fand sich auf einer gefährlichen Rutschbahn wieder, und die Fahrt ging rasend bergab. Nicht abzusehen, wo das enden würde. Der General war in allen Sendern und Blättern unterwegs, doch er drang kaum durch. Die CSU beraumte einen Sonderparteitag an. Jeder wusste: Es würde um die bundesweite Ausbreitung der bislang bayerischen Regionalpartei gehen – und umgekehrt um den Einmarsch der CDU in Bayern. CDU und CSU würden damit von verbündeten zu gegnerischen Parteien. Schon formierte sich aber bei den Christsozialen Widerstand gegen Försters Kurs, denn der konnte am Ende die Macht in Bayern kosten.

Die CDU wurde von einer fatalen Austrittswelle heimgesucht. Binnen vier Tagen hatten mehr als 37 000 Mitglieder Abschied genommen. Ganze Ortsverbände und Parlamentsfraktionen erklärten ihren Austritt. Die CDU Holzminden trat geschlossen aus und gründete, um ein Auffangbecken zu schaffen, die »Partei der Mitte« (PdM). Man bot Lebeau an, den Vorsitz zu übernehmen. Andernorts wurde das Modell übernommen. Die CDU hatte plötzlich

Konkurrenz aus den eigenen Reihen. Vielfach. Aber nicht überall. Es gab auch eine Gegenbewegung jener, die Korn ergeben folgten und argumentierten, jede Zeit müsse ihre eigenen Lösungen suchen. Die Ost-CDU stand geschlossen hinter dem Vorsitzenden, vor allem jene in Sachsen. Dennoch gab es auch dort Austritte.

Bei der AfD verlief die Entwicklung genau umgekehrt. In einer knappen Woche wurden über 40 000 Neu-mitglieder registriert. Das waren mehr, als die Partei vorher gehabt hatte. Man sprach von »September-gefallenen«, in Anlehnung an die »Märzgefallenen«, jene Opportunisten, die 1933 nach der Reichstagswahl im März in die NSDAP gedrängt waren. Sie witterten Wendebeute, Karrierechancen. Und viele von ihnen sollten die auch bald bekommen. Die AfD begann Listen jener zu führen, die nach Regierungsantritt an strategisch wichtigen Stellen im Staatsdienst Position beziehen sollten.

Rechtsextreme Schläger und unverhohlene Nazis waren im Straßenbild indes kaum auszumachen. Hacker hatte auf die Bremse getreten, hatte alle seine Kontakte spielen lassen. »Ich ordne an«, eröffnete er dem Ortsführer der »Nationalen Erhebung« in Gotha, »dass alle Gliederungen unserer Bewegung öffentliche Aufmärsche unterlassen, so lange die AfD über eine Koalition verhandelt. Danach werde ich, jetzt bitte herhören, ein Signal für die Rückkehr der Bewegung auf Straßen und Plätze geben. Ihr werdet dieses Signal nicht verpassen, Kameraden!« Der Ortsführer gab ein knappes »Zu Befehl!« zurück.

Es sollte unbedingt verhindert werden, dass Korn und seine CDU im letzten Moment noch kalte Füße bekamen. Nur vereinzelt taumelten nachts noch betrunkene Nazis über Straßen und Plätze und grölten »Die Fahne hoch …« Auch Hacker konnte indes nicht verhindern, dass die Ungeduldigen Spuren ihrer Seligkeit hinterließen. Hakenkreuz-Schmierereien verunstalteten vor allem die Orte in der Provinz. In Dessau wurde nachts die neue Synagoge durch eine Benzinbombe in Brand gesetzt. Die beiden Polizisten in dem Streifenwagen vor der Tür waren eingeschlafen.

Weitaus aktiver zeigte sich hingegen die Antifa. AfD-Abgeordnete und Parteibüros wurden von Maskierten überfallen. In Leipzig wurde der Ortsvorsitzende zusammengeschlagen und durch Tritte gegen den Kopf schwer verletzt. »Tod den Nazis« wurde überall in Deutschland auf Wände, Türen und Straßen gepinselt. Als überaus populär erwies sich ein Aufkleber an Laternenpfählen. »An dieser Laterne könnte ein Nazi hängen«.

Deutschland fühlte sich zurückgebeamt in die frühen dreißiger Jahre. Die Medien konnten die Nachrichtenflut kaum bewältigen. Die Kommentierung drehte langsam, ganz langsam in Richtung Kobaltblau. Frotzeck gab ein erstes beruhigendes Interview in der »Zeit«. Kernaussage: »Ich werde ein Kanzler für alle Bürger sein.« Der Chefredakteur rief in einem Leitartikel dazu auf, dem »Kobaltkanzler« eine Chance zu geben. Frotzeck sei kein Hitler.

In den ausländischen Medien sah man das zumeist ganz anders. Vergleiche mit der NS-Zeit, mit den Anfängen des Faschismus, waren üblich. Vor allem in den USA und Großbritannien. Ausnahmen gab es nur in Frankreich, Spanien und Italien, wo schon Nachgeburten des eigenen Faschismus regierten. Israel war naturgemäß aufs Äußerste alarmiert. Gruppenreisen nach Deutschland wurden verboten, Flugverbindungen eigener Airlines vorerst eingestellt. Frotzeck wurde in Kommentaren teils unflätig beleidigt.

Die deutsche Wirtschaft zeigte sich alarmiert. Die Exporte schrumpften schon, deutsche Autos wurden in den USA kaum noch verkauft, zumal das Weiße Haus den deutschen Herstellern wieder einmal Dumpingmethoden vorwarf. Frotzeck nahm sich vor, schnellstmöglich nach Washington zu reisen.

Hinter verschlossenen Türen wurde in den Vorständen der Dax-Konzerne diskutiert, ob man das Land verlassen solle, sofern Frotzeck zum Kanzler gewählt würde. Bei SAP, dem Software-Giganten, war das schon ausgemachte Sache. Man würde die Konzernzentrale nach Los Angeles verlegen. Bei Daimler-Benz, Audi und Siemens dachte man an New York. BMW indes entschied sich dagegen, weil das Unternehmen einfach zu eng mit Deutschland und Bayern verbunden war.

Der Chef der Deutschen Bank, die schon vor Jahrzehnten daran gedacht hatte, Deutschland zu verlassen und sogar den Namen zu ändern, ließ sich an einem späten Abend mit Johann Korn verbinden. Er saß in Frankfurt an seinem Schreibtisch, hatte gedämpftes Licht eingeschaltet und ließ den Blick über die beleuchtete Silhouette der Main-Metropole gleiten. Vor sich hatte er ein Glas exzellenten spanischen Rotwein, den ihm der König vor Jahren in Madrid geschenkt hatte.

»Herr Korn, ich grüße Sie. Hoffe, es geht Ihnen persönlich gut in dieser überaus turbulenten Zeit.«

»Sie wissen ja, lieber Herr Schnyders, dass mein Kopf immer noch ein wenig lädiert ist. Aber politisch betrachtet, sind fordernde Zeiten auch befriedigende Zeiten …«

»Na ja, lieber Herr Korn, ich möchte Ihnen gerne etwas mit auf den Weg geben, muss Sie aber zunächst mal darum bitten, unser Gespräch strikt vertraulich zu behandeln.«

»Versprochen, lieber Herr Schnyders. Legen Sie los.«

»Sie sollen wissen, dass in den Vorständen einiger großer Dax-Konzerne darüber nachgedacht wird, wegen der Kobaltkoalition, sofern sie denn ins Amt kommt, das Land zu verlassen. Diese Erörterungen und Erkundungen sind sehr ernst zu nehmen. Für Deutschland aber würde das bedeuten, dass das Land nie wieder die ökonomische Bedeutung erlangt, die es mal hatte.«

»Ich muss das ernst nehmen, was Sie mir sagen, lieber Herr Schnyders, aber ich bitte Sie auch, eine Botschaft von mir in die umgekehrte Richtung zu vermitteln.«

»Für meinen Geschmack, lieber Herr Korn, gehen Sie zu leicht über meine Warnung hinweg. Wenn die Crème der deutschen Wirtschaft aus dem Land flüchtet, ist Ihre neue Regierung augenblicklich erledigt, wirtschaftlich jedenfalls …«

»Das ist mir klar, lieber Herr Schnyders. Aber ich sehe keine vernünftige Alternative. Isolieren wir die AfD erneut, um eine Lumpensammler-Koalition zu bilden, wird sie nach der nächsten Wahl gar keinen Koalitionspartner mehr brauchen.«

»Mag sein, Herr Korn, mag sein. Aber was sagen Sie zur heutigen Situation?«

»Verlassen Sie sich darauf, dass wir die AfD zur Mitte ziehen werden. Wir werden sie zivilisieren – und korrumpieren durch die Freuden der Macht. Wenn ich nach zwei Jahren erstmal Kanzler bin, wird Ihnen das Heute erscheinen wie ein ferner Spuk. Und wir werden die Linke historisch zertrümmert haben.«

»Ich höre das gerne, lieber Herr Korn. Aber ich erinnere Sie daran, dass das 1933 schon einmal versprochen wurde, als sich die Konservativen mit Adolf Hitler eingelassen hatten. Wie es hieß, um ihn zu zivilisieren. Und als der Nazi-Spuk samt Krieg vorüber war, war die Linke keineswegs historisch zertrümmert, sondern den Kommunisten gehörte halb Deutschland, ja halb Europa.«

»Geschichte wiederholt sich nicht, lieber Herr Schnyders. Die AfD hat keinen Adolf Hitler. Ihre Leute sind Blasslinge.«

»Ihre aber auch, lieber Herr Korn. Die AfD ist nicht zu zähmen, sondern nur zu zwingen. Tun Sie das bitte!« Schnyders wurde zornig. »Hören Sie auf die Warnungen von Freunden. Sie sind auf einem falschen, auf dem gefährlichen Weg!«

Als Korn Luft holte, um zu antworten, hörte er, wie der andere grußlos aufgelegt hatte.

9

Thomas Kopp war immer noch nicht aus dem Koma erwacht. In der Charité war er mehrfach operiert worden, aber nicht mit durchschlagendem Erfolg. Man hatte ihm ein zweites Mal den Schädel geöffnet, um den Druck einer Blutblase aufs Gehirn zu beseitigen. Aber es blutete nach. Noch komplizierter waren die Verletzungen in Bauch und Unterleib. Eine Niere musste entfernt werden, weil sie zu stark zerquetscht war, ebenso ein Teil des Magens und große Stücke aus dem Darm. Die Blase erwies sich als unrettbar und musste durch einen künstlichen Ausgang ersetzt werden.

»Tommi« stand noch immer geschrieben, variiert durch »Rache für Tommi« oder »Tommi lebt – noch«.

Dieter Dengler verfolgte die Pressekonferenz von Johann Korn live auf Phoenix. Er hatte den arroganten Pinsel noch nie ausstehen können, jetzt wirkte er wie die Fratze des kobaltblauen Kapitalismus.

»Wir werden Deutschland stabilisieren und mit ruhiger Hand auf Kurs halten«, verkündete er. »Niemand braucht sich zu ängstigen, weder in Deutschland noch im Ausland. Die dreißiger Jahre kehren nicht wieder.«

Dengler war IT-Entwickler und arbeitete für eine kleine Klitsche im Home-Office. Nicht weit vom Berliner S-Bahnhof Schöneweide. Der Job erleichterte es ihm, in einem Netzwerk der Antifa verdeckt zu

kommunizieren und kurzfristig Aktionen zu ver-
abreden. Neulich erst hatten sie der brandenburgischen
AfD das Dach überm Kopf angezündet und vier ihrer
Funktionäre zusammengetreten. Liebevoll pflegte
Dengler seine Springerstiefel und die ausfahrbare
Stahlrute, mit der man einen Menschen eins, zwei,
drei erschlagen konnte. Er hatte schon in der Schule
den Unterricht über die NS-Zeit gierig inhaliert und
sich geschworen, es nicht wieder dazu kommen zu lassen. Zu Genossen, die er im Studium kennengelernt
hatte, hielt er noch heute verdeckten Kontakt. Man traf
sich gelegentlich in einer Bierpinte am Bahnhof und
besprach, wo es Spaß machen würde zuzuschlagen.
»Tod den Faschisten!« Wo immer sie unterwegs waren,
hinterließen sie ein rotes Antifa, durch eine Schablone
an die Wand oder auf den Fußweg gesprüht.

Dengler ließ sich zurücksinken in seinen Sessel. Frotzeck und Korn, der kobaltblaue Putsch, das war der
Alarmfall. Schlimmer konnte es nicht mehr kommen.
Das war wie 1933. Jetzt galt es. Jetzt musste alles aufgeboten
werden. Aller Mut, alle Opferbereitschaft, alle Gewalt.
Wenn sie ihn erwischten und an die Wand stellten – na,
dann war es eben so. Später, da war er sicher, würde man
eine Straße oder einen Platz nach ihm benennen.

Nur: Er musste ganz groß denken. Keine Tretereien
vor dem Bahnhof mehr. Keine gebrochenen Nasen.
Man musste ganz oben einen an der Gurgel packen.
Erwürgen. Totschlagen. Ersäufen. Hauptsache, es war
ein Fanal, das rund um den Globus wahrgenommen
wurde. Und das andere zum Widerstand lockte. Zur
Vernichtung dieses Packs, bevor es einen selbst ver-
nichtete. Dengler schlich in die Küche und holte ein Bier

aus dem Kühlschrank. Ließ sich wieder in den Sessel fallen und hörte sich das opportunistische Geschwätz der Kommentatorin an. So war es in den Dreißigern auch gelaufen. So knieweich und ergeben waren sie immer, die Pressefuzzis, wenn es darauf ankam.

Er aber nicht, er würde sich nicht ergeben. Er würde Widerstand leisten. Mit allem, was er aufbieten konnte. Und sei es sein Leben. Zunächst aber musste er sich aktionsfähig machen. Er wusste auch schon, wie und gegen wen.

Am folgenden Tag rief Dengler seinen alten Freund Ralf an. Der war zwei Jahre vor dem Abitur am Gymnasium gescheitert und hatte bei einer Sicherheitsfirma angefangen. Das war einfach, man brauchte keine Ausbildung, ein wenig Bodybuilding reichte, um den Chef bei Laune zu halten. Dengler sah seinen Kumpel nur noch gelegentlich im Fitness-Studio. Mit dem Job war Ralf politisch nach rechts gewandert, doch er bewunderte auch Denglers abenteuerliches Leben, von dem der ab und zu erzählte.

»Ralf, ich brauche deine Hilfe. Können wir uns sehen? Morgen Abend vielleicht, in der Bierpinte am Bahnhof?« Es passte und am nächsten Tag saßen sie sich bei einem Pils gegenüber. »Ralf, du musst mir eine Waffe besorgen. Ich hab damit nichts vor, will mich nur schützen vor Angriffen von Nazis. Die haben mich schon zweimal überfallen und zusammengeschlagen.«

Der Freund starrte in sein Bier und schwieg lange, bis er zögernd antwortete. »Ich hab keine Waffe. Aber ich könnte eine von einem Kollegen kaufen. Der hat mir das schon einige Male angeboten. Er hat über Jahre ein paar zur Seite geschafft. Aber das kostet …

Ich könnte ihm tausend Euro bieten. Denke, der Deal wäre dann sehr schnell abzuwickeln.«

Dengler saugte die Luft geräuschvoll ein und blies die Backen auf. »Tausend Euro? Das ist happig …«

Sein Freund fiel ihm ins Wort. »Billiger geht's nicht. Entweder – oder.« »Na gut, dann kann ich eben nächstes Jahr nicht in Urlaub fahren. Ist auszuhalten. Gut, dann machen wir das so. Besorg das Ding. Das Geld gebe ich dir dann bar auf die Hand. Wann sehen wir uns wieder?«

Sie verabredeten sich zwei Tage später am selben Ort. Ralf trug einen großen Bildband in der Hand, als er die Kneipe betrat. »Im Paradies: Griechische Inseln«, las Dengler. Der Freund schob ihm das Buch über den Tisch. Dengler schlug es auf. Die Seiten waren zusammengeklebt, nur in der Mitte ließ es sich ·aufschlagen. Mit einer Rasierklinge waren die Konturen einer Pistole ausgeschnitten. In dem Hohlraum lag eine Waffe, matt schwarz. »Eine Glock 17«, sagte Ralf, »das Feinste vom Feinen. Österreichisch. Leicht, zuverlässig und präzise. Das Magazin fasst sensationelle 17 Schuss. Eine Waffe für Polizei und Militär.«

Dengler hätte die Pistole gerne in die Hand genommen, doch hier, in der Kneipe, konnte er nicht. »Ist das Magazin gefüllt?«

»Ist es. Die Seriennummer ist übrigens herausgefräst. Du kannst sie also nach Gebrauch fallen lassen.«

Dengler klappte das Buch zu und legte es neben sich auf die Sitzbank. Dann schob er eine billige Brieftasche mit dem Geld über den Tisch. »Danke, Ralf. Ich werde die Glock nicht leichtfertig einsetzen. Nur für mich ganz persönlich – und für einen Zweck, der es wirklich wert ist.«

10

Konrad Frotzeck streckte sich wohlig und zog die Bettdecke bis zum Hals. Seit er nicht mehr regelmäßig arbeitete, schlief er gerne lange und erhob sich erst, wenn seine Frau durch die Schlafzimmertür flötete: »Konni, Frühstück ist fertig!«

An diesem Morgen hatte sie noch nicht geflötet. Frotzeck hatte unruhig geschlafen und blickte nun versonnen in das graue, diffuse Licht, das durch den Vorhang ins Schlafzimmer fiel. Konnte er hier im vertrauten Potsdam wohnen bleiben, wenn er Kanzler war? Er musste darüber mit den BKA-Leuten reden, die sich am Vormittag bei ihm angesagt hatten. Sein Leben würde komplett aus den vertrauten Bahnen geraten, das war ihm klar. Jenseits der Aufgaben, die er nun wahrzunehmen hatte, rund um die Uhr, würde die persönliche Gefährdung seine Existenz bestimmen. Die meisten Deutschen würden ihn respektieren, viele sogar lieben – bei den Linken aber würde er der meistgehasste Mann sein. Adolf Hitler für Arme, schoss es ihm durch den Kopf, wobei er sich sofort korrigierte: Warum eigentlich für Arme? So ein Quatsch. Fang nicht an, so zu denken! Hätte Hitler die Sowjetunion nicht überfallen, hätte er die Juden in Ruhe gelassen, wäre er heute der größte Staatsmann deutscher Geschichte. »Ein wenig davon«, Frotzeck ballte wohlig die Fäuste vor der Brust, »kannst du dir ruhig aneignen. Sei deutsch und stark!«

Als er geduscht und gefrühstückt hatte, provisorisch im Stehen in der Küche, stieg er in den Garten hinab und fütterte seine Hasen im Stall hinter dem Haus. Mit Löwenzahn, den er am Vortag mit der Sichel geschnitten hatte. Damit, das war ihm klar, musste nun Schluss sein. Ein Kanzler mit Stallhasen, das ging gar nicht, auch wenn ihn das in der Provinz noch populärer machen würde. Er musste sie alle schlachten und ihr Fleisch einfrieren für die Zeit nach dem Kanzleramt. Zwei Jahre würde sich das Zeug schon halten.

Am späten Vormittag saß er an seinem Schreibtisch den drei Besuchern des BKA gegenüber, die ihm zur Begrüßung ihre Karten überreicht hatten. Der Gastgeber trug eine mausgraue Hose und ein großkariertes braunes Tweed-Sakko. Der offene Hemdkragen war mit einem roten Seidenschal gefüllt. »Herr …«, Frotzeck studierte die erste Karte, »Herr Kaczmarek, Sie sind sicherlich gekommen, um mir zu eröffnen, wie Sie mich schützen möchten und wie ich mich selbst schützen kann. Dann lassen Sie mal hören.«

Der Polizeioffizier nahm einen Schluck Wasser aus dem Glas, das Frotzecks Frau vor ihm abgestellt hatte, und atmete tief durch. »Lieber Herr Frotzeck, wenn Sie Kanzler sind, Kobaltkanzler sagt man ja wohl schon, werden Sie der am meisten gefährdete Mensch in Deutschland sein. Im Grunde sind Sie das schon heute. Wir werden deshalb sehr rasch technische Experten vorbeischicken, die Ihr Potsdamer Haus sicher machen. Also: schusssichere Fenster, Stahltüren, Sichtbarrieren rund um Ihren Garten.«

Frotzeck grunzte unfroh.

»Sie können dieses Haus gewiss behalten. Aber wir raten Ihnen dringend, hier nicht weiter zu wohnen, sondern die Wohnung im Kanzleramt zu beziehen, eine Etage über Ihrem Büro. Dann ersparen Sie sich schon mal die ungeheuer gefährlichen Fahrten zwischen Potsdam und Berlin. Wir können die Autobahn nicht immer für Sie sperren, wie die DDR das früher für die Politbürokraten getan hat. Wenn Ihr Wagen aber von anderen Autos überholt wird oder selbst andere überholt, ist alles denkbar. Das wollen wir Ihnen und uns ersparen. Ziehen Sie also ins Kanzleramt. Dann können Sie sogar im Schlafanzug in Ihr Büro gehen.«

Frotzeck mochte noch nicht zustimmen. »Lassen Sie mich bitte darüber nachdenken – und mit meiner Frau sprechen.«

Kaczmarek blickte ihn scharf an. »Gut, aber länger als einen Tag gebe ich Ihnen dafür nicht. Mein Kollege Freising wird Ihnen nun Ihre persönliche Absicherung erläutern.«

Freising räusperte sich und begann: »Ohne Bodyguards werden Sie ab sofort keinen Schritt mehr tun, lieber Herr Frotzeck. Sie bekommen die besten Spezialisten an die Seite, die die Sicherungsgruppe Berlin aufbieten kann. Das sind vier Beamte dicht bei Ihnen. Sechs weitere in größerem Abstand und fünf, die vorausdenken und das Terrain sondieren. Möchten Sie selbst eine Waffe haben, für den Notfall?«

Frotzeck war rosarot angelaufen, überlegte einen Moment und antwortete dann schneidig: »Ja. Geben Sie mir bitte eine Pistole. Ich habe im Krieg nicht gekämpft, dafür war ich zu jung. Aber ich habe viele

Kämpfe gesehen, und ich bin mit Waffen vertraut. Als kleiner Junge hatte ich bis Ende der vierziger Jahre eine Pistole, die ich aus den Trümmern von Potsdam gescharrt hatte. Bei meinen Schießübungen konnte ich ganz gut Blechbüchsen abräumen.«

»Na gut«, Freising öffnete seine Aktentasche, »dann gebe ich Ihnen die gleich.« Er fischte eine Pistole heraus und legte sie vor Frotzeck auf den Schreibtisch. »Sehr feines Teil. Vergleichsweise leicht und sehr präzise. Gute deutsche Wertarbeit. Im Magazin sind acht Schuss. Ich hab' übrigens auch eine. Bitte quittieren Sie mir die Übergabe.«

Frotzeck unterschrieb die vorbereitete Quittung. Dann nahm er die Pistole andächtig in die Hand. »Sie bekommen noch eine Einweisung. Das Magazin ist im Moment leer«, sagte Freising. Der Kobaltkanzler in spe hatte kaum die Rechte gehoben, um das Gewicht der Waffe zu erproben, da öffnete sich die Tür seines Arbeitszimmers und seine Frau trat herein, in den Händen ein Tablett mit vier Tassen Kaffee. Sie sah die Waffe in der Hand ihres Mannes, erstarrte – und ließ augenblicklich das Tablett fallen.

»Scherben bringen bekanntlich Glück«, bemerkte Kaczmarek – und bereute den Satz sofort.

11

Die Gäste kamen zeitig und in lockerer Folge. Der Präsident hatte für den frühen Morgen eingeladen – mit der Bitte, nicht allesamt gemeinsam schon um halb acht zu erscheinen. Sie hielten sich daran und ließen sich – unter den Beamten des Präsidialamtes, die zum Dienst erschienen – durch das unspektakuläre Tor für den Geschäftsverkehr chauffieren. Nicht durch die Einfahrt für noble Gäste. Dieses Treffen, ohne schriftliche Einladungen telefonisch verabredet, wurde vorher nicht annonciert und auch danach nicht öffentlich gemacht. Es hatte nie stattgefunden, war quasi eine private Begegnung des Staatsoberhaupts.

Manfred Wolkenheimer empfing die geduckt und flink hereindrängenden Besucher in einem Nebenraum des Schlosses Bellevue. Die Mäntel hatte man ihnen draußen schon abgenommen. Zuerst erschien der Vorsitzende der IG Metall, Hermann Kapp, dann die DGB-Vorsitzende Gerlinde Hersbach. Als der Kaffee serviert war, trat auch der SPD-Vorsitzende Jan Winckel ein, Minuten später gefolgt vom scheidenden Kanzler Roman Schindler. Man grüßte sich ohne Händedruck, nur durch Kopfnicken. Als alle versammelt waren, erhob sich der Bundespräsident und verbeugte sich leicht.

»Meine Dame, meine Herren, mir ist dringlich bedeutet worden, dass es an der Zeit ist zu erörtern, ob und gegebenenfalls wie die demokratische Linke in Deutschland, und dazu zähle ich auch die Gewerkschaftsbewegung, gegen den zu erwartenden Kanzler der AfD aufsteht.«

Die Gewerkschafter und Sozialdemokraten warfen sich scheue Blicke zu.

»Sie wissen«, fuhr der Präsident fort, »dass ich gestern Abend in einer Fernsehansprache Stellung bezogen habe zur sogenannten Kobaltkoalition. Meine zentralen Sätze möchte ich Ihnen noch einmal in Erinnerung rufen ...« Wolkenheimer griff das Blatt, das vor ihm auf dem Tisch lag, und las vor. »Es ist nicht Sache des Staatsoberhauptes, eine Koalition zu verdammen oder gutzuheißen, die von demokratisch gewählten Parteien gebildet wird. Davon werde ich auch in diesem besonderen Fall nicht abgehen. Aber ich möchte schon meiner Sorge Ausdruck verleihen, dass die sich abzeichnende Koalition Unfrieden ins Volk tragen und das Land nachhaltig spalten könnte. Ich sehe es dagegen als meine Aufgabe an, das Land zusammenzuhalten und den Menschen Gewalt und Aufruhr jeder Art zu ersparen. Deshalb appelliere ich an alle Parteien des Deutschen Bundestages, noch einmal über Bündnisse nachzudenken, die in der Lage wären, unserem Land diesen Unfrieden zu ersparen.«

Der Präsident blickte in die Runde, legte das Blatt wieder vor sich auf den Tisch und ergänzte. »Das Presseecho heute Früh ist zwiespältig. Einige werfen mir vor, ich hätte mich unziemlich in die Regierungsbildung eingemischt, andere loben meine, wie es heißt, wohltemperierte Mahnung. Wir sitzen nun hier, liebe Genossin, liebe Genossen – ich nehme mir heraus, euch in dieser inoffiziellen Runde so zu adressieren –, um uns Gedanken zu machen, ob und wie die Sozialdemokratie und die Gewerkschaften eine Machtübernahme der Rechten abwenden können. Dazu würde ich gerne eure Gedanken hören.«

Gerlinde Hersbach, die Anführerin des Gewerkschaftsbundes, spürte die Blicke der anderen und begann. »Ich danke dir, Manfred, für deine Initiative. Wir erinnern uns noch, dass die deutsche Linke Hitlers Machtergreifung widerstandslos hingenommen hat. Dieses historische Versäumnis haben die Vorsitzenden von SPD und Gewerkschaften mit Zuchthaus, KZ und Emigration bezahlt. Was sollten wir daraus lernen? Widerstand auf den Straßen und in den Fabriken ist möglich, vielleicht sogar geboten. Ich persönlich neige dazu, bevor die Gewerkschaften von rechts erledigt werden.«

Das war das Signal für Roman Schindler, den gedrungenen, glatzköpfigen Noch-Kanzler, einen Mann der sanften Worte, sich in seinem Sessel aufzubäumen und mit ungewohnter Schärfe zu antworten. »Liebe Gerlinde, liebe Genossen, ich teile diese Ansicht ganz und gar nicht. Die AfD, das dürfen wir nie vergessen, ist gefährlich, aber sie ist nicht die NSDAP. Und die CDU, die mit ihr zusammengehen möchte, ist untadelig, eine Garantin für Verfassungsmäßigkeit. Was sollten wir denn auch tun? Generalstreik? Massendemonstrationen? Angriffe auf AfD-Büros? Das hieße zweifellos Blutvergießen und die Zerstörung unseres Landes.«

Hermann Kapp, der Metaller, schloss sich an. »Gut gesprochen, Kanzler. Ich möchte hinzufügen: Ein Aufruf zum Generalstreik würde die Gewerkschaften selbst vernichten. Und die AfD noch stärker machen. Denn – ich weiß das aus zahllosen Betriebsbesuchen und Gewerkschaftsversammlungen – die AfD ist doch nicht von irgendjemandem, von Kleingewerbetreibenden und Großkapitalisten, gewählt worden, sondern zum guten Teil von unseren eigenen Leuten. Die haben die Nase voll vom Gemurkse – verzeih bitte, Roman – der alten Regierung und vom ungebremsten Zustrom von Migranten aus Asien und Afrika. Ich sage es mal ganz direkt, Genossen: Das zuzulassen war ein Programm zur Förderung des Rassismus. Auch bei guten Gewerkschaftern. Diese Leute kriegen wir nicht auf die Straße. Die würden uns einen Vogel zeigen. Und sofort austreten. Wir Gewerkschafter sollten uns lieber den Kopf darüber zerbrechen, wie wir indirekt, über zugängliche Leute bei CDU und AfD, Einfluss auf die neue Regierung gewinnen. Die wird, davon bin ich überzeugt, vermutlich gar nicht mal lange halten.«

»Das hieß es 1933 auch über die Hitler-Regierung mit den Konservativen«, hakte die DGB-Chefin ein, »aber das war naiv. Hitler war nicht mehr wegzubekommen. Das dürfte bei einem AfD-Kanzler nicht anders sein. Wehret den Anfängen, Genossen!«

Winckel, der verhuschte, blasse SPD-Chef, begann stotternd. »Wir … ich … äh … der Kanzler hat recht. Aus der Partei höre ich Warnungen vor unüberlegten Aktionen. Auch Warnungen vor heimlicher Bewaffnung. Das Stichwort ist bislang hier nicht gefallen, aber wir sollten ihm nicht ausweichen. Niemals! Mit mir nicht.«

Der Präsident wurde unruhig. Darüber durfte auf Bellevue unter keinen Umständen gesprochen werden.

Er war sich von Anfang an unsicher gewesen, ob es in den Mauern des Schlosses heimliche Abhöraktionen der Geheimdienste gab. Bewaffnung könnte ein Stichwort sein, bei dem sich Mikrofone einschalteten.

»Meine Dame, meine Herren«, Wolkenheimer wurde instinktiv wieder förmlich, »das kommt unter keinen Umständen in Betracht. Wie wir überhaupt alles vermeiden sollten, was Gewalt und Spaltung hervorrufen könnte. Bleiben wir einen Moment, und zwar abschließend, bei der Idee des Generalstreiks. Wer kann dem etwas abgewinnen?«

Gerlinde Hersbach hob zögernd die Rechte. Sie blieb damit alleine. »Dann erübrigt sich die Gegenprobe«, murmelte Wolkenheimer. »Ich teile die Mehrheitsmeinung. Aber ich füge vorsichtig hinzu: Wir sollten im Kontakt bleiben und uns mindestens einmal im Monat sehen, um den Gang der Dinge zu erörtern.«

Alle am Tisch nickten. Die DGB-Chefin streckte sich noch einmal auf ihrem Stuhl. »Das kann ich nur dringend empfehlen. Denn unser heutiges Meinungsbild kann in drei Monaten schon komplett überholt sein. Der Faschismus ruht nicht. Er folgt einem Auftrag …«

Der Kanzler erhob sich, schob seinen Stuhl unter den Tisch, verbeugte sich leicht und wandte sich ab. Wolkenheimer konnte ihn nicht ausstehen und blickte ihm finster hinterher. Als er aus der Tür war, murmelte er den anderen zu: »Beim nächsten Mal gehört der schon nicht mehr zu unserer Runde. Das ist auch gut so. Denn wir wissen doch alle, dass wir den Sieg der AfD ihm zu verdanken haben.« Die Metallerin nickte heftig.

12

Ines Vollhardt erreichte der Anruf während der Früh-
konferenz. Sie erkannte am Display, wer mit ihr sprechen wollte und meldete sich flüsternd, die Hand vor
dem Mund. »Guten Morgen, Frau Voss, ich kann jetzt
nicht so richtig, sitze in unserer Konferenz. Worum
geht's?«

Die AfD-Chefin fasste sich kurz. »Ich muss Sie
sehen, liebe Frau Vollhardt. Habe frische Infos für
Sie. Vor Beginn der Koalitionsverhandlungen sind
die Gold wert. Können wir uns treffen? Um 14 Uhr in
meinem Büro im Reichstag? Sichern Sie sich schon mal
einen Auftritt in der Tagesschau heute Abend.«

Vollhardt sagte zu und war fünf Minuten vor der
Zeit im Büro von Bettina Voss. Niemand hatte sie
gesehen, als sie es betrat. Die Büroleiterin führte sie
sofort ins Arbeitszimmer der Politikerin, wo sie ihr
einen Platz in der Sitzgruppe anbot. Voss erhob sich
hinter ihrem Schreibtisch, gab Vollhardt die Hand
und setzt sich zu ihr. »Es wird spannend, liebe Frau
Vollhardt. Ich habe Ihnen exklusive Informationen
versprochen, und ich beginne heute mit den Punkten, die für meine Partei bei den Koalitionsverhandlungen unverzichtbar sind. Das sind noch nicht
alle Essentials, aber diese drei sollen den Anfang
machen.«

Die Fernseh-Reporterin zückte Notizblock und Stift und blickte die AfD-Frau erwartungsvoll an. »Na denn …«

»Das Wichtigste zuerst: Asylanträge werden im Innern Deutschlands nicht mehr angenommen, nur noch in Migrationszentren an den Grenzen. Wer es dennoch versucht, wird im Sammeltransport mit anderen dorthin gefahren. Die Asylanträge müssen binnen vierzehn Tagen entschieden sein, Richter in den Zentren haben dann wiederum innerhalb einer Woche über Widersprüche zu entscheiden. Abgelehnte Asylbewerber werden sofort über die Grenze abgeschoben, und zwar in das Land, aus dem sie eingereist sind.«

Vollhardt nickte leicht, während sie sich Notizen machte. »Angenommene Asylbewerber«, fuhr Voss fort, »werden ins Land gebracht und müssen vom zweiten Tag an arbeiten. Der Staat hilft ihnen durch Sachleistungen nur bis zur ersten Lohnzahlung – und mit einer einfachen Unterkunft. Ich gehe davon aus, dass das neue Verfahren die Zuwanderung übers Asylrecht auf allerhöchstens fünf Prozent des bisherigen Volumens drosseln wird.«

Die Fernsehjournalistin wollte etwas fragen, doch Voss schnitt ihr das Wort ab. »Lassen Sie's erstmal gut sein, liebe Frau Vollhardt. Dies ist nur eine erste Orientierung.«

Voss rückte auf ihrem Sessel nach vorne und zählte an ihren Fingern ab. »Zweitens: Das Heizungsgesetz der früheren Koalition wird ersatzlos aufgehoben. Alle weiteren Vorschriften der Klimapolitik werden binnen drei Monaten überprüft und ebenfalls gestrichen oder realistisch angepasst.« Ein strenger Blick ließ Vollhardt erneut verstummen.

»Drittens: Deutschland wird nicht länger der Zahlmeister Europas sein, sondern seine Leistungen drastisch kürzen. Gezahltes und empfangenes Geld verrechnet, werden wir unterm Strich nur noch so viel überweisen wie Frankreich, die Nummer zwei der EU. Die Franzosen haben …«, Voss nestelte einen Zettel hervor, »… die Franzosen haben im Jahr 2021 netto rund elf Milliarden Euro an Brüssel überwiesen, wir mehr als 21. Mit anderen Worten: Wir werden unsere Überweisungen etwa halbieren.«

Vollhardt konnte nicht länger an sich halten. »Das wirbelt die gesamte EU durcheinander. Alles muss neu …«

»Sehr richtig«, schnitt ihr Voss das Wort ab. »Die EU-Kommission muss alles auf den Prüfstand stellen und die Leistungen für einzelne Länder kürzen. Auch das eine oder andere Programm, das nun zu kostspielig wird, muss gestoppt werden. Wir werden unsere Position nicht verhandeln, sie ist unverrückbar. Maggie Thatcher hat mal gesagt: I want my money back. Und sie hat sich durchgesetzt. Wir sagen jetzt: Wir brauchen unser Geld für uns selbst!«

»Ach, und konkret?«

»Das kann ich Ihnen sagen. Hören Sie gut zu, liebe Frau Vollhardt. Für die Olympischen Spiele 2036 in Berlin, genau hundert Jahre …«

»Hundert Jahre nach der Olympiade von 1936 in Berlin, als Adolf Hitler auf der Tribüne saß?«

»Exakt, liebe Frau Vollhardt. 2036, nicht erst 2040, wie es die alte Regierung aus historischer Feigheit wollte. Wir werden nun den deutschen Namen von den Flecken der angeblichen Nazi-Olympiade reinwaschen. Das ist das erste Ereignis, das wir aus dem Zwielicht der Geschichte herausholen. Andere werden folgen.«

»Lieber Himmel! Und die CDU wird dabei mitmachen?«

»Sie wird. Denn all das ist populär. Äußerst populär! Wir haben es durch Umfragen getestet.«

Die beiden Frauen schwiegen und blickten sich gedankenversunken an. Nach einer Weile riss sich Voss empor. »Sie müssen erkennen, dass die Systemparteien Jahrzehnte am Volk vorbei regiert haben. Nicht nur bei der Migration, die sie nur beschwätzt, aber nicht gestoppt haben. Und für die EU haben wir den Zahlmeister abgegeben. Dabei ist gar nicht einzusehen, warum wir das Doppelte dessen überweisen, was Frankreich zu zahlen bereit ist. Nie mehr als Frankreich, lautet unser Grundsatz. Wir werden nun geraderücken, was die anderen haben schief wachsen lassen. Und nun, liebe Frau Vollhardt, ab in den Sender. Sie werden wieder für Aufsehen sorgen. Morgen spricht ganz Deutschland von Ihnen. Und von uns.«

13

Der CSU-Chef empfing ihn in der Zirbel-Stube. Der holzgetäfelte Raum im Allgäuer Bauernstil grenzte an das Amtszimmer des Ministerpräsidenten in der modernen Staatskanzlei. Wenn Gespräche nicht ganz offiziell sein sollten oder der Gast unkonventionell hofiert werden sollte, dann reichte das bayerische Protokoll in der Zirbel-Stube fränkische Wurst-Spezialitäten mit Radi und Tomaten oder Weißwürste mit Brezn. In jedem Fall aber Weißbier dazu. An diesem Tag wurde die Weißwurst-Option gewählt.

Korns Augen leuchteten, als er über die Schwelle trat und Henning Förster beide Hände entgegenstreckte. Aber es war ein falsches Leuchten. Jetzt bloß keine schlechte Laune verbreiten! Der CDU-Chef wusste nur zu gut, dass er einen unverzeihlichen Fehler begangen hatte, als er Förster zu spät, viel zu spät, von seinem Pakt mit der AfD unterrichtet hatte. Und die schlimmen Konsequenzen, von Förster in auflohenderndem Zorn sofort verkündet, ließen sich auch nicht so ohne Weiteres wieder aus der Welt schaffen. Verweigerung der Koalition durch die CSU, Aufkündigung der Fraktionsgemeinschaft im Bundestag, das zersetzte die deutsche Politik insgesamt.

Förster fischte Korn zwei Weißwürste aus der Schüssel mit heißem Wasser, legte eine Brezn daneben auf den Teller, tat reichlich Weißwurstsenf dazu und goss dem Gast ein Weißbier ein. »So, mein lieber Johann, bei allem Streit, den wir miteinander haben – eine Jausn können wir schon noch miteinander nehmen.«

Korn hatte Hunger, er hatte nur eine Tasse Tee zum Frühstück geschlürft. Geübt pellte er die beiden Würste, zerlegte sie und verschlang sie mit großem Appetit. Als er das Weißbier angetrunken hatte, blickte er dem Bayern lange in die Augen. »Henning, eine Entschuldigung ist zu wenig für das, was ich angerichtet habe. Aber du sollst sie dennoch haben. Ich kann nicht erklären, wie ich so blind sein konnte. Der Absturz bei der Wahl, die Annäherung von Bettina Voss, der Krach in der CDU-Führung … Du sollst wissen, dass ich alles tun werde, um das Zerwürfnis mit der CSU wieder zu heilen.«

Förster, der vor einem leeren Teller saß und den CDU-Chef mit Mephisto-Blick anstarrte, ließ die Rechte schlapp auf die Tischplatte fallen. »Johann, ich habe spontan und – zugegeben – empört reagiert. Aber meine Konsequenzen bleiben auch bei ruhigem Nachdenken richtig. Strategisch, meine ich. Für die CSU.«

Der CDU-Chef holte Luft und wollte einhaken, doch der Gastgeber fuhr sich mit der flachen Hand vor der Gurgel hin und her, als wolle er einen Hals durchschneiden. »Nun halt mal den Rand und hör mir zu«, blaffte er dann. Korn erschrak und blieb still.

»Von Franz Josef Strauß stammt der Satz, dass es rechts von der CSU keine demokratisch legitimierte Partei geben darf. Diese Erkenntnis ist noch immer richtig. Deshalb haben wir in Bayern die AfD immer als undemokratisch gebrandmarkt. Denn wenn wir unseren Wählern erlauben, auch mal zur AfD zu wechseln, gibt es kein Halten mehr. Dann schiffen wir ab. Eine Koalition aber ist die höchste Form der Legitimierung einer anderen Partei. Nie im Leben sitze ich zwischen dir und der AfD. Hier in Bayern werden wir die AfD zu Kleinholz hacken, auch wenn ihr mit ihr regiert.«

Der Bayer stieß den Schädel nach vorn und fuhr fort: »Gestern Abend haben wir doch in der Tagesschau sehen können, wie die AfD mit euch umspringt. Sie diktieren euch öffentlich den Koalitionsvertrag! Keine Asylanträge mehr in Deutschland, Halbierung der EU-Beiträge, Olympische Spiele im Nazi-Jubiläumsjahr 2036 in Berlin! So lassen wir uns nicht abfertigen! Niemals! Hast du denen mal gesagt, dass sie nicht bei Trost sind?«

Korn beugte sich nach vorne, blickte Förster in die Augen und erwiderte: »Ich muss deine Haltung akzeptieren, auch wenn ich sie schrecklich finde. Nein, ich werde nicht noch mehr Benzin ins Feuer gießen. Mit den drei Punkten der AfD kann ich leben. Aber ich werde versuchen, den Schaden für unsere beiden Parteien – und für das Land – zu minimieren. Ich bitte dich um zwei Zusagen. Erstens: Ihr wählt im Bundestag den AfD-Kanzler mit, für zwei Jahre. Und zweitens: Wenn ich dann die Kanzlerschaft übernehme, tretet ihr in die Regierung ein. Gemeinsam drängen wir die AfD ins Abseits.«

Förster schnaubte verächtlich. »Du Traumtänzer! Wenn sie das mal zulassen. Wie konntest du nur derart leichtfertig unsere Gemeinschaft in die Luft jagen! Wenn es am Ende schiefgeht, hast du die Union vernichtet! Bist du dir darüber im Klaren? Ich gebe dir heute keine weitreichenden Zusagen. Ich werde unseren Leuten im Bundestag empfehlen, bei der Kanzlerwahl auf eurer Seite zu sein. Gut. Aber was in zwei Jahren ist, weiß ich heute nicht, und deshalb verspreche ich gar nichts. Ich sage nicht Nein und ich sage nicht Ja. Schaun mer mal. Meine Entscheidung wird auch davon abhängen, wie ihr Bayern behandelt, wieviel Haushaltsmittel ihr an uns weiterreicht. Ich sage dir schon jetzt, dass wir im Energie- und Verkehrsbereich mindestens 32 Milliarden aus Berlin brauchen.«

Der CDU-Chef hatte seine Gesichtszüge nicht mehr im Griff. Er sah nun aus wie ein erschöpfter Hund mit langen Ohren und hängenden Lefzen. Verdammt! Das versprach ja ein Ritt zu werden! Immerhin wollte die CSU bei der Kanzlerwahl mit den Hacken knallen. Er entschloss sich zum Fröhlichsein, reckte sich im Stuhl nach oben und hielt Förster das Bierglas entgegen. »Lieber Henning, ich werde die Tür für dich immer offenhalten!« Und lachend fügte er hinzu: »Obgleich ich mich immer frage, wie ein Bayer Henning heißen kann.«

14

Tommi war tot. Am Morgen meldeten die Radio-
stationen, der von einem Wasserwerfer ans Brandenburger Tor gequetschte Demonstrant sei nach vier
Unterleibs-Operationen an einem Multi-Organ-Ver-
sagen gestorben. Der Bundespräsident und die Parteivorsitzenden bekundeten den Angehörigen ihr Beileid.
Ausnahme: AfD. Deren Vorsitzende Bettina Voss ließ
verlauten, es handle sich um den ersten Toten einer
maßlosen Kampagne der Linken gegen ihre Partei.
Bis zum Mittag verwandelte sich der Unglücksort am
Brandenburger Tor in ein Meer von Blumen.

Für den Abend wurde zu einer Großkundgebung
an der Siegessäule aufgerufen. Doch schon am Morgen zogen kleine Gruppen von Randalierern durch die
Städte, griffen AfD-Büros an, warfen in der CDU-Zentrale Scheiben ein und sprühten »Tommi lebt« an Fas-
saden. Die Polizei kam notorisch zu spät.

Der schwerste Zwischenfall ereignete sich im Kölner
Dom. Vier junge Männer und eine Frau stürmten durch
einen der seitlichen Eingänge ins Kirchenschiff, stoppten kurz vor dem Altar, zogen einen Molotow-Cocktail aus dem Rucksack des Anführers, entzündeten den
benzingetränkten Lappen, der in die Flasche führte,
und schleuderten die Brandbombe gegen den Hoch-
altar aus dem 14. Jahrhundert. Die Flammen schossen

augenblicklich empor und entzündeten den goldenen Schrein mit unwiederbringlichen Reliquien, dazu das Gerokreuz aus dem 10. Jahrhundert hinter dem Altar. Bis die Feuerwehr eintraf, war vom religiösen Mittelpunkt des Doms nur noch ein verkohlter Haufen übrig. Das Kreuz kippte brennend zur Seite. Die Täter waren längst durch den anderen Seiteneingang entkommen und im morgendlichen Gewimmel des Hauptbahnhofs untergetaucht.

Die Nachricht von dem Anschlag verbreitete sich so schnell wie die vom Tod des Berliner Demonstranten. Die Reaktionen fielen nun nicht mehr routiniert aus, sondern brachten echtes Entsetzen zum Ausdruck. Unersetzliche Kostbarkeiten sakraler Kunst aus dem frühen Mittelalter waren verbrannt. Auch der Papst mochte nicht schweigen und ging zum Gebet in den Petersdom. Er bat seinen Gott, den Tätern zu verzeihen. Um 10.30 Uhr erschien der Bundespräsident zu einer Live-Ansprache auf den Fernsehschirmen. Er brachte jedoch nur die üblichen Stanzen von Abscheu und Entsetzen über die Lippen. Immerhin rief er die Parteien der sich abzeichnenden Kobaltkoalition auf, das Land zusammenzuhalten und allen Versuchen zur Spaltung und Polarisierung zu widerstehen. Bei diesen Sätzen indes hatten die meisten der gelangweilten Zuschauer schon weitergezappt.

Dieter Dengler sah das Statement bis zum Schluss. Er saß wie gelähmt vor dem Fernseher und fraß alles in sich hinein, was über den Tod des Demonstranten und die nachfolgenden Proteste gesendet wurde. Sollte er auch auf die Straße gehen und alles zerschlagen, was typisch war für diesen präfaschistischen Staat? Er stützte den Kopf in die Hände und begann zu weinen beim Gedanken an den Demonstranten, der sich in den Tod gequält hatte. Gegen Mittag erhob er sich und ging mit krummem Rücken in die Küche, wo er unter dem Karton mit dem Waschpulver eine schwarze Schachtel hervorzog. Zurück im Wohnzimmer, öffnete er sie und nahm fast andächtig die matt schimmernde Glock heraus, die er für Situationen wie diese bereithielt.

Nun gilt es, dachte er. Nun bist du gefordert. Nun musst du dem Faschismus entgegentreten. Ganz allein. Bevor es zu spät ist. Und wenn es dein eigenes Leben kostete. Irgendwann würde er entschädigt werden mit Straßen und Plätzen, die man nach ihm benennen würde.

Fast zwei Stunden brütete er vor sich hin. Ließ sich immer und immer wieder durch den Kopf gehen, was er nun zu tun hatte, um seinen großen Moment vorzubereiten. Eigentlich war es gar nicht so schwer. Er war allein, konnte sich mit niemandem besprechen. Aber das machte ihn auch unauffällig, geradezu harmlos. Doch harmlos wollte er nicht mehr sein. Ganz und gar nicht.

Am Abend präsentierte sich auf der Kundgebung am Friedensengel ein »Komitee Thomas Kopp«, das die Trauerfeier für den toten Demonstranten organisieren wollte. Es rief zur Ruhe auf. »Heute nicht. Nicht heute. Unser Tag kommt noch.« Thomas Kopp sollte am Tag der Kanzlerwahl beigesetzt werden. In einer Urne. Auf dem Dorotheenstädtischen Friedhof, wo viele Prominente beerdigt waren. Hegel, Fichte und Brecht zum

Beispiel. Zuvor aber wollte man sich zu einer ganz speziellen Trauerfeier vor dem Reichstag treffen.

Die Kundgebung dauerte nur eine gute Stunde. Dann zockelten die mehr als 200 000 Teilnehmer nach Hause. Der Brand im Kölner Dom hatte viele schockiert und von Gewalt abgebracht. Dieter Dengler aber war enttäuscht, geradezu empört über die Leisetreterei der Demonstranten. So durfte das nicht weitergehen. Einknicken vor dem Faschismus? Niemals!

15

Frotzeck hatte zwei Korbstühle vor den Hasenstall geschoben und dazwischen ein Tischchen mit Tee-tassen. Es war sonnig, aber kühl. Hier im Garten wollte er den Fernsehgewaltigen empfangen – und ihn mit seiner brandenburgischen Bodenhaftung beein-drucken. Frank Möhrenschein erschien sieben Minu-ten zu früh, was seine Anspannung verriet. Er trug die roten Haare gegelt und straff zurückgekämmt, was ihn ein wenig verwegen erscheinen ließ. Die Krawatte hatte er im Auto abgezogen, nun wirkte er allerdings nur bemüht entspannt.

Frotzeck, der solche Zeichen zu lesen verstand, wer-tete das als Bereitschaft zur Anpassung, ja zur Unter-werfung. »Herr Möhrenschein, ich freue mich, dass Sie den weiten Weg von Köln zu mir genommen haben. Mir scheint, Sie sind meiner Sache keineswegs feind-lich gesinnt, sondern begegnen ihr aufgeschlossen. Ihr Kommentar vorgestern in den Tagesthemen hat mir sehr gut gefallen. Es war das bemerkenswerteste Stück, das ich seit der Wahl im deutschen Journalis-mus gehört oder gelesen habe. Ich habe mir die ent-scheidenden Sätze notiert.« Frotzeck zog einen Zettel vom Tischchen und las vor. »Diese Regierung, so sie denn zustande kommt, ist zweifelsfrei demokratisch legitimiert. Sie hat auch im Urteil der anderen, die sie nicht gewählt haben, eine Chance verdient. Denn diese anderen haben über viele Jahre regiert, als gäbe es das Volk gar nicht. Die neue Regierung … Da habe ich jetzt was verpasst … die neue Regierung ist entschlossen, sich stärker am Willen des Volkes zu orientieren. Ich jedenfalls bin offen dafür. Für mich gilt aber: Nicht Worte zählen, sondern Taten.«

Möhrenschein strahlte. Das hatte sich ja gelohnt. Dieses Kalkül war aufgegangen. Er hatte bei den neuen Machthabern einen Stein im Brett. Sie würden ihn gewiss nicht entfernen. »Mir war einfach so, lieber Herr Frotzeck. Ich bin nicht so voreingenommen wie die meisten meiner Kollegen.«

Frotzeck goss Tee in die Tassen, presste sich ein wenig Zitronensaft in seine, zuckerte und beugte sich dann leicht nach vorne. »Ich vertraue Ihnen jetzt etwas an, lieber Herr Möhrenschein. Und ich baue auf Ihre Verschwiegenheit.«

Möhrenschein schlürfte ein wenig Tee und blickte erwartungsvoll über den Tisch. »Auf die dürfen Sie bauen.«

Der Kobaltkanzler in spe setzte eine bedeutende Miene auf und begann: »Wir werden das deutsche Rund-funk- und Fernsehsystem ganz neu aufbauen, lieber Herr Möhrenschein. Wir werden die Zwangsgebühren für ARD und ZDF abschaffen und die beiden Systeme fusionieren. Öffentlich-rechtlich wird es nicht mehr geben. Die ARD muss sich dann von Werbung finanzie-ren – oder sonstwie, ist mir egal. Und den Wildwuchs an Klein- und Kleinstsendern – x-mal Info-Radios, x-mal Kulturradios, x-mal Regionalradios – werden wir mit der Machete wegschlagen. Künftig gibt es bundesweit ein einziges Info-Radio, ein einziges Kulturradio und so fort, sechzehnmal identisch ausgestrahlt von den ARD-Sendern. Diese Sender dürfen nur noch jeweils ein regionales Fernseh- und ein regionales Rundfunkprogramm anbieten. Die Gebührenzahler werden jubeln – und die private Konkurrenz bekommt Luft zum Atmen. Was sagen Sie dazu?«

Mörenschein war blass geworden. Er hatte etwas in dieser Richtung erwartet, aber keinen solchen Kahlschlag. Und vor allem nicht, dass er es war, der zuerst ins Bild gesetzt wurde. »Haben Sie das schon mal einem der Intendanten eröffnet?«

Frotzeck lächelte. »Haben wir nicht. Sie sind der Erste, der ins Bild gesetzt wird. Und?«

»Sie zerschlagen das öffentlich-rechtliche Rundfunk- und Fernsehsystem. Da wird Ihnen ein eisiger Wind aus den Sendern ins Gesicht wehen.«

»Das ist uns klar. Aber es ist wie immer: Das Volk sieht das anders. Es braucht keine Gebühren zur Finanzierung fetter Senderhierarchien und versponnener Liliputwellen. Wir werden das durchstehen. Ich denke, die CDU mit uns. Die hat bei den Öffentlich-Rechtlichen auch nicht viele Freunde.«

»Das ist so, lieber Herr Frotzeck. Die Doppelstrukturen von ARD und ZDF, die Vielzahl fragwürdiger Radiosender war mir auch schon immer ein Dorn im Auge. Aber Sie sollten natürlich nicht Tausende von Redakteuren von heute auf morgen auf die Straße setzen …«

»Wollen wir auch nicht, lieber Herr Möhrenschein. Wir werden eine Übergangsfrist von einem Jahr verhängen, während dieses Jahres sollen auch die Zwangsgebühren noch weiterfließen. Dann aber ist Schluss. Dass Journalisten, noch dazu in der Wolle gefärbte Grüne, in Fragen der Arbeitslosigkeit privilegiert sein sollen gegenüber Stahlarbeitern oder Näherinnen, vermag ich nicht einzusehen. Man muss das nur ganz offen kommunizieren, dann gibt es auch Unterstützung aus dem Volk. Schauen Sie sich doch mal die Programme von ARD und ZDF an, das graust die Sau!«

»Dennoch: Während des Übergangsjahres laufen Sie gegen eine Wand von Widerstand und Hetze …«

»Nicht nur, lieber Herr Möhrenschein, nicht nur. Die Privatsender werden begeistert sein und uns die Füße küssen. Endlich haben sie gleiche Wettbewerbsbedingungen – und in dem neuen Umfeld werden sie erfolgreicher sein. Sie werden mit fliegenden Fahnen zu uns überlaufen.«

»Die Fusion von ARD und ZDF wird aber nicht so einfach zu bewerkstelligen sein …«

»Zweifellos. Da haben Sie recht. Deshalb habe ich Sie ja auch eingeladen vor die Kulisse meiner begeisterten Stallhasen.«

Frotzeck legte eine dramatische Pause ein. Möhrenschein starrte ihn erwartungsvoll an, er ahnte, was nun kommen würde.

»Jemand muss die Sache in die Hand nehmen, ein unbeugsamer, ideologisch unverstellter Mensch. Und vorbildlicher Journalist. Einer wie Sie, lieber Herr Möhrenschein. Was sagen Sie? Stehen Sie zur Verfügung als, sagen wir, Generalintendant von ARD und ZDF? Danach nur noch: Das Erste.«

»Oh Mann, sie werden mich anspucken auf den Fluren des WDR …«

»Das bringt Sie nicht um. Ich kenne das. Wenn ich hier in Brandenburg unterwegs bin und Löwenzahn für meine Hasen schneide, klopft man mir auf die Schulter und ruft: Kobaltkanzler! Wenn ich in Berlin ein Sakko kaufe, spuckt man mir in den Rücken oder gar an den Hinterkopf. Immer von hinten …«

Möhrenschein richtete sich auf. Das war die Chance seines Lebens. Die durfte er nicht vorbeiziehen lassen. Jahrelang hatte er darauf gehofft, seinen Intendanten zu ersetzen oder in einen kleineren Sender gerufen zu werden. Jetzt stieg er zum mächtigsten Rundfunk- und Fernsehmanager Deutschlands auf, zum Superintendanten.

»Gut, Herr Frotzeck, ich stehe zur Verfügung. Wäre schön, wenn ich nicht ganz alleine wäre, sondern noch jemanden an meiner Seite hätte.«

»Bravo!« Frotzeck applaudierte, erhob sich, zog Möhrenschein vom Korbstuhl und umarmte ihn. »Sie werden es nicht bereuen. Sobald ich im Kanzleramt sitze, werde ich Ihren Vertrag ausfertigen lassen. Sind 650 000 Euro im Jahr angemessen?« Möhrenschein nickte verdattert. »Und auch an Ihre Begleitung haben wir gedacht. Bettina Voss hat ein sehr schönes Verhältnis zu Ines Vollhardt aufgebaut, Ihre begnadete Rechercheurin in Berlin. Sie hat schon einige Nuggets aus dem Kobaltstrom gesiebt. Sprechen Sie sie bitte an, sie wird vorbereitet sein von Frau Voss.«

Die beiden Männer standen voreinander und schwiegen, im Hintergrund raste ein Rammler durchs Stroh. Frotzeck nahm als Erster wieder das Wort: »Den nenn ich ab jetzt Möhrenschein. Er wird nicht geschlachtet.«

16

Es war noch dunkel im Élysée. Der Präsident hatte nur seine Leselampe auf dem Schreibtisch eingeschaltet, die eine gemütliche Stimmung verbreitete. Marcel de Goncours, das Staatsoberhaupt, saß mit würdiger Miene hinter dem Schreibtisch, davor hatten sich im Halbkreis der Premierminister, die Verteidigungsministerin und die Chefs der Geheimdienste DGSE und DRM aufgereiht.

Goncours eröffnete. »Meine Dame, meine Herren, dringende Angelegenheiten des Staates haben uns hier in aller Frühe zusammengeführt. Es geht, ich scheue dieses große Wort nicht, um die Zukunft Frankreichs und das Fortbestehen Europas.«

Der Präsident ließ den Blick bedeutungsvoll in die Runde schweifen. Keiner der anderen sagte ein Wort. »Normalerweise werden der Militärgeheimdienst und der Auslandsnachrichtendienst DGSE nicht zusammengeführt. Aber in diesem besonderen Fall …«

»Ich verstehe das, Herr Präsident«, fiel ihm die Verteidigungsministerin ins Wort. Charlene Magrot war eine blonde Schönheit in den Vierzigern, und auch an diesem Morgen war sie auf High Heels erschienen. Das äußere Bild aber durfte nicht täuschen. Die Frau hatte eine bestechende akademische Karriere hingelegt und war beinhart in ihrem schwierigen Amt.

»Sie kennen die Nachrichtenlage«, fuhr Goncours fort, der seinen Blick nun an Magrots Beine heftete. »Die neue Regierung in Deutschland, eine Verirrung nach Rechtsaußen, möchte die Netto-Zahlung an die EU halbieren – und künftig nie mehr überweisen als Frankreich. Das zwingt Europa zu einschneidenden Einsparungen und kostet unsere Landwirtschaft Milliarden an Subventionen. Beides kann an die Wurzeln unseres Staates, mindestens unserer Regierung, gehen.«

Michel Michetine, der Premier, pflichtete ihm bei. »Ich sehe das wie Sie, Herr Präsident. Wir sollten darüber nachdenken, wie wir diese neue Regierung in Berlin aus dem Amt hebeln oder zu einer Episode verkürzen können. Untätig jedenfalls dürfen wir nicht sein.«

Der Präsident strich sich über die Wangen und nahm den Gedanken auf. »Ich möchte es sehr direkt sagen – und verpflichte Sie alle zu strikter Verschwiegenheit. Entweder wir liquidieren Konrad Frotzeck, den neuen Kanzler, den sie schon den Kobaltkanzler nennen, oder wir machen die Regierung durch peinliche Enthüllungen aus der Vergangenheit des einen oder anderen unmöglich.«

In das folgende Schweigen der anderen hinein fuhr er fort. »Mich würde zunächst interessieren, was die Chefs unserer Geheimdienste dazu meinen. Monsieur Lombard …«

Jean-Marie Lombard, der seit mehr als zwanzig Jahren amtierende Präsident der DGSE, zeigte sich ungerührt durch die Erwähnung eines politischen Mordes, noch dazu am Kanzler des Partnerlandes Deutschland. »Wir könnten ihn liquidieren,

Herr Präsident. Ein guter Schütze und ... peng! Aber ich halte nichts davon. Es ist und bleibt nun mal ein Kapitalverbrechen, zu dem wir nur in allergrößter Not Zuflucht suchen sollten. Eine solche Not kann ich nicht erkennen, trotz Ihrer Ausführungen, Herr Präsident. Außerdem trägt ein politischer Mord das Risiko einer unkalkulierbaren Verschärfung der Situation in sich. Was, wenn Deutschland den Schützen schnappt und erfährt, dass er vom französischen Präsidenten geschickt wurde? Früher hätte so etwas Krieg bedeutet.«

»Was schlagen Sie vor, Lombard?« Goncours stieß die Stirn nach vorne.

»Es gibt sehr viel elegantere Methoden der Entfernung eines Gegners, ohne Blutvergießen. Wir werden in der Vergangenheit der führenden Figuren dieser Kobaltkoalition graben. Sex und Geld sind üblicherweise die Schwachstellen, die es freizulegen gilt.«

Der DRM-Chef sekundierte. »Sehr richtig. Und wir können dabei gerne helfen. Im äußersten Notfall, falls wir in der Vergangenheit nichts finden, stellen wir eine Falle auf. Und füllen sie mit Sex. Das funktioniert immer am flottesten. Frotzeck, der Kanzler in spe, ist dafür vermutlich zu alt, aber Johann Korn, sein Vize, ist wie aus dem Bilderbuch der feucht-warmen Versuchungen.«

Die Runde lachte schallend. Auch der Präsident. »Das überzeugt mich. Also ordne ich eine gemeinsame Recherche von DGSE und DRM unter der Kontrolle der Frau Verteidigungsministerin an ...« Sein Blick fiel auf ihre Beine. »Sie führen die Fähigsten unserer Agenten zusammen, schicken eine kleine Gruppe nach Berlin, wenden jedes Blatt um auf der Suche nach Kompromittierendem und konstruieren zur Not eine wirksame Honigfalle.«

Unter schallendem Gelächter erlaubte sich der Premier einen sexistischen Scherz. »Und wenn nichts hilft, schicken wir unsere Verteidigungsministerin.«

17

»Einen Augenblick bitte!« Korn schnitt der AfD-Vorsitzenden das Wort ab. »Bevor wir in die Sache gehen, möchte ich etwas klarstellen.« Der CDU-Chef legte eine Kunstpause ein und blickte reihum in die verblüfften Gesichter. Sie saßen zu sechst, im kleinen Kreis also, um einen schlichten Holztisch in der CDU-Zentrale. Kaffee, Wasser, Saft, Kekse. Sonst nichts. Der Raum war extrem schlicht und lockte durch nichts zum Verweilen. Johann Korn und Bettina Voss hatten vereinbart, die Koalitionsverhandlungen in fast intimer Runde zu beginnen, dort die großen Pflöcke einzuschlagen und erst später Arbeitsgruppen über Details sprechen zu lassen.

Korn fuhr fort. »Wir mussten in den vergangenen Tagen erleben, dass die AfD über eine ihr offenbar nahestehende Journalistin einseitige Festlegungen und Bedingungen an die Öffentlichkeit lanciert hat. Migration, EU-Beitrag, Olympia 2036 …« Schweigen. »Ich möchte so etwas nicht noch einmal erleben. Wir verhandeln bis zum Abschluss einer Koalition vertraulich und setzen uns nicht öffentlich unter Druck. Andernfalls sind die Gespräche sofort beendet und das kobaltblaue Projekt ist gescheitert, bevor es begonnen hat. Habe ich mich verständlich gemacht?«

Voss lief zartrosa an vor Zorn. Doch sie kniff die Lippen zusammen und schwieg. Frotzeck links neben ihr antwortete. »Herr Korn, ich verstehe Ihre Emotionen. Wir müssen uns aufeinander verlassen können, wenn wir gedeihlich zusammen regieren wollen.« Er blickte zu Voss und zum Fraktionschef der AfD. Die hatten ihre Blicke gesenkt. »Ich verspreche Ihnen in aller Namen, dass sich solches nicht wiederholen wird. Sind wir uns einig?« Niemand auf der AfD-Seite widersprach.

»Und da wir schon mal am Aufarbeiten der Vergangenheit sind«, fuhr Korn fort, »möchte ich Ihnen auch gleich bei zwei thematischen Festlegungen widersprechen. Und ich füge hinzu, es gibt keine Diktate einer Seite. Alles ist immer noch auf dem Tisch.«

Voss schwieg weiter beharrlich. »Ihr Modell zur Eindämmung der Migration mit dem Rücktransport in Zentren an der Grenze erscheint mir zu kompliziert. Das kann allenfalls die zweite Linie sein, um dem Spuk ein Ende zu bereiten. Ich mag es klar und einfach …«

Wieder der Adlerblick in die Runde. »Deshalb schlage ich vor: Wir nehmen überhaupt niemanden mehr auf. Und wem der Grenzübertritt gelungen ist, der wird umgehend zurück transportiert. Kein Asylverfahren und kein weiteres Trara. Denn wir sind von tadellosen Staaten umgeben und jeder, der über einen von ihnen zu uns stößt, kommt aus einem sicheren, demokratischen Herkunftsland. Er hätte dort schon Asyl beantragen können, ja müssen. Die Leute wollen in unsere Sozialsysteme einwandern, deshalb ziehen sie weiter über unsere Grenzen. Hier sollten wir einen harten Schnitt machen. Asylbewerber lassen wir nur noch über ein europäisches Verteilsystem einreisen. Das aber wollen die anderen Staaten nicht. Na dann …«

Voss schaute Frotzeck irritiert an. Die CDU härter als die AfD! Frotzeck nickte leicht. »Möchten Sie sich zurückziehen, um darüber zu sprechen?«, fragte Korn. »Ich glaube …«, Voss schaute ihre Begleiter an, die machten freundliche Mienen. »Ich glaube, das ist nicht nötig. Wir hielten es für undenkbar, dass Sie eine so klare Haltung einnehmen würden. Aber da Sie es jetzt tun, stimmen wir Ihrem Vorschlag zu.«

»Dann bitte ich unseren Generalsekretär, das entsprechend zu protokollieren. Das ist doch ein schöner erster Erfolg.«

Voss wollte weiter reden, doch Korn fuhr ihr erneut in die Parade. »Mit der Absenkung unserer EU-Beiträge sind wir einverstanden, aber nur unter einer Bedingung: Die deutsche Mitgliedschaft in der Gemeinschaft ist unantastbar, ebenso wie die in der NATO …« Voss nickte. Der CDU-General protokollierte.

»Und sehr einverstanden«, Korn schob energisch den Kopf nach vorne, »sind wir auch mit Ihren Plänen für das öffentlich-rechtliche Rundfunk- und Fernsehsystem, von denen wir schon gehört haben. ARD und ZDF in eins, Gebühren abschaffen und den Wildwuchs an Klein- und Kleinstsendern kappen. Höchste Zeit! Höchste Zeit, in diesen durchideologisierten Sauhaufen reinzustechen. Dies ist einer der Punkte, die mich an die Sinnhaftigkeit unseres Bündnisses glauben lassen. Wir werden anfangs ordentlich Dresche kriegen, aber dann werden die Herrschaften ihre Segel in den Wind drehen.«

»Ein Problem haben wir dagegen mit den Olympischen Spielen 2036 in Berlin. Glauben Sie wirklich, es ist eine gute Idee, unsererseits an die Nazis, an

Hitler zu erinnern? Sie selbst haben doch alle Mühe, die Gespenster der Vergangenheit zu verscheuchen.«

Die AfD-Chefin unterbrach ihn mit einer herrischen Handbewegung. »Ja, wir halten das für eine gute Idee. Denn wir machen Politik für Deutschland und nicht fürs Ausland. Die Spiele nach hundert Jahren wieder in Berlin, das erinnert an das gute, an das strahlende Deutschland. Die Spiele unterbrachen sogar für eine Weile die Diskriminierung der Juden. Wir wollen es nicht darauf anlegen, über Hitler zu diskutieren, aber wir scheuen auch nicht den Blick zurück. Die Spiele 2036 machen uns ein Stück freier, und wir haben gute Chancen, sie zu bekommen.«

»Lieber Himmel«, fuhr Korn dazwischen, »Eröffnungs- und Schlussfeier im alten Olympiastadion? Wirklich? Was glauben Sie, welche Fernsehbilder dann gezeigt werden?«

»In Deutschland die aktuellen, die schönen.« Die Stimme der AfD-Chefin wurde messerscharf. »Für uns, lieber Herr Voss, ist Olympia 2036 jedenfalls eine Bedingung für diese Koalition. Wir sind eine nationale Partei und wir wollen den Nationalstolz wieder auferstehen lassen.«

Korn holte tief Luft, blies die Backen auf und ließ die Luft hörbar wieder entweichen. Er schaute auf seine Hände, zählte heimlich: einundzwanzig, zweiundzwanzig …

»Nun gut, ich nehme das auf meine Kappe. Und wenn ich das sage, bin ich auch bereit, dafür meinen Kopf hinzuhalten.«

»Bravo«, brummte Frotzeck, »bravo!«

»Und nun zu den neuen Themen, die wir besprechen müssen. Wollen Sie anfangen, lieber Herr Korn?«

»Wir haben vor allem ein Anliegen: radikale Steuersenkungen. Die Mehrwertsteuer wird auf 15 Prozent
reduziert, die Mehrwertsteuer für Nahrungsmittel ganz
abgeschafft und das Mehrwertsteuersystem gründlich
überarbeitet. Lohn- und Einkommensteuer werden in
drei Schritten um 50 Milliarden reduziert. Das ist Via-
gra für die Wirtschaft. Die wird so anspringen, dass
sich die Steuererleichterungen aus dem Boom selbst
finanzieren. Und der dritte Streich: Wir werden den
Ländern die Abschaffung der Grunderwerbsteuer vorschlagen. Na, was sagen Sie?«

»Wir haben so etwas erwartet«, antwortete Voss,
»und wir stimmen zu. Ein Anliegen haben wir aber
noch. Bis zu einem Jahreseinkommen von 40 000 Euro
wird gar keine Einkommensteuer fällig.«

»Das geht klar, liebe Frau Voss. Möchten Sie nun
vortragen?«

»Sofern Sie nichts mehr haben. Wars das wirklich
schon?«

»Das war unser Hauptanliegen. Das soll erstmal
genügen. Wir hatten in den vergangenen Jahren nicht
viel Gelegenheit zu Programmarbeit.«

»Na gut, dann referiere ich mal, was uns – über die
öffentlich genannten Punkte hinaus – noch beschäftigt.
Ich halte mich kurz, denn die Details werden ja später
besprochen. Oder noch besser: Der Kanzler trägt vor.«

Frotzeck räusperte sich, nahm einen Schluck Wasser
und begann. »Das Heizungsgesetz der Ampel-Koali-
tion wird auch in seiner abgemilderten Form ersatzlos
aufgehoben. In öffentlichen Einrichtungen, aber auch
in Rundfunk- und Fernsehsendern gilt ein Gender-Ver-
bot, um die Verhunzung unserer Sprache zu stoppen.

Ebenso sind dort Kopftücher untersagt, um dem Islamismus die Wurzeln zu kappen. Bahn und Post werden umgehend gründlich saniert und professionell geführt. Den unerträglichen Reparationsforderungen Polens werden wir öffentlich entgegentreten, wenn nötig auch mit erhobener Stimme. Und unser Verhältnis zu Russland wollen wir rasch normalisieren, die Sanktionen aufheben.«

Der Kanzler in spe setzte sich zurück und nahm seine Lesebrille ab. Korn erklärte sein Einverständnis und schlug vor, die Sitzung zu beenden. In den folgenden Tagen sollten die Arbeitsgruppen einberufen werden. Und nun ein gemeinsames Presse-Statement im Foyer des Konrad-Adenauer-Hauses? Die AfD war einverstanden.

Anderntags bestimmten die Rundfunk- und Fernsehpläne, die Steuersenkungen und das faktische Ende des Asylrechts die Schlagzeilen in Deutschland. Im Ausland war es Olympia 2036. »Nazi Games in Berlin«, titelte das krawallige Boulevardblatt »Sun«. Und die »Times« druckte auf der Titelseite ein großes Hitler-Bild, daneben die Schlagzeile: »I'll be back«.

18

Das Trommelfeuer der Öffentlich-Rechtlichen hielt vier Tage unvermindert an, dann entschloss sich Frotzeck zum Handeln. Die Sender der ARD, Fernsehen wie Hörfunk, und noch mehr das in der Existenz bedrohte ZDF nutzten Nachrichten- und Talkformate, Sondersendungen und InterVait mit geneigten Verfassungsjuristen, um die Abschaffung der Gebühren und die geplante Fusion der beiden Systeme als Anschlag auf die tragenden Säulen des Grundgesetzes und Unterminierung der Meinungs- und Pressefreiheit darzustellen. Die Umfragen im Volk freilich kündeten anderes: Mehr als 70 Prozent begrüßten das Ende der Gebühren und fast 60 Prozent waren mit der Fusion der Systeme einverstanden. Das allerdings spornte die Sender in ihrer Propaganda nur noch mehr an. Die übrigen Vereinbarungen der Neu-Koalitionäre versanken dagegen im Nebel.

Da griff Konrad Frotzeck zum Telefon und rief Florian Dunker an, den umtriebigen Chef der Online-Plattform Vait, der schon seit Jahren unaufhörlich für die Rechts-Wende in Deutschland trommelte. Er war unter turbulenten Umständen als Chefredakteur eines Boulevardblattes gefeuert worden, nachdem sich die Verlegerin geweigert hatte, ihm wegen seiner kantig rechten Töne und seiner Ausfälle gegen die frühere Kanzlerin, eine persönliche Freundin der Verlegerin, noch die Hand zu geben. Wo immer sie ihm begegnete, lief sie starren Blickes an ihm vorüber. Das konnte nicht länger gut gehen. Nun versuchte er, das Land mit Vait aus den Angeln zu heben, doch das gelang ihm nicht.

Frotzeck hatte eigentlich an einen anderen gedacht, als er über seinen künftigen Regierungssprecher nachdachte, den überaus ehrenhaften Frontmann einer konservativen Tageszeitung. Die Talks luden ihn häufig ein, sein Gesicht war viel bekannter als das Dunkers. Dennoch liebäugelte der Kobaltmann nun mit dem Zweiten. Unter solchen Umständen, gegen derartige Anfeindungen brauchte er eine kampfstarke Figur, die austeilen konnte und stets wusste, wo der Feind stand.

Also bemühte der Kobaltkanzler wieder den Charme des Hasenstall-Ambientes. Doch es war kühl und regnerisch, als sich Frotzeck und Dunker gegenübersaßen und die Mümmelmänner im Hintergrund im Stroh raschelten. »Herr Bundeskanzler, äh … darf ich schon so sagen?«, riss Dunker gleich die Initiative an sich, Frotzeck nickte verblüfft, »Herr Bundeskanzler, Ihr Koalitionsprogramm ist fantastisch, ich habe es in einigen Kommentaren gefeiert, aber Sie müssen dringend den Öffentlich-Rechtlichen eine Eisenstange zwischen die Zähne schlagen, damit ihnen ihre Unverschämtheiten im Halse stecken bleiben. Ich …«

»Lieber Herr Dunker«, Frotzeck schoss nach vorne, um ihn zu unterbrechen, »ich bin kein Mann der Eisenstange, auch wenn ich Ihr Urteil teile. Lassen Sie mich zunächst mal ein paar Takte reden. Warum habe ich Sie eingeladen? Sie sind ein guter, schneller, kampfstarker Journalist, der das Herz am rechten Fleck hat. Sie können Truppen sammeln, angreifen und Angriffe brechen. Ich halte Sie auch für einen erfahrenen Ratgeber …«

Der Kanzler in spe musterte den anderen, der nun erheblich geschmeidiger wirkte, ja fast den Eindruck machte, er würde gleich wohlig zu schnurren beginnen. Solches Lob aus prominentem Munde hatte er seit Jahren nicht mehr bekommen. Ganz gegen sein Naturell nutzte er auch die entstandene Pause nicht, um Frotzeck das Wort zu entreißen.

Der fuhr also fort: »Mit einem Wort, lieber Herr Dunker, ich frage Sie, ob Sie mein Regierungssprecher werden möchten.«

Dunker durchrieselte ein Glücksgefühl. Regierungssprecher! Er, der Verstoßene, der Verachtete, der Ausgegrenzte! Er rang nach Worten, wusste aber nicht, was er angemessen antworten sollte. Ein stummer Jubelschrei stieg in ihm auf. Regierungssprecher!

»Ich verstehe Ihre Emotionen, lieber Herr Dunker«, fuhr Frotzeck fort. »Regierungssprecher heißt in der Praxis, dass Sie im Wesentlichen für mich sprechen – und die Ohren aufsperren natürlich auch –, aber selbstverständlich nicht nur für mich. Herrn Korn müssen Sie auch im Auge haben, wie alle Kabinettsmitglieder. Mit Korn habe ich vorhin telefoniert. Er hat ein wenig geknurrt, Sie müssen ihm früher mal über die Füße gefahren sein, aber er ist einverstanden. Auch er hält Sie für erste Wahl. Also, hopp oder top …«

»Natürlich nehme ich Ihr Angebot an, verehrter Herr Frotzeck. Es ehrt und es erfreut mich sehr. Denn wir müssen Deutschland gründlich erneuern. Ich sehe meine Aufgabe vor allem darin, dem Kobaltkanzler und der Kobaltkoalition – erstklassiges Branding! – eine Bresche zu schlagen durch die Phalanx rot-grüner Gesinnungsmedien. Wir müssen ein eigenes Netzwerk knüpfen. Haben Sie schon eine Idee, wen Sie an die Spitze des neuen öffentlich-rechtlichen Systems stellen wollen? Davon hängt viel ab. Der oder die muss die rot-grünen Redaktionen gründlich durchkämmen.«

»Bettina Voss hat gute Erfahrungen gemacht mit Frank Möhrenschein …«

Dunker ließ die Information auf sich einwirken. Möhrenschein. Er wendete den Namen, das Image hin und her. »Ich war versucht, mich abträglich zu äußern. Aber je länger ich darüber nachdenke …«

»Raus mit der Sprache.«

»Das ist ein Kaugummi-Mann, biegsam und opportunistisch. Das ist aber vielleicht gerade gut. Er wird sich nicht gegen die neue Regierung stellen, sondern immer das Gute im Kobaltblau suchen. Hat ja auch schon freundlich kommentiert. Fast als einziger. Keine schlechte Idee, lieber Herr Frotzeck. Ich werde Ihnen in Kürze eine Liste all jener geben, auch in den privaten Medien, die wir kippen oder isolieren sollten. Und umgekehrt: eine Liste unserer Freunde.«

»Was tun wir denn gegen die Kampagne der Öffentlich-Rechtlichen, lieber Herr Dunker? Wir dringen ja mit nichts mehr durch.«

»Wir müssen das im Medienkampf brechen. Ich werde umgehend die Eigentümer und die Manager der Privatsender besuchen. Die sind uns ja etwas schuldig. Für die fällt Ostern und Weihnachten auf einen Tag. Sie müssen uns zunächst bei Nachrichten und

Kommentierung unterstützen – RTL, SAT1 und wie sie alle heißen –, zudem aber auch mit einer populären Programm-Offensive zeigen, dass es auf die erzlangweiligen Öffentlich-Rechtlichen gar nicht mehr ankommt. Jetzt gilt es. Jetzt müssen sie zeigen, was sie können und welche herrlichen Filme sie im Keller liegen haben. Alles muss raus!«

Frotzeck schmunzelte. Er hatte es also richtig gemacht mit Dunker. Der Junge schien in Hormonen zu baden. Und gelegentlich sogar damit zu gurgeln.

Vier Tage später kündigte RTL eine Unterhaltungsoffensive an, die sich bis über den Jahreswechsel hinaus erstrecken sollte. »Die besten Filme aller Zeiten«, drei pro Woche.

19

Frotzeck war schon kurz nach vier wach. Er stand auf, trank ein Glas warme Milch mit Honig und legte sich wieder ins Bett. Aber er bekam kein Auge mehr zu. Dieser Tag war der Höhepunkt seines Lebens: Er würde Bundeskanzler der Bundesrepublik Deutschland werden! Und viele Menschen begannen, mit ihm warm zu werden. Der Begriff Kobaltkanzler ging nicht nur durch die Medien, er war in aller Munde. Ein plötzliches Glücksgefühl zog sein Herz zusammen.

Kurz nach sieben erhob er sich und begann, sich gemächlich anzukleiden. Seine Frau schlief noch. Er hatte lange überlegt, ob er sich einen neuen Anzug schneidern lassen sollte, doch am Ende hatte seine Sparsamkeit gesiegt. Er zog den schwarzen Anzug an, den er zuletzt bei der Beerdigung seines Bruders getragen hatte, und band eine blaue Krawatte um. Kobaltblau, was denn sonst? Lange hatte er bei Herrenausstattern nach dieser Farbe gesucht. Kobaltblau, nicht irgendein Blau. Die Zeitungen sollten das schreiben.

Beim Frühstück bekam er keinen Bissen herunter. Zwei Tassen Tee mit Zitrone, das war genug. Seine Frau sah ihn prüfend an, starrte auf seine Hände und registrierte, dass sie leicht zitterten. War das die Aufregung des Tages, oder wurde er langsam dement? Und wie zermürbend würde sich das Amt auf ihn auswirken?

Ihr war etwas bange, und sie begann sich auch vor den Konsequenzen für sich selbst zu fürchten. Auf dem Wochenmarkt einkaufen, das würde wohl nicht mehr so einfach sein.

Als er umgeben von vier Bodyguards das Haus verließ und den gepanzerten Mercedes bestieg, warteten schon ein Dutzend Fotografen und etwa hundert Menschen aus der Umgebung, die ihm applaudierten. Er legte die Rechte aufs Herz und verneigte sich. Als er indes eine Gruppe von Nazis das Horst-Wessel-Lied der SA anstimmen hörte, rief er dem Fahrer zu: »Weg hier! Sofort!«

Den direkten Weg von der Autobahn zum Reichstag konnten sie nicht nehmen, denn der Platz um die Siegessäule und die Straße des 17. Juni waren mit Hunderttausenden meist junger Menschen verstopft. Ihm fiel ein: Heute sollte ja auch Tommi zu Grabe getragen werden, der zu Tode gequetschte Demonstrant, der zur Symbolfigur des Widerstands gegen Kobaltblau geworden war. An der Siegessäule war ein provisorischer Altar errichtet worden, dahinter erhob sich ein riesiges Kreuz, und auf dem Altar stand die Urne des Toten. Die Menschen schwiegen, in die Stille wurde vom Band sakrale Musik gespielt. Ein Pfarrer sprach fünf Minuten, dann setzte sich die Menge wieder in Bewegung, um am Reichstag vorbeizuziehen und ihren Protest dagegen auszudrücken, was sich drinnen abspielte.

Frotzeck nahm in der ersten Reihe der AfD-Fraktion Platz, man klopfte ihm Mut machend auf die Schulter. Korn kam aus den Reihen der CDU herübergelaufen, beugte sich herab und raunte ihm zu: »Wir haben in der Fraktion eine Probeabstimmung gemacht. Vierzehn Stimmen fehlten, aber es reicht immer noch dicke. Bloß keine Angst!«

Wie üblich bei der Kanzlerwahl gab es keine Aussprache, es ging sofort in den Wahlgang. Hermine Kraut, die neue Bundestagspräsidentin aus den Reihen der AfD, trug ein blaues Kleid und rief die Abgeordneten namentlich zur Stimmabgabe auf. Die Grünen hatten einen Trauerflor angelegt, von draußen konnte man die Sprechchöre des nun laut gewordenen Beerdigungszuges vernehmen. »Nazis raus!« und »AfD, SA, SS!«

Nach zwanzig Minuten waren die Stimmen schon ausgezählt. Frotzeck erhob sich bei der Verkündung, seine Knie waren weich, seine Hände zitterten. Sein Gehirn war wie verkapselt, er begriff nicht. Erst als sich bei AfD und CDU ein Jubelsturm erhob, tauchte er wieder in die Wirklichkeit ein. Der Fraktionschef neben ihm flüsterte ihm zu: »Es fehlen 23 Stimmen aus den Reihen der CDU-Fraktion. Aber das macht gar nichts. Bei Merkel haben auch immer welche gefehlt, reichlich. Was zählt: Du bist Kanzler!«

»Herr Frotzeck, nehmen Sie die Wahl an?«

»Frau Bundestagspräsidentin, ich nehme die Wahl an und danke für das Vertrauen!«

Der AfD-Fraktionschef und Korn gratulierten artig. Auch der SPD-Chef erschien, allerdings ohne Blumen. Die Grünen blieben auf ihren Sitzen. Bis auf einen. Hartmut Borstein, ein Abgeordneter aus Hannover, reihte sich in die Schlange der Gratulanten ein. Die neu gewählten Abgeordneten kannten sich noch nicht gegenseitig, niemand beachtete ihn weiter, niemand dachte darüber nach, was der einsame Grüne hier suchte. Als Borstein an der Reihe war und Frotzeck ihm die Hand entgegenstreckte, zog er einen Plastikbeutel aus der Hosentasche und goss den Inhalt, halbflüssigen Kot, über Kopf und Sakko des Kanzlers.

»Der Kobaltkanzler ist ein Scheißkanzler«, rief Borstein in die entsetzte Stille.

Dann wich die Lähmung von den anderen, AfD-Abgeordnete stürzten sich auf ihn und prügelten wild auf ihn ein. Grüne stürmten herbei und prügelten zurück. So etwas hatte es im Bundestag noch nicht gegeben.

Die Präsidentin schwang die Glocke und wies die Saaldiener an, die Kämpfenden zu trennen und Ruhe herzustellen. Nach wenigen Minuten war das gelungen. Borstein wurde von zwei Saaldienern gehalten, die Arme auf dem Rücken verdreht.

»Herr Abgeordneter, für diese empörende Attacke erteile ich Ihnen ein halbes Jahr Hausverbot im Deutschen Bundestag. Außerdem darf der Herr Bundeskanzler Sie zivilrechtlich belangen, sobald Ihre Immunität aufgehoben ist. Meine Damen und Herren, ich unterbreche die Sitzung für vier Stunden. Herr Frotzeck wird jetzt zum Bundespräsidenten fahren, um seine Ernennungsurkunde entgegenzunehmen. Danach wird er hier im Hohen Haus vereidigt.«

Die Abgeordneten waren instinktiv von Frotzeck zurückgewichen. Er stank. Kot war ihm übers Gesicht gelaufen. Als er sich dessen bewusst wurde, musste er sich übergeben. Zwei Saaldiener geleiteten den

Besudelten aus dem Plenum in den Aufenthaltsraum des Kanzlers, an den sich ein Badezimmer anschloss. Dort entkleidete er sich mit spitzen Fingern und wusch sich Kopf und Gesicht unter einer Handbrause. Die beschmutzten Sachen warf er in einen Kleiderkorb, den er vor die Tür stellte. Man fragte ihn nach seiner Konfektionsgröße, dann schloss er den Raum von innen ab, fiel auf das Sofa und versank in einer tiefen Ohnmacht.

Die Bilder von dem Anschlag gingen um die Welt. Jedermann konnte sehen, dass dem neuen deutschen Kanzler schon bei der Wahl die Würde gestohlen worden war. Wenn das erst der Anfang war, wie würde diese Geschichte enden?

Als Frotzeck aus der Ohnmacht erwachte, wurde Tommis Urne auf dem Dorotheenstädtischen Friedhof in die Erde gesenkt.

20

»Amandus, ich grüße dich, was tust du gerade?«
Valentin Schick, der Regierungschef aus Kiel, hatte
die Stimme seines Düsseldorfer Kollegen, die ihm
so vertraut war, nicht mehr gehört, seit der im CDU-
Präsidium in auflodernden Zorn über die geplante
Koalition mit der AfD den Rücktritt von allen Ämtern
und sogar den Austritt aus der Partei angekündigt
hatte. Eine gefühlte Ewigkeit war das her.

»Ich regiere«, antwortete Amandus Lebeau, »muss
die Regierung ja geschäftsführend auf Kurs halten, bis
ein Nachfolger installiert ist.«

»Und, wie steht's damit?«, fragte Schick. »Ich lese
und höre nichts von einem Favoriten.«

Lebeau knurrte leise ins Telefon. »Den gibt's auch
nicht. Der Finanzminister erschiene mir eigentlich
geeignet, aber er schaudert vor der Kobaltkoalition in
Berlin und will nichts mit denen zu tun haben. Hat
mein Angebot rundheraus abgelehnt. Sonst kann ich
keinen erkennen. Inzwischen werde ich schon bekniet
weiterzumachen.«

»Dann geh ich auch mal auf die Knie. Das ist der
Grund meines Anrufs. Du hast damals in heller Empörung reagiert. Aber das war falsch. Man wirft nicht
einfach weg, was du erreicht hast. Dieses kobaltblaue
Konstrukt in Berlin hat doch keine Zukunft. Ruf dir

nur die Bilder in Erinnerung von der Kanzlerwahl mit anschließender Scheißedusche für Frotzeck. Auf diesem Unternehmen liegt kein Segen. Andere würden sagen, es geht kein Zauber von ihm aus, obwohl einige der Koalitionspläne durchaus reizvoll sind und auch von einer stabilen Mehrheit angenommen werden.«

»Frotzeck hat mir wahnsinnig leid getan bei dem Angriff. Das hat niemand verdient, auch er nicht.«

»Ja, und nun schau mal auf das, was du von unserem traurigen Helden Johann Korn wahrgenommen hast. Nichts! Niente! Nada! Die AfD bestellt die Musik ganz alleine. Er ist überhaupt nicht vorhanden. Wenn das so weitergeht, implodiert die CDU. Das, lieber Amandus, dürfen wir nicht zulassen! Die CDU ist die Staatspartei in Deutschland, die Partei Adenauers, Kohls und Merkels. Unser Moment wird kommen. Der Moment, in dem die Koalition zerbricht, Korn im Nichts versinkt und neue Köpfe gebraucht werden, um die CDU wieder aufzurichten. Das sind, so wie die Dinge nun mal liegen, wir beide, lieber Amandus. Ich habe keinen übermäßigen Ehrgeiz, ich warte nachts nicht darauf, dass mein Telefon klingelt. Kommt der Moment, von dem ich gesprochen habe, dann überlasse ich dir gerne den Vortritt im Kanzleramt. Und wenn du nicht auch noch die Partei führen möchtest, dann mach ich das eben. Wir werden uns schon gut verstehen. So gut wie in den vergangenen Jahren.«

Lebeau schwieg. Ließ die Worte auf sich wirken.

»Bist du schon aus der Partei ausgetreten?«

»Noch nicht. Das hat ja nun wirklich Zeit.«

»Diese Zeit, lieber Amandus, sollte nie kommen. Ich appelliere an dich in allem heiligen Ernst: Mach deinen

Abschied als Ministerpräsident rückgängig. Sag, du hast erkannt, dass du das Land nicht alleine lassen kannst. Stell dich einer erneuten Wahl im Landtag. Du wirst sehen, du bekommst mehr Stimmen als nur die der CDU. Und dann kehrst du ins Präsidium der Partei zurück, als Ministerpräsident eines Landes hast du jederzeit Zugang. Den angekündigten Abschied aus der Partei trittst du in die Tonne. Und das alles verkündest du in den nächsten Tagen in einem Interview mit der FAZ. Ich sage dir, das Echo wird überwältigend positiv sein. Die Leute wollen nicht alleine Korn und Frotzeck ausgeliefert sein. Mit dem Start der Kobaltblauen beginnt auch die Zeit der Opposition. Und die sind wir, wir beide. Die SPD ist völlig entkräftet, die kannst du knicken. Und die Grünen müssen erstmal ihre Hybris ausschwitzen und wieder Demut lernen.«

Lebeau schwieg noch immer, was ein gutes Zeichen war.

»Wenn du möchtest, bekenne ich mich zu dir. Ich gebe der Süddeutschen ein Interview, habe dahin gute Beziehungen, und verkünde, dass ich dich als künftigen Parteichef und Kanzler nach dem Scheitern von Kobaltblau sehe. Wir müssen denen, verzeih bitte den vulgären Ausdruck, den Arsch aufreißen. Und die CDU wieder zurückmelden in der Geschichte. Wir beide. Du und ich!«

Jetzt rührte sich etwas am anderen Ende. »Ich muss gestehen, lieber Valentin, dass ich auch schon daran gedacht habe, Ministerpräsident zu bleiben. Aber die Kühnheit, mich noch einmal im Landtag zur Wahl zu stellen, hatte ich nicht. Das wäre ja auch ein einmaliger Fall in der deutschen Geschichte. Wiederwahl nach

Rücktritt. Mein lieber Scholli! Aber warum eigentlich nicht? Ich glaube, die Leute im Land würden erleichtert sein. Die Debatte über Nachfolgekandidaten hat sie lange genug in den Abgrund blicken lassen …«

Jetzt schwieg Schick. Der Düsseldorfer stand an der Klippe. Er musste nun springen, ganz von selbst. Ohne geschubst zu werden.

Und er tat es. »Also gut, Valentin. Ich mach es. Ich danke dir für deinen Anschub. Du hast mir sehr geholfen. Und unserer Partei vermutlich auch. Nun gilt der Pakt, den wir heute geschlossen haben …«

»Ja, wir werden den Kaiser vom Pferd holen.«

21

Der Generalsekretär erwischte Korn im Badezimmer. Der hatte das Handy neben den Seifenspender gelegt, und das Ding glitschte ihm zunächst aus der Hand, als er es beim Läuten greifen wollte. Erst als er sich die Hände abgetrocknet hatte, das Klingeln schon erstorben war und er endlich zurückrief, konnte ihn der General ins Bild setzen. Der legte los, getreu dem Motto: Herr Lehrer, ich weiß was …

»Lieber Herr Korn, ich habe verlässlich gehört, dass sich die Dinge in Düsseldorf zu drehen beginnen.«

»Wieso? Lebeau ist doch erledigt, oder?«

»Lebeau hat ein wenig nach einem Nachfolger gesucht und keinen gefunden. Und nun hat man ihm eingeblasen – ich nehme an, es war Schick –, nochmal anzutreten. Das geht ja. Er darf noch einmal kandidieren, auch als geschäftsführender Ministerpräsident.«

Korn schwieg eine Weile. Das musste er durchkalkulieren. Dann sinnierte er laut: »Wenn er es schafft, ist er der Held, der Wiedergeborene. So einen kann ich gar nicht gebrauchen.«

»Ist mir klar …«

»Ich brauche Ruhe und Stabilität.«

»Ich könnte ja mal etwas …«

»Was?« Korn beugte sich übers Waschbecken und strich sich mit der Linken übers Kinn. Rasieren? Oder Dreitage-Pirat?

»Ich habe einige Vertraute in der Landtagsfraktion«, lieber Herr Korn. »Hab schon nachgedacht. Wenn fünf von denen etwas werden können mit Ihrem Segen, dann läuft der schöne Amandus gegen eine Wand.«

»Das würden Sie hinbekommen?«

»Kann ich nicht garantieren. Aber ich bin sehr zuversichtlich.«

»Und, was wollen Sie dafür?«

»Staatsminister im Auswärtigen Amt wäre ich schon sehr gerne …«

Korn verstummte. Das war eine unverhüllte Erpressung. Aber was sollte er tun?

»Ich hab gehört, was Sie gesagt haben. Dann … dann … dann machen Sie mal. Wenn es gelingt, werden Sie es nicht bereuen.«

22

Als er vor der Halle aus der Limousine kletterte, hörte er das typische Geräusch. Das Reißen einer Hosennaht. Seiner Hosennaht. Verflucht! Das ging ja gut los. Henning Förster baute sich mit dem Rücken zu seinem Dienstwagen auf und befingerte vorsichtig seinen Hintern. Ja, da hatte die Spannung nachgelassen. Da war die Naht gerissen. Warum auch trug er immer diese verwaschenen, Jahre alten Jeans? Cool wollte er wirken, jugendlich. Nun stand er im Freien – ausgerechnet bei diesem Parteitag!

»Herr Wachsauer«, sprach er seinen Chauffeur an, der aus dem Wagen gestiegen war, um ihm seine Aktentasche aus dem Kofferraum zu holen, »Herr Wachsauer, seien S' doch bitte so nett und holen S' mir drei Sicherheitsnadeln aus der Halle. Die Frau Steckerbarth müsste sowas dabeihaben. Die Steckerbarth aus der Protokollabteilung.«

Förster reckte und streckte sich neben dem Achtzylinder-BMW, blinzelte in die Sonne und tat so, als ob er vor dem Parteitag nochmal die Lungen durchpusten wollte. Ein paar Delegierte trauten sich an ihn ran und verwickelten ihn in ein Gespräch. Warum er Kobaltblau ablehne. Ob Frotzeck nicht ein guter Kanzler werden könne. Wie die CSU der Koalition guttun könnte. Er schwätzte. Ohne Punkt und Komma. Und sagte nichts. Nicht hier. Nicht vor der Halle. Nach siebzehn Minuten, er schaute auf seine Rolex, war Wachsauer zurück und ließ drei Sicherheitsnadeln in seine Rechte gleiten. Förster stieg zurück in den Wagen hinter die getönten Scheiben, bäumte sich rückwärts auf und pfriemelte die Nadeln in die aufgerissene Naht. Viermal stach er sich in die Finger, bis es blutete. Dann war es geschafft. Die Hose hielt, und Förster ließ das dunkelblaue Sakko darüber fallen.

»CSU. Klar und Stark«, stand in falschem Deutsch an der Stirnseite der Halle. Die Delegierten, gut tausend, hatten schon Platz genommen. Es gab nur einen Tagesordnungspunkt: »Weißblau statt Kobaltblau: Die CSU und die Berliner Koalition.«

Förster eröffnete den Parteitag. Man sang vorweg die Bayernhymne. Dann begann er seine Grundsatzrede. »Liebe Freundinnen und Freunde, wir haben heute eine Entscheidung von großer Tragweite zu treffen. Schließt sich die CSU der sogenannten Kobaltkoalition in Berlin an – oder verlässt sie die Gemeinschaft mit der CDU, macht sich selbstständig, kandidiert auch außerhalb Bayerns bei den Wahlen und führt dann ganz eigenständige Koalitionsverhandlungen?«

Er ließ den Blick über die Köpfe schweifen und entspannte die Schultern. Gelassenheit! Er musste gelassen und souverän wirken!

»Ich sehe noch einen dritten Weg, verehrte Parteifreunde, und ich bitte Sie, mir auf diesem Weg zu folgen: Die CSU tritt nicht in die Kobaltkoalition ein, sie schert aus der Gemeinsamkeit mit der CDU aus und konzentriert sich dennoch nur auf Bayern! Das ist der goldene Pfad! Extra Bavariam nulla vita, hat Franz Josef

Strauß gerne gesagt, außerhalb Bayerns gibt es kein Leben. Und auch er ist einmal in letzter Minute davor zurückgeschreckt, die CSU auszudehnen auf ganz Deutschland. Das war ein weiser Entschluss. Ich bitte Sie heute, ihn an meiner Seite noch einmal zu erneuern. Die CSU getrennt von der CDU, ja vielleicht sogar in scharfer Konkurrenz zu ihr, das bedeutet ein hohes Risiko bei Wahlen. Marschiert die CDU in Bayern ein, weil wir bundesweit antreten, könnten wir die Macht verlieren, viele, wenn nicht sogar alle Direktmandate einbüßen und umgerechnet auf ganz Deutschland unter fünf Prozent bleiben. Das hieße: Wir fliegen aus dem Bundestag! Wir dürfen in Bayern also niemals zum Opfer der CDU werden. Das ist ein anspruchsvolles Ziel. Aber ich bin überzeugt: Wir schaffen das! Das schöne Bayern soll für uns zur Wagenburg werden. Wir igeln uns hier ein, politisch, auch wenn wir ökonomisch auf das ganzen Welt zu Hause sind. Und ich bin sicher: So werden wir uns wohlfühlen, so wird uns Bayern ewig zur geliebten Heimat!«

Der Applaus war ordentlich, aber nicht üppig. Die Delegierten waren zu überrascht von dieser Volte. Sie hatten einen Appell zur Ausdehnung der CSU erwartet. Der kam nun von Sozialminister Toni Hirschauer, der unmittelbar nach Förster sprechen durfte. Hirschauer war Niederbayer, kam also aus einer Region, in der die Partei leicht über sechzig Prozent holte. »Liebe Freunde«, begann er, »mir ist die Haltung unseres Vorsitzenden zu ängstlich. Wir haben oft darüber nachgedacht, aufs Ganze zu gehen, und einmal haben wir uns am Ende nicht getraut. Aber jetzt gilt es. Wenn wir bundesweit antreten, können wir der AfD fünf bis zehn Prozent abnehmen ...« Murren kam auf, durchsetzt von Gelächter. »Zehn?«, rief jemand in die Halle, »warum nicht zwanzig oder gleich dreißig? Hirschauer macht's möglich!« Das war unglücklich gelaufen, er ertrank in Hohn und Gelächter.

Die anschließende Diskussion über die beiden Pole Förster und Hirschauer zog sich über fast vier Stunden. Es gab keine neuen Argumente. Nur das Alte wurde unablässig wiederholt. Dann endlich blieben die Wortmeldungen aus. Abstimmung. Hirschauer beantragte geheime Abstimmung und bekam sie auch.

Anderthalb Stunden später war das Ergebnis da. »Liebe Parteifreundinnen und -freunde«, verkündete die Landtagspräsidentin, die auch dem Parteitag vorsaß, »ich verkünde das Ergebnis. Anwesende Delegierte: 1004. Abgegebene Stimmen: 996. Gültige Stimmen: 987. Für den Antrag von Henning Förster haben 631Delegierte gestimmt, für den Antrag von Toni Hirschauer 353. Drei Delegierte enthielten sich. Damit wird die CSU die Fraktionsgemeinschaft mit der CDU verlassen, der Kobaltkoalition nicht beitreten, bei Bundestagswahlen aber weiterhin nur in Bayern antreten.« Beifall brandete auf, die Delegierten erhoben sich, auch diejenigen, die unterlegen waren.

Förster ging aufs Podium und bat Hirschauer herauf. Er gab ihm die Hand und hob ihre beiden Hände in die Höhe, als hätten sie gemeinsam gesiegt.

Am Montag, dachte Förster, werde ich ihn aus dem Kabinett feuern. Eine Nadel piekte ihm schmerzhaft in die rechte Arschbacke.

23

Es war viel einfacher, als er gedacht hatte. Die Führungsfiguren der Kobaltkoalition auszuspähen, war ein
Kinderspiel. Konrad Frotzecks Adresse in Potsdam
konnte Dieter Dengler alten Zeitschriften entnehmen,
zwar nicht die Hausnummer, aber die Straße. Frotzeck
war aus Eitelkeit und Publizitätsgier so unvorsichtig
gewesen, Reporterteams in den eigenen vier Wänden
zu empfangen. Und sich etwa beim Sonntagsfrühstück
mit seiner Frau ablichten zu lassen. Eine Dämlichkeit
sondergleichen. Denn die Presseleute wollten natürlich immer damit renommieren, dass sie wirklich in
der Wohnung des AfD-Mannes gewesen waren. Kein
Fake-Frühstück!

Dengler musste also nur noch morgens durch die
Straße spazieren, in der nun der Kanzler wohnte.
Zwei Dinge musste er wissen: In welchem Haus lebte
Frotzeck – und wann verließ er es morgens, um zum
Kanzleramt gefahren zu werden. Es gab eigentlich nur
zwei Möglichkeiten: entweder um 6.30 Uhr oder um
7.00 Uhr. Denn im Kanzleramt, das hatte er gelesen,
hatte der Kobaltmann schon um 8.00 Uhr seine
Morgenrunde versammelt, um das Aktuelle und das
Anliegende zu besprechen. Vorher musste er sich aber
noch ein wenig einlesen in die Entwicklungen der
Nacht. Asien, Amerika …

Das Haus war leicht zu entdecken. Es musste rund um die Uhr bewacht werden. Zwei uniformierte Polizisten standen davor, nur mit Pistolen an der Hüfte bewaffnet. Dengler fand sie, als er mittags durch die Straße schlenderte. Er wunderte sich, wie man solchen Schmerbäuchen den Schutz des höchst gefährdeten Kanzlers überlassen konnte. Bis die zu ihren Pistolen gegriffen hätten, lägen sie schon in ihrem Blut. Waren die Sicherheitsbehörden verrückt geworden?

Der Termin des morgendlichen Aufbruchs zur Arbeit war etwas schwieriger herauszufinden, aber auch das erforderte kein Superhirn. Dengler spazierte an einem Tag um 6.30 Uhr auf dem gegenüberliegenden Bürgersteig am Haus vorbei. Die beiden Uniform-Opas, sonst niemand. Zwei Tage später ging er um 7.00 Uhr vorüber. Und wirklich: Vor dem Haus parkten zwei gepanzerte Mercedes-Karossen, eine für Frotzeck, die andere für sein Begleitkommando. Um 7.01 Uhr öffnete sich die Haustür und vier Bodyguards verteilten sich im Halbkreis, die Hände vor dem Gemächt gefaltet, die Gesichter zur Straße gekehrt, trotz des Halbdunkels Sonnenbrillen auf der Nase. Aha. Frotzeck folgte schnellen Schrittes und stieg durch die Tür, die ihm der Fahrer geöffnet hatte, in seinen Dienstwagen. Die Motoren wurden angelassen, einer der Bodyguards stieg neben dem Fahrer in Frotzecks Limousine, die übrigen drei in das Begleitfahrzeug. Und schon waren sie weg. Dengler lief zurück zu seinem alten VW Golf und fuhr zufrieden nach Hause.

Dann kümmerte er sich um Korn. Wo der in Berlin wohnte, hatte nie in irgendeinem Blatt gestanden.

Er musste also am anderen Ende beginnen, vor dem Auswärtigen Amt. Das kostete sehr viel mehr Geduld, denn der Außenminister fuhr zu höchst unterschiedlichen Zeiten nach Hause. In keinem Fall vor 20.00 Uhr, dachte Dengler.

Er wartete und wartete. Zwei Tage, drei Tage, vier Tage. Bis Mitternacht. Er war frustriert und erschöpft. Am fünften Tag hatte er Glück. Das breite Stahltor zum Hof des Auswärtigen Amtes öffnete sich kurz nach 21.00 Uhr, und heraus fuhr Korn in seinem Achtzylinder-Audi, gefolgt von den Sicherheitsleuten. Dengler startete seinen mehr als dreißig Jahre alten Golf und folgte in gehörigem Abstand. Niemand in den beiden Limousinen beachtete ihn. Kriminelle oder Terroristen würden nicht in so einer Schüssel unterwegs sein. Dengler hatte Glück, dass die beiden Zielfahrzeuge vor roten Ampeln hielten und nicht allzu rasant unterwegs waren. Er konnte folgen.

Die Route führte in das nobelste Wohnviertel Westberlins: Dahlem. Die beiden Wagen stoppten vor einer zweigeschossigen Villa mit großem Park und ausladenden Bäumen. Unten brannte Licht. Oben nicht. Dengler rollte vorüber, als die vier Bodyguards eine Gasse zum Gartentor bildeten und Korn durchließen. Sie kehrten der Straße den Rücken zu. Drei Minuten später fuhren die Limousinen davon. Dengler parkte seinen Golf am Straßenrand und spazierte zurück. Jetzt brannte auch oben Licht. Dort also nahm Johann Korn, Außenminister der Bundesrepublik Deutschland, jetzt seinen Whisky. Die Villa bewohnte er noch nicht lange, wusste Dengler. Es war eine Dienstvilla, Korn hatte sein Apartment nach

Amtsantritt aufgegeben. Das immerhin war zu lesen gewesen.

Dengler fuhr nach Hause. Setzte sich an den Küchentisch, ohne Licht zu machen. Und nahm einen Ramazzotti auf Eis. Jetzt war er handlungsfähig.

24

Es war Dunkers erster großer Auftritt. Er war körperlich nicht sonderlich groß und wippte daher auf den Fußballen, oben hatte er sich in die Brust geworfen. Immerhin war er Staatssekretär. Mitglied des Kabinetts! Seine Verlegerin, die ihn aus dem Haus gedrängt hatte, war sicherlich blass geworden, als sie davon gehört hatte. Florian Dunker, der Boulevard-Terrier mit dem ideologisch strengen Geruch, hatte es an die Spitze des Bundespresseamtes geschafft.

Und er würde fortan die dirigieren, instruieren und disziplinieren, die um den großen ovalen Konferenztisch vor ihm saßen, eine Tasse Kaffee oder ein Glas stilles Wasser vor sich und den Blick düster bis erwartungsvoll auf ihn gerichtet. Direkt vor ihm, an der Stirnseite des Tisches, hatte Frank Möhrenschein Platz genommen, zum ersten Mal in seiner neuen Rolle als Generalintendant des neuen Rundfunk- und Fernsehsystems. Lieber Himmel, dachte Dunker, wie konnte er den schlappen Kerl bloß in diese Funktion heben? Möhrenscheins Gesicht unterschied sich fundamental von denen der übrigen Hierarchen. Es war nicht blass, sondern rot mit einem Stich ins Violette. Er war nervös. Würden sie gegen ihn rebellieren, den Niemand aus den endlosen Fluren des WDR? An dem selbst sein eigener Intendant grußlos vorüber ging …

Dunker trat einen halben Schritt nach vorne und begann, die Stimme erhoben, metallisch: »Meine Dame, meine Herren! Sie erleben die Geburtsstunde der neu gebildeten Intendantenkonferenz der ehemals öffentlich-rechtlichen Sender, die nun frei sind, befreit vom rot-grünen Moder der Systemzeit. Und die miteinander, unter der Anleitung des Generalintendanten Frank Möhrenschein, ihren Beitrag leisten werden zum Wiederaufstieg unseres Vaterlandes.«

»Systemzeit« – Möhrenschein zuckte zusammen, als Dunker den Begriff wählte, den schon die Nazis gerne gebraucht hatten, um die Weimarer Republik zu diskreditieren. Den Senderhäuptlingen ging es nicht anders.

»Ja, ich merke schon, ›Systemzeit‹ gefällt Ihnen nicht. Aber daran werden Sie sich gewöhnen müssen. Wir haben diese pervertierte Phase rot-grüner Herrschaft verlassen. Und treten in eine neue Ära ein.« Möhrenschein, der Opportunist, fühlte sich verpflichtet zu applaudieren. Er tat es leise und mit schlaffen Händen.

»Sie sind alle neu ernannt«, fuhr Dunker fort. »Ich möchte Ihnen gerne offenbaren, wie das geschehen ist und wie es auch künftig ablaufen wird. Formal hat Sie Herr Möhrenschein berufen. Real aber war ich das. Ich reserviere mir den Letztentscheid über die Vorschläge des Generalintendanten …«

Ein Murren lief um den Tisch. Selbst den Gefolgsleuten war diese Herrschaftsallüre zu direkt, zu dreist. »Ja, daran haben Sie sich zu gewöhnen. Rundfunk und Fernsehen sind künftig Instrumente der nationalen Befreiung. Wenn Sie vermeiden möchten, dass ich eingreife – oder unter mir Herr Möhrenschein –, dann zeigen Sie selbst Initiative für die Kobaltregierung und die Sache der Nation!«

Möhrenschein fühlte sich verpflichtet, dazwischenzugehen und die Senderzwerge, wie er sie nannte, zu beruhigen. »Das wird ja höchst selten passieren, falls überhaupt. Denn Sie werden ja täglich mit mir aufs Engste kooperieren und jeder Zweifel an einer Entscheidung wird Sie zum Telefon greifen lassen …«

»Meinetwegen«, nahm Dunker wieder auf. »Sie haben Ihre Verträge noch nicht, das wird Sie sicher schon nervös gemacht haben. Das hatte einen sehr einfachen Grund: Wir haben lange überlegt, welche Amtszeit wir in diesen Verträgen fixieren. Der Herr Bundeskanzler hat mir freie Hand gelassen – ich bestimme also: Wir nehmen zunächst mal eine Bewährungsphase von zwei Jahren in den Blick. Haben Sie sich in dieser Zeit ausgezeichnet, verlängern wir um drei Jahre. Dann um vier. Einzige Ausnahme ist Herr Möhrenschein. Er hat immer ein Jahr mehr als Sie.«

Die Intendanten rutschten auf ihren Stühlen hin und her, aber niemand sagte etwas. Möhrenschein starrte auf seine gefalteten Hände. Er hatte mehr erwartet – für sich. Sollte er darüber noch mal mit dem Kanzler reden? Auf keinen Fall, war er sich sofort sicher. Dunker würde davon erfahren und ihn fortan schikanieren. Er würde es schon aushalten.

»Einmal im Monat sehen wir uns hier, im Presseamt, und ich werde Ihnen die Leitlinien unserer Öffentlichkeitsarbeit vorstellen. Die sind verbindlich. Missachten Sie die, werden Sie in den Ruhestand geschickt, mit Minimalpension. Noch Fragen?«

Karin Schwall, die Intendantin des Mitteldeutschen Rundfunks, richtete sich auf und warf vom gegenüberliegenden Ende des Tisches ein: »Sie haben jetzt nur über Vorschriften und Sanktionen geredet, lieber Herr Dunker. Gibt es auch ein System von Prämien und Belohnungen?«

»Selbstverständlich. Mit jeder Vertragsverlängerung werde ich Ihr Gehalt anheben. In welchem Umfang, entscheide ich nach Maßgabe Ihrer Leistungen. 400 000 Euro im Jahr sind die Höchstgrenze.«

Die Teilnehmer warfen sich Blicke zu. Das war bescheiden, sehr bescheiden im Vergleich zu den Dotationen des früheren Systems. »Und die Größe der Sender, hat die eine Bedeutung für unsere Gehälter?«

»Nein. Das sage ich klipp und klar. Entscheidend ist keine Statistik, entscheidend ist nur die Erfüllung der nationalen Aufgaben.«

Zwei Intendanten erhoben sich und verließen grußlos den Saal. Der zweite kehrte noch einmal zurück und rief von der Schwelle der geöffneten Tür: »Wir verzichten auf unsere Ämter. Unsere Selbstachtung ist uns mehr wert.«

»Noch jemand?«, fragte Dunker mit geröteten Wangen. »Wenn ja, dann jetzt sofort. Wer bleibt, der gehört dazu.« Alle anderen blieben.

Die Konferenz der Intendanten hatte anderthalb Stunden gedauert. Dunker drückte an der Tür allen die Hand, dann ging er zu seinem nächsten Termin, eine Etage tiefer. Der Saal dort entsprach ganz dem, aus dem er kam. Um den Tisch saßen fünfzehn Journalisten. Reporter und Korrespondenten von Zeitungen, Zeitschriften und Sendern, darunter auch Ines Vollhardt, der neue Star aus dem ARD-Hauptstadtstudio.

»Meine Damen, meine Herren, ich begrüße Sie zum ersten Meeting unseres Kobaltclubs. Er soll künftig jede Woche einmal tagen. Wenn Sie an dem jeweiligen Termin verhindert sind, ist es nicht schlimm. Eine Vertretung können Sie nicht schicken. Unser Geschäft hier ist sehr persönlich.«

Dunker blickte in die Runde. Es war zu erkennen, dass sich die Geladenen geehrt fühlten, privilegiert. Sie saßen kerzengerade und hatten freundliche Gesichter aufgesetzt.

»Der Kobaltclub«, nahm Dunker den Faden seiner Rede wieder auf, »hat die Aufgabe eines Transmissionsriemens für die Regierung. Das ist zwar ein marxistischer Begriff, aber es gibt keinen besseren. Ich werde Ihnen Informationen und Direktiven präsentieren, die Sie, ohne die Herkunft präzise zu bezeichnen, an Ihre Leser, Hörer oder Zuschauer bringen. Nach allem, was ich gehört habe, hat Frau Vollhardt schon entsprechende Erfahrungen gesammelt. Das war übrigens früher kaum anders. Sie wissen das ja. Jede Regierung präpariert sich ihre Kanäle.«

Ines Vollhardt verzog unwillkürlich das Gesicht. Sie konnte den Kerl nicht ausstehen. Im Studium hatte sie über die Pressepolitik der Nazis gearbeitet. Dieser kleine Wicht hier, den man in Bayern einen aufgestellten Mausdreck nennen würde, verhielt sich ganz wie der Propagandaminister Joseph Goebbels. Kein Blatt Papier passte zwischen das Medienverständnis der beiden. Womöglich, sagte sie sich, habe ich einen Fehler gemacht, als ich mich an Bettina Voss verkauft habe. Auch der schreckliche Möhrenschein hatte Ähnlichkeit mit Goebbels, im Sexuellen. Sie wollte darüber gelegentlich noch mal in Ruhe nachdenken.

Dunker hatte nicht auf sie geachtet. Ihm entging, wie ihr Gesicht entgleiste. »Ich habe Ihnen auch schon etwas mitgebracht. Damit wir unsere Kooperation einmal erproben können …«

Er spazierte um den Tisch und genoss es, wie sich die Köpfe ihm nach bewegten. »Es ist ja kein Geheimnis, dass wir die Klimahysterie der Vorgängerregierungen verachten. Wir werden nicht so weitermachen. Aber wir haben im Koalitionsvertrag noch keine Festlegungen getroffen. Ich werde nun eine treffen …«

Dunker war wieder am Ausgangspunkt seiner Runde angekommen und hob nun die Stimme. »Als Symbol unseres neuen Kurses werden wir den Deutschen da entgegenkommen, wo sie es am liebsten haben. Beim Auto. Ich verkünde hiermit, dass das Auslaufen der Verbrennermotoren im Jahr 2035 Geschichte ist. Wir heben den Beschluss auf und werden auch Interventionen der EU missachten. Jeder, der will, kann sein altes Auto weiterfahren oder ein neues mit Benzinmotor kaufen. Und jeder Hersteller, der sich ein Geschäft verspricht, mag weiter Benzin- und Dieselmotoren entwickeln. Und produzieren.«

»Und wann sollen die nun auslaufen?«, warf Vollhardt ein.

»Niemals«, antwortete Dunker. »Die Zukunft ist offen. Wir werden nur noch wenige Benchmarks für die Luftreinhaltung setzen. So, und nun bringen Sie die gute Nachricht unters Volk. Sie ist ab sofort frei. Wir sehen uns am kommenden Donnerstag hier wieder.«

Die Medienleute stürzten aus dem Saal. Dunker blickte ihnen lächelnd hinterher.

25

Drittklassig, er erfasste es mit einem Blick. Ein dritt-
klassiger, ein bewusst demütigender Empfang. Keine
Ehrenformation, keine Flaggen, keine Fanfaren.
Nichts. Als wäre er gar nicht da. Er, der neue Außenminister der Bundesrepublik Deutschland. Johann
Korn kletterte aus seiner Limousine und stieg die
Treppen am Quai d'Orsay empor. Nicht einmal der
Protokollchef empfing ihn an der Tür. Eine Schranze
aus dem Apparat gab ihm knapp die Hand und bat ihn
zu folgen. Und der Minister, der französische Außenminister, verdammt, wo war der? Im ersten Stock wies
ihm die Schranze einen Stuhl auf dem Flur zu. Korn
nahm wie betäubt im Mantel Platz. Erst nach zwei,
drei Minuten regte sich der Impuls, einfach aufzu-
stehen und zu gehen. So nicht, Monsieur Frantellec,
nicht mit mir!

Doch dann öffnete sich die Flügeltür vor seinem
Stuhl, und die Schranze winkte ihn herein. Nicht einmal hier kam ihm Frantellec entgegen. Der saß hinter
seinem Schreibtisch und erhob sich zögernd, als Korn
auf ihn zuging. »Willkommen in Paris, willkommen
in der Hauptstadt der Französischen Republik«, knö-
delte er auf Englisch und streckte seine Hand über
den Schreibtisch. Korn ergriff sie und spürte: Sie blieb
schlaff. Was für eine Begegnung!

Es war die erste Auslandsreise des christdemokratischen Außenministers, und selbstverständlich führte sie nach Paris. Korn hatte sich darauf gefreut nach all den Enttäuschungen in Berlin. Sein Ministerium, die holzgetäfelten dunklen Wände auf der Ministerebene, das merkwürdige Amtszimmer, in dem seine Vorgänger immer wieder den Bodenbelag hatten herausreißen lassen, um nach eigenem Geschmack einen neuen verlegen zu lassen. Er hatte in Windeseile einen hellgrauen Textilbelag beschafft, der gab dem Raum einen gewissen Stil, doch die Ödnis der Holzpaneele an den Wänden und der Paternoster, den Besucher nicht benutzen durften, der ganze unter Denkmalschutz gestellte Plunder, der die DDR und das hier residierende Zentralkomitee der SED überlebt hatte, machten ihn depressiv. Jeden Tag aufs Neue.

Und dann auch noch Frotzecks Regierungserklärung! Reden konnte der noch nie. Die breitgezogene Litanei stand in schreiendem Gegensatz zu den hochtrabenden Floskeln, die sich der Kobaltmann von Bettina Voss hatte aufschreiben lassen. »Wir wollen Deutschlands Größe«, lautete das Motto. Es fehlte ein Verb. »Wiederherstellen« oder »verteidigen« oder ... Der Erklärung fehlte einfach die Leidenschaft, der Funke, die mitreißende Idee, um der kobaltblauen Koalition den Zauber eines wirklichen Neuanfangs zu geben. Das war nur lackierte Routine.

Mittendrin aber hatte es Korn aus dem Halbschlaf gerissen. Frotzeck trug ein paar Sätze vor, die es in sich hatten, Sätze, die nicht in dem Redeentwurf gestanden hatten, den man Korn, wie in solchen Fällen üblich, vorab zugestellt hatte. Der Kanzler hatte eben den Glanz der Olympischen Spiele 2036 ausgemalt, Spiele, »die an das Gute, das es 1936 noch gab«, anknüpfen sollten. »Während wir so unserer Nation neues Selbstbewusstsein vermitteln, werden wir auf der anderen Seite von allem Abstand nehmen, was einer Selbstverzwergung gleichkommt.« Frotzeck zögerte einen Augenblick, schaute zu Korn in der ersten Reihe des Bundestags und fuhr dann fort: »Meine Regierung wird ab sofort keine Gedenktage unserer Schande und unserer historischen Niederlagen mehr begehen. Das gilt etwa für den 27. Januar, den Tag der Besetzung von Auschwitz, vor allem aber für den 8. Mai, den Tag, als das Deutsche Reich bedingungslos kapitulieren musste. Als Tag der Befreiung kann ich diesen 8. Mai 1945 nicht sehen, es war der Tag der totalen Niederlage.«

Ihm antwortete erst zögerlicher, dann stürmischer Applaus der AfD. Ansonsten aber regte sich keine Hand, auch die von Korn nicht. Der Vorsitzende der SPD-Fraktion erhob sich und ging mitten in der Regierungserklärung gemessenen Schrittes zu Korn, beugte sich herab und fragte: »Stimmen Sie dem wirklich zu? Treten Sie nun alles in den Dreck, was Ihre Vorgänger aufgebaut haben?«

Korn zögerte nicht mit seiner ehrlichen Antwort: »Ich kannte diese Passage nicht. Sie ist im letzten Augenblick eingefügt worden. Ich stimme ihr nicht zu. Und ich werde das zum Thema machen.«

Der Sozialdemokrat sah ihn zweifelnd an und wandte sich dann ab. »Unerhört«, rief er in den Saal. »Unerhört!« Ein Tumult folgte.

Nach der Regierungserklärung war Korn an den Sitz des Kanzlers herangetreten und hatte mit eisiger

Miene hervorgepresst: »So etwas, Herr Bundeskanzler, machen Sie nicht noch einmal mit mir. Wiederholt sich das, ist unsere Koalition beendet. Ich sage Ihnen ausdrücklich: Ich stehe nicht hinter Ihren Ausführungen zu den Gedenktagen!«

»Na, dann tun Sie's eben nicht. Dann nehmen Sie halt noch an solchen Gedenkveranstaltungen teil. Aber dann als Johann Korn und nicht als Außenminister meiner Regierung! Nun lassen Sie mal schön die Kirche im Dorf, die Umfragen werden uns zeigen, dass ich Recht habe. So wie bislang bei allen unseren Themen …«

Korn schlief schlecht seit jenem Tag. Er brauchte Luftveränderung. Und eine Aufgabe. Die Reise nach Paris war seine erste Auslandsreise als Außenminister. Polen kam nicht in Frage. Die polnische Regierung war einfach zu aggressiv.

Aber nun erlebte er Ähnliches in Paris! Frantellec fläzte sich in seinen ledergepolsterten Schreibtischstuhl und startete seine Tirade: »Deutschland, scheint mir, will nicht mehr Partner von Frankreich sein. Die Halbierung Ihrer EU-Beiträge, ohne Ankündigung, ohne Verhandlungen, ist ein unverfrorener Angriff auf mein Land. Ja, unverfroren. Ich nehme kein Blatt mehr vor den Mund. Sie haben damit die EU ins Chaos gestürzt und unserer Landwirtschaft einen bösen Tritt versetzt. Wollten Sie damit Ihren Gesinnungsfreunden in der Provinz den Weg bereiten? Was glauben Sie, wie unsere Bauern reagieren, wenn sich für sie plötzlich die Existenzfrage stellt?«

»Verzeihen Sie, Herr Kollege«, grätschte Korn dazwischen, »warum sollte Deutschland mehr in die

EU einzahlen als die Welt- und Atommacht Frankreich? Die Zeiten, als wir für die deutschen Sünden der Vergangenheit gezahlt haben, sind vorbei. Für Frankreichs Bauern ist Frankreichs Regierung verantwortlich.«

»Ach, hören Sie doch auf! Sie wissen genau, dass die Agrarpolitik in Europa vergemeinschaftet ist. Sie fegen den deutschen Nazis und Halbnazis den Hof, lieber Herr Korn! Aber seien Sie gewiss, die werden nicht Ihre CDU wählen!«

»Ich muss Ihnen ganz offen sagen, lieber Herr Kollege, dass mir der Empfang in Paris, der Empfang durch Sie geradezu feindselig erscheint. Ist das nun der Stand unserer Beziehungen: feindselig?«

»Sie haben diesen Weg gewählt, lieber Herr Korn. Ja, unsere Beziehungen haben sich grundlegend verändert. Frankreich wird sich nun Bündnisse in der EU ohne Deutschland suchen. Ich bin sehr zuversichtlich, dass wir nicht allein sein werden. Denn Sie haben ja auch anderen – verzeihen Sie – in die Eier getreten.«

Korn war spontan aufgesprungen.

»Setzen Sie sich noch einen Moment hin. Gleich können Sie rausstürmen und sich nach Berlin verfügen. Ich möchte Ihnen aber noch als Zeichen bleibender Wertschätzung für die Partei Adenauers, Kohls und Merkels etwas mitgeben, das Sie interessieren dürfte.« Frantellec öffnete einen großen Briefumschlag und zog Fotos heraus, die er, eines nach dem anderen, über den Schreibtisch zu Korn schob.

»Sie sehen hier, werter Kollege, die heutige Kanzleramtsministerin Bettina Voss beim Verlassen der Russischen Botschaft unter den Linden mit einem Aktenkoffer in der Hand. Und hier beim Verlassen eines Bankgebäudes in Liechtenstein, wieder mit diesem Köfferchen in der Hand. Das sagt Ihnen natürlich nichts, ich werd's Ihnen erklären.« Der Franzose machte eine Kunstpause und blickte Korn triumphierend ins Gesicht. »In beiden Fällen, in Berlin und in Liechtenstein, hat Frau Voss Schwarzgeld für ihre Partei geholt. In der Botschaft Russlands mit schönen Grüßen von Wladimir Putin, in Liechtenstein von einer Stiftung, die eine Gruppe schwerreicher Industrieller aus Köln für die AfD eingerichtet hat. In dieser Stiftung ruhen, hören Sie genau zu: 150 Millionen Euro. Frau Voss holt einmal im Monat eine Million in bar ab und speist sie daheim in den Kreislauf der Partei ein. Das Millionenspiel geht nun schon seit vier Jahren. In der Botschaft Russlands lässt sich Frau Voss jeweils 200 000 bis 500 000 Euro in das Köfferchen packen. Vom Residenten des Militärgeheimdienstes GRU. Auch einmal im Monat.«

Korn schnappte zurück: »Die Fotos allein beweisen gar nichts.«

»Stimmt. Deshalb haben wir uns auch diese Listen der Geldzuflüsse beschafft. Frankreich, glauben Sie mir, hat exzellente Späher.« Er schob den Fotos ein paar engbedruckte Blätter hinterher.

»Warum singen Sie das nicht einem deutschen Reporter?«

»Auch das sollen Sie wissen, lieber Herr Korn. Der Spiegel hat eben einen Deal mit dem Kobaltkanzler gemacht. Nennen wir ihn Nichtangriffspakt, besiegelt und besoffen mit vielen Gläsern Wein. Die Süddeutsche Zeitung, Sie werden's nicht glauben, nimmt nichts Dubioses von Franzosen. Ja, wirklich. Der

stellvertretende Chefredakteur hat es genau so formuliert. Den Rest der deutschen Medien können Sie
vergessen. Alle kuschen schon vor Frotzeck. Selbst die
Öffentlich-Rechtlichen, die demnächst ausgemolken
werden. So ist es ja üblich in Ihrem Land: Man heult
gerne mit den Wölfen.«

Korn erhob sich. Er trug immer noch seinen Mantel. »Ich lade Sie hiermit zu einem Gegenbesuch nach
Berlin ein. Sie dürfen dort sogar den Mantel ablegen.«

Korn nahm den Umschlag, verbeugte sich leicht,
drehte sich um und stakste aus dem Raum. Grußlos.
Über die Schulter knurrte er: »Irgendwann.«

26

Möhrenschein stürzte ihr förmlich entgegen. Ines Vollhardt hatte kaum die Schwelle seines spartanischen WDR-Büros überschritten, da stand er auch schon vor ihr. Mit geröteten Wangen und blitzenden Augen. Er mochte sie. Schon lange. Wenn er sie auf dem Bildschirm sah, träumte er manchmal, er würde ihr die Bluse über den Kopf streifen, dann die Hose öffnen und danach den BH. Möhrenschein war notorisch erregt und die Hälfte seiner Zeit verbrachte er mit Überlegungen, welche von all den hübschen Frauen im Sender er wann und wie auf einem Redaktionssofa flachlegen könnte. Oder an einer Wand hochbocken …

»Schön, liebe Frau Vollhardt, dass Sie meiner Einladung gefolgt sind. Nehmen Sie doch bitte Platz.«

Der Programmgewaltige drückte sich hinter seinen Schreibtisch und strahlte sie an. »Sie sind kein Kind unseres Senders, oder?«

»Nein, ich stamme ursprünglich aus dem Südwesten.«

»Auch nicht schlecht. Liebe Frau Vollhardt, ich möchte mit Ihnen vertraulich über unser beider Karrieren reden. Ja, unser beider! Ich beobachte mit wachsendem Respekt Ihre Arbeit in Berlin. Sie haben die Themen gesetzt vor und während der Koalitionsverhandlungen. Das war großartig. Immer richtig. Und immer vorab.«

»Erfolg, lieber Herr Möhrenschein, ist eine Funktion von Arbeit und Glück.«

»In unserem Beruf auch von Beziehungen. Die haben Sie. Zu den richtigen, den neuen Leuten. Bei mir ist das ähnlich.«

Vollhardt blickte ihn fragend an.

»Ich erzähle Ihnen nun etwas sehr Vertrauliches, ja Geheimes. Sie wissen, was mit dem öffentlich-rechtlichen System geplant ist. Nach der Fusion soll es einen Generalintendanten geben, der gegenüber den Intendanten der Landessender weisungsberechtigt ist.«

»Und Sie …«

»Ja, ich könnte dieser Generalintendant werden. Und ich weiß aus meinen Gesprächen, dass dann der WDR einen neuen Kopf an seiner Spitze braucht. Ich plädiere für eine Frau.«

»Ach ja?«

»Lassen wir das Versteckspiel, liebe Frau Vollhardt. Wenn ich zum Chef dieses Medienkonzerns aufsteige, brauche ich jemanden, der mich begleitet. Und zwar am besten an der Spitze des mächtigsten Regionalsenders, des WDR. Den aktuellen Intendanten wird die AfD bei erster Gelegenheit kippen. Mit anderen Worten: Ich biete Ihnen diese Position an. Und ich bin fest davon überzeugt, dass Sie das wuppen werden. Jahreseinkommen: mindestens 650 000 Euro. Was meinen Sie?«

Vollhardt stellte den Kopf etwas schräg und blickte ihn mit zusammengekniffenen Augen an. Konnte sie dem trauen? Diesem Spargeltarzan?

»Ich nehme an, Sie haben gute Beziehungen zu den führenden Herrschaften der AfD, oder?«

»Davon gehen Sie mal aus.«

»Und Sie nehmen an, dass ich die auch habe.«

»Ich weiß es.«

»Hm, das kommt alles ein bisschen plötzlich. Geben Sie mir bitte drei Tage Zeit, um in mich zu gehen. Oder eilt es?«

»In keiner Weise. Dann verbleiben wir so, dass ich in drei Tagen nach Berlin komme und Sie dort zum Abendessen einlade. Einverstanden?«

Vollhardt erhob sich und ging zur Tür. Er folgte ihr. Als er sich im Türrahmen neben sie schob, spürte sie sein erigiertes Glied. Seine Rechte griff nach ihrem Po, schob den Rock hoch und tastete zwischen ihre Beine. Sie musste nun blitzschnell entscheiden. Entweder knallte sie ihm eine, dann war es aus mit der großen Karriere. Oder sie ließ es geschehen, dann kannte sie auch schon den Ausgang des kommenden Abendessens.

Möhrenschein kalkulierte exakt so. Er wusste, was sie sich nun fragte. Und er kannte die Antwort, als er spürte, dass sein Mittelfinger feucht wurde.

27

Sein erstes großes Interview für eine ausländische Zeit-
schrift kam erst nach fünfeinhalb Wochen zustande.
Die Medien interessierten sich üblicherweise für Frotzeck, aber nicht für ihn, den ziemlich unbedeutenden
Außenminister. Umso aufgekratzter war Korn, als
»Paris Match« um ein Gespräch nachsuchte. Er hatte
sofort zugesagt, und als er hörte, dass eine Reporterin
zu ihm kommen würde, hatte er sich am Morgen mit
ausgesuchtem Geschmack angekleidet. Eigentlich zu
viel für einen Bürotag. Aber für diesen besonderen …

Marie-Therese Fraulliac war eine umwerfende
Erscheinung. Sie trug ein auf ihre Figur geschneidertes
hellgraues Kostüm mit kurzem Rock, das ihre Brüste
und ihre Hüften besonders betonte. Korns Gesicht rötete
sich, als er ihr entgegentrat und sie begrüßte. Sie reichte
ihm ihre Rechte und ließ sie sanft in seine Pranke gleiten. Dann bat er die Besucherin mit den langen blonden
Haaren zu einem Sessel in der Sitzgruppe des Minister-
zimmers. Als sie Platz nahm und die Beine in dem nied-
rigen Sessel schräg nebeneinanderlegte, rutschte der
Saum ihres Rockes weit nach oben. Sie korrigierte ihn
nicht. Korn starrte fasziniert auf ihre Schenkel, die sich
im Laufe ihres Gesprächs auch noch leicht öffneten.

Marie-Therese Fraulliac hieß in Wahrheit Geral-
dine Bonnet und war Lieutenant des französischen

Militärgeheimdienstes DRM. Die Verteidigungsministerin persönlich hatte sie für die Berliner Mission ausgewählt und ihr den Auftrag einfühlsam erläutert. Es konnte viel davon abhängen.

Bevor das Gespräch begann, wurde ein Fotograf eingelassen, den sie mitgebracht hatte. Er schoss ein Porträt des deutschen Ministers und eine Reihe von Bildern der beiden im Smalltalk. Die Beine seiner Kollegin spielten dabei eine herausragende Rolle. Mit diesen Fotos würde sich viel illustrieren lassen.

Korn brannte darauf, ihre Fragen möglichst intelligent zu beantworten. Er wollte sie beeindrucken. Ihre Fragen nach den Absichten Deutschlands in Europa und der Welt waren dann aber höchst konventionell. Es fiel ihm schwer, darauf originell zu antworten. Zumal ihn der Duft ihres Parfüms zunehmend in Erregung versetzte.

Als sie nach einer knappen Stunde das kleine Tonbandgerät abschaltete, fragte er nach ihrem Leben. Wo sie wohne, ob allein oder in einer Partnerschaft, was sie von Berlin halte, ob sie einmal heiraten wolle und ob sich Kinder wohl mit ihrem Beruf vereinbaren ließen. Sie setzte geschickt ihre Akzente. Sie lebe alleine und wolle sich neben ihrem Appartement in Paris nun auch eine kleine Wohnung in Berlin zulegen. Am liebsten in Dahlem, die Villen in dieser grünen Umgebung hätten es ihr angetan. Ein Makler habe ihr schon zwei Angebote gemacht, aber keines habe ihre Vorstellungen befriedigt.

Korn fiel erst jetzt auf, dass sie akzentfrei Deutsch sprach. Als er danach fragte, antwortete sie: »Ich bin im Elsass geboren, außerdem liebe ich deutsche Literatur und Philosophie.«

Die beiden erhoben sich, sie trat dicht an ihn heran und legte ihre Rechte leicht auf seinen Unterarm. Korn beeilte sich, sie zu einem Abendessen einzuladen, sobald sie wieder nach Berlin kam. »Ich werde Ihnen zeigen, dass man auch in Berlin zu genießen versteht.«

Er verabschiedete sie mit drei Wangenküssen, was ziemlich gewagt war nach einem einzigen Gespräch. Sie ließ es zu und lehnte sich nach dem dritten Kuss einen Moment länger an ihn, als angemessen erschienen wäre.

Korn war aufgewühlt. Er wollte, er musste sie haben! Die Honigfalle war zugeschnappt.

28

Ein wohliges Triumphgefühl wärmte ihm das Herz, während ein kalter Wind in seine Hosenbeine blies. Konrad Frotzeck war zögernden Schrittes aus der Luftwaffen-Maschine auf die obere Plattform der Gangway getreten. Er blieb einen Moment stehen und ließ den Blick über das Flugfeld schweifen. Ein roter Teppich war an die Gangway gerollt, an dessen Ende eine mächtige schwarze Limousine wartete. Rechts vom Teppich präsentierte eine Ehrenformation das Gewehr, die Uniformierten hatten in der speziellen russischen Art das Kinn keck nach vorne gereckt. An den Fahnenmasten vor dem Flughafengebäude waren die Flaggen Deutschlands und Russlands hochgezogen. Als der Kanzler den Blick nach unten richtete, sah er, wie sich Wladimir Putin gemessenen Schrittes auf dem roten Teppich näherte. Er hob die Rechte zum Gruß.

Das war umwerfend. Das war der Empfang eines Staatsoberhauptes, nicht eines Regierungschefs. Das war weit mehr als das Protokoll gebot. Der russische Präsident persönlich holte ihn auf dem Regierungsflughafen Wnukowo ab. Und er signalisierte unübersehbar von Anfang an, welche Bedeutung er diesem Besuch beimaß.

Frotzeck schritt die Stufen hinab, unten ergriff Putin beide Hände seines Gastes und schüttelte sie langsam.

»Herr Bundeskanzler«, sagte er in einwandfreiem Deutsch, »ich begrüße Sie herzlich in der Hauptstadt der Russischen Föderation. Ich freue mich ganz außerordentlich, dass ich Sie sehe, und erwarte bedeutende Ergebnisse unserer Gespräche im Kreml. Ganz Russland nimmt Anteil.«

Frotzeck antwortete der Situation angemessen: »Herr Präsident, ich danke Ihnen von Herzen. Ich weiß diesen ganz besonderen Empfang zu würdigen. Sie haben jedes Protokoll übertroffen. Ja, auch ich werde mich um herausragende Ergebnisse unserer Konsultationen bemühen.«

Putin wandte sich halb um und zog Frotzeck neben sich. Sie schritten die Ehrenformation ab. Die Soldaten wandten die Köpfe, wenn die beiden vorübergingen. Ein Blasorchester der Fallschirmjäger, das im Hintergrund aufgezogen war, spielte die Hymnen. Frotzeck war berührt und zutiefst beeindruckt von der eigenen Bedeutung.

Putin fuhr mit Frotzeck nach Moskau zurück. Im Fond des Wagens begann er, den Deutschen auszuforschen. »Wie geht es Ihrem Außenminister, dem wackeren Johann Korn? Erträgt er alles, was Sie und Ihre Partei inszenieren?«

Frotzeck beugte sich zu dem Russen hinüber und raunte, obgleich das gar nicht notwendig war, denn niemand hörte zu. »Korn hat einige Einwände, etwa gegen die Abschaffung des Gedenkens an die deutsche Schande. Doch er sitzt in seiner selbst gebauten Falle.« Frotzeck dämpfte die Stimme noch weiter. »Er will ja in der zweiten Hälfte unserer Regierungszeit Kanzler werden. Dann muss er die Koalition erhalten und zu manchem schweigen, das ihm das Blut in den Kopf treibt. Also, klare Antwort, verehrter Herr Präsident: Korn macht keine Probleme.«

»Und die Deutschen? Wie gehen die mit ihrer neuen Regierung um?«

»Ich glaube, wir haben mehr als die Hälfte der Deutschen hinter uns. Ich höre zum Beispiel nur Zustimmung zur Abschaffung der Rundfunkgebühren. Und zur Halbierung unserer EU-Beiträge.«

»Und die Zuwanderung von Ausländern?«

»Unsere neue Politik hat noch nicht so richtig begonnen. Ich werde auch persönlich noch etwas hinzufügen. Wir werden gar keine Roma mehr ins Land lassen. Schluss damit, ganz strikt. Auch wenn sie aus anderen EU-Ländern kommen, etwa aus Ungarn. Auch wenn die Zurückweisung damit, strenggenommen, juristisch unzulässig ist. Interessiert mich nicht. Soll klagen, wer will. Und wenn wir in Luxemburg verlieren, bleibe ich trotzdem dabei. Roma haben keine Panzer. Sie kommen nicht rein. Punkt.«

Auf dem Roten Platz hatten Schulklassen Aufstellung genommen. Sie winkten mit deutschen Fähnchen, bis die Wagenkolonne durchs Spasski-Tor entschwunden war. Frotzeck wurde in einen prächtigen Saal des Kreml geführt und in der Mitte des Verhandlungstisches platziert. Putin kam wenig später, er hatte sich noch frisch gemacht, und nahm gegenüber Platz.

»Nochmal, Herr Bundeskanzler, ich begrüße Sie sehr herzlich in der Hauptstadt der Russischen Föderation. Was mich betrifft, so sind meine Absichten rasch beschrieben: Ich möchte das Verhältnis unserer beiden Staaten grundlegend verbessern und auf eine dauerhaft tragfähige Basis stellen.«

Frotzeck räusperte sich, nahm einen Schluck Wasser und begann: »Meine erste Auslandsreise als Bundeskanzler führt mich nicht zufällig nach Moskau. Dieser Besuch ist ein weithin sichtbares Signal. Der Krieg in der Ukraine hat unser Verhältnis zerrüttet. Diese Zerrüttung möchte ich heilen. Frieden und Wohlstand kann es in Europa nur bei einem gedeihlichen Verhältnis zwischen Deutschland und Russland geben. Dafür möchte ich hier eine belastbare Brücke bauen.«

»Was sollen die Pfeiler dieser Brücke sein, verehrter Herr Bundeskanzler?«

»Zunächst einmal wird Deutschland alle Hilfen für die Ukraine einstellen. Wir haben schon zu viel gezahlt. Und wir werden auch der Aufnahme der Ukraine in die EU und die NATO widersprechen. Stellen Sie die Kampfhandlungen dauerhaft ein, verehrter Herr Präsident, und stabilisieren Sie die Lage jener ehemals ukrainischen Territorien, die Russland seinem Staatsgebiet zugeschlagen hat. Wir denken an eine internationale Garantie unter Einschluss Russlands für die Ukraine und die ehemals ukrainischen Gebiete in ihrer neuen Form.«

»Bravo, Herr Bundeskanzler, bravo!«

»Ich schlage Ihnen außerdem den Abschluss eines Freundschafts- und Nichtangriffspakts zwischen unseren beiden Ländern vor. Andere europäische Staaten mögen diesem Beispiel folgen.«

»Damit bin ich einverstanden.«

»Zudem möchte ich anregen, dass Russland die gesprengte Nordstream-2-Pipeline repariert und Deutschland darüber wieder Gas von Ihnen bezieht.«

»In welcher Größenordnung?«

»In der Größenordnung wie früher. Und vielleicht, damit die Deutschen sich richtig freuen, zu günstigeren Preisen.«

»Wenn Sie wieder so viel beziehen wir früher, senken wir den Preis für unser Erdgas um ein Viertel. Das sichere ich Ihnen verbindlich zu.«

»Ich bedanke mich, Herr Präsident. Deutschland wird außerdem alle Sanktionen gegen Russland aufheben und die deutschen Firmen, die sich aus Russland zurückgezogen haben, zur Rückkehr auffordern.«

»Das ist, offen gestanden, mehr, als ich erwartet hatte. Wenn unsere Beziehungen derart aufblühen, nicht zuletzt in Kunst und Kultur, biete ich Ihnen an, das Kaliningrader Gebiet, das früher Ostpreußen genannt wurde und das nicht mit unserem Staatsgebiet verbunden ist, in eine deutsche Freihandelszone zu verwandeln. Ich bin sogar bereit, das Gebiet wieder Ostpreußen zu nennen. Kalinin, nach dem es später benannt wurde, war ein Idiot. Wir knüpfen wieder an die deutschen Traditionen an.«

»Sie wissen gar nicht, welche Freude Sie mir damit machen. Denn ein bedeutender Teil meiner Vorfahren kam aus Ostpreußen. Ich möchte die Region bei Gelegenheit gerne besuchen, und Sie würden mich glücklich machen, Herr Präsident, wenn Sie mich dabei begleiten würden.«

»Im nächsten Jahr? Ich begleite Sie gerne. Und wenn wir bis dahin fleißig arbeiten, können wir dann auch eine Deutsche Handelskammer und eine dauerhafte Flugverbindung zwischen Frankfurt und Königsberg in Betrieb nehmen.«

»Das wird unsere Nationen, ja ganz Europa faszinieren. Meinen aufrichtigen Dank dafür, Herr Präsident.«

»Ist denn Herr Korn, Ihr Außenminister und Koalitionspartner, mit all dem einverstanden?«

»Er hat etwas geknurrt, als ich die Reise nach Moskau als erste Auslandsreise angekündigt habe. Was ich Ihnen hier vorgetragen habe, hat er zu akzeptieren. Es ist nicht revidierbar, es sei denn um den Preis der Koalition. Aber die möchte er unbedingt erhalten.«

Putin wurde nun fast ausgelassen. »Und Ihr Regierungssprecher, Herr Dunker, der hier mit am Tisch sitzt? Als er noch Chefredakteur eines einflussreichen Boulevardblattes war, hat er gegen Russland gegeifert und uns täglich den Krieg erklärt.«

»Lassen wir ihn selbst antworten, Herr Präsident.«

Dunker war rot angelaufen, ein Schweißfilm trat auf seine Stirn. »Ich … äh … ich … bin … kein Feind Russlands. Ja, ich habe … den Angriff auf die Ukraine …«

»Angriff?«

»Sagen wir … die militärische Operation.«

»Und heute?« Putin feixte.

»Heute teile ich … äh … die Position des Herrn Bundeskanzlers. Frieden und Ausgleich mit Russland sind existenziell für Europa.«

»Na dann«, Putin rieb sich die Hände, »sind wir uns ja ausnahmslos einig. So einig, dass ich Sie nun voller Vorfreude zu einem exzellenten Lunch bitte.«

»Eine Bemerkung bitte noch, Herr Präsident: Ich möchte Sie zu einem Gegenbesuch in Berlin einladen. Vielleicht in einem halben Jahr, wenn der Freundschafts- und Nichtangriffspakt ausgehandelt ist. Zur Unterschrift. Der internationale Haftbefehl gegen Sie wird in Deutschland ab sofort und unbefristet außer Vollzug gesetzt.«

Die Nachrichten aus Moskau wurden international als eine Art Neuauflage des Hitler-Stalin-Pakts kommentiert. Die polnische Regierung schäumte. Die ungarische frohlockte. Das Weiße Haus nannte die News »sehr aufregend« – der Zerfall der EU entzückte Washington. Paris schwieg.

Außenminister Korn nahm eine diplomatische Erkältung und meldete sich krank. Als der Kanzler in Moskau verabschiedet wurde, setzte er sich in seiner neuen Dienstvilla in Dahlem in den ersten Stock und nahm das Cello zwischen die Beine. Er spielte getragene, fast melancholische Melodien. Ganz so wie ihm war. Nach zwanzig Minuten ließ er den Bogen sinken und lehnte die Stirn an die Saiten. Mein Gott, worauf habe ich mich bloß eingelassen? Ich wusste, dass es nicht einfach wird. Aber so schwer, so demütigend, so … so … unverschämt nationalistisch? Seine Augen wurden feucht. Er zerfloss in Selbstmitleid.

Dann richtete er sich langsam auf, streckte den Rücken und reckte das Kinn nach vorne. Nein, ich gebe nicht auf! Ich werde Kanzler! Und bis dahin rede ich mit. Ich werde schon mal einen kleinen Akzent setzen und die Botschafter zu einem Cello-Konzert ins Außenministerium einladen – am Cello: der Außenminister höchstselbst. Das macht Schlagzeilen!

29

Korn stürmte durchs Vorzimmer des Kanzlers, den Blick finster und starr geradeaus.

»Frau Schauer, ist der Kanzler da?«

»Ja, aber …«

Die Sekretärin verschluckte den Rest des Satzes und blickte Korn entgeistert hinterher. Der durchmaß mit langen Schritten das Vorzimmer und stieß die Tür zum Kanzlerbüro so heftig auf, dass sie drinnen an die Wand schlug. Der Minister trat ein, griff mit ausgestrecktem Arm nach der Türklinke und donnerte die Tür hinter sich zu.

Der Kanzler, ausgestreckt auf dem Sofa unter einer Decke, schreckte aus dem Schlaf hoch und schaute sich verwundert um. »Herr Bundeskanzler«, begann Korn, »Sie haben in Moskau wieder ganz auf eigene Faust Politik gemacht und Festlegungen getroffen, ohne zuvor eine Abstimmung in der Koalition gesucht zu haben. Mir reicht es jetzt! Salopp formuliert: Ich habe die Schnauze voll! So können wir nicht miteinander umgehen!«

»Aber … aber … Lieber Herr Korn, Sie sind doch vermutlich mit allem einverstanden …«

»Seien Sie still! Entscheidungen, die schon gefallen sind, lohnen keinen Streit mehr. Und ich segne sie auch nachträglich nicht mehr ab. Ich bin nur gekommen, um

Ihnen mitzuteilen, dass nunmehr ich auf Reisen gehen und internationale Vereinbarungen treffen werde.«

»Ja? Na, dann lassen Sie uns doch mal ...«

»Ich erörtere das nicht. Ich teile es Ihnen nur mit. Denn ich verhalte mich koalitionsfreundlicher als Sie!«

»Na dann ...« Frotzeck zog die Decke zur Seite und setzte die Füße auf den Boden. Die Seite seines Kopfes, auf der er gelegen hatte, war gerötet, und Falten hatten sich in die Haut gegraben.

»Also, dann hören Sie bitte zu. Ich werde zunächst nach Warschau fliegen und den Polen Wiedergutmachung für die Zerstörungen im Zweiten Weltkrieg versprechen.«

Frotzeck schoss vom Sofa empor. »Das wäre das Ende der Koalition. Sie wissen ganz genau, dass meine Partei den Schuldkult nicht mehr mitmacht und erst recht sogenannte Wiedergutmachung ablehnt.«

»Ich weiß genau, wie die AfD tickt. Aber die Wiedergutmachung für Polen soll ganz anders ausfallen, als die es erhoffen. Ich werde die staatliche Subventionierung aller deutschen Exporte nach Polen vorschlagen. 25 Prozent Nachlass auf alles – Autos, Waschmaschinen, Kühlschränke ... Und natürlich Maschinen für die polnische Industrie. Das Ganze auf zehn Jahre, finanziert vom Bund. Polen und die deutsche Industrie werden jubeln. Polen würden wir damit für lange Zeit an uns binden.«

»Aber, lieber Herr Korn, es bliebe nun mal eine Anerkennung deutscher Schuld. Die kann ich nicht erkennen. Polen hat den Krieg herbeiprovoziert.«

»Diese braunen Erörterungen interessieren mich nicht. Die können Sie vergessen. Mir geht es darum, eine Brücke über die Trümmer der Vergangenheit zu bauen, eine Brücke des Handels. Die AfD kann das nicht ablehnen, auch wenn sie mit den Zähnen knirscht.«

»Und was, lieber Herr Korn, werden wir dafür von den Polen bekommen?«

»Ich werde einen Korridor für den Verkehr von und nach Ostpreußen verlangen. Unter anderem durch eine ICE-Verbindung, dreimal täglich. Dazu eine nagelneue Autobahn.«

»Wem soll der Korridor gehören, lieber Herr Korn?«

»Den Polen natürlich. Wir werden ein Abkommen schließen über die Nutzung des Korridors mit zunächst fünfzig Jahren Laufzeit.«

Frotzeck sank wieder zurück auf das Sofa, ganz langsam, wie in Zeitlupe. Sein Mund war halb geöffnet, er starrte ins Nirgendwo.

»Und dann, verehrter Herr Bundeskanzler, fliege ich in die Türkei. Dort werde ich eines der blödsinnigsten Tabus deutscher Politik brechen. Ich werde Herrn Erdogan nämlich offerieren, Kampfpanzer und Schützenpanzer, dazu Munition und andere Waffen zu unbeschränkter Verwendung in Deutschland zu kaufen. Jetzt hören Sie genau zu: auch für den Krieg gegen die Kurden! Gegen jeden, der die Hand gegen die Türkei erhebt. Das sind wir den Türken schuldig, die so oft, nicht zuletzt in den Weltkriegen, an unserer Seite gestanden haben.«

»Dagegen habe ich im Prinzip nichts. Aber was wird Griechenland dazu sagen? Und die Polizei, die die randalierenden Kurden auf unseren Straßen auf die Hörner hauen muss …«

»Soll ich Ihnen was verraten? Das ist mir scheißegal! Ja, und dann, dann fliege ich noch nach Washington, um dort ein bisschen gute Stimmung zu machen. Ich werde im Weißen Haus deutsche Selbstbeschränkung bei den Auto-Exporten versprechen. Quoten für jeden Hersteller. Alle zwei Jahre neu zu verhandeln. Da wird die deutsche Industrie zwar ein wenig jammern, aber immerhin hätte sie dann Verlässlichkeit. Es verhindert jedenfalls amerikanische Strafzölle, die wir nicht in der Hand haben. Das alles, lieber Herr Bundeskanzler, ist zwar nicht ohne, aber es lässt sich durchsetzen. Und … Achtung, Witz! … frisch aus der Korn-Kammer Deutschlands.«

Frotzeck machte Anstalten, sich vom Sofa aufzurappeln. Korn trat an ihn heran und stieß ihn wieder zurück. »Und falls die AfD rebelliert, verehrter Herr Bundeskanzler, werde ich ein sorgfältig inszeniertes Fernsehinterview geben, mit dem Satz: Schnauze halten, AfD!«

Korn schüttelte sich vor Lachen, machte auf dem Absatz kehrt und wollte eben grußlos aus dem Kanzlerbüro eilen, als Frotzeck streng hinter ihm herrief: »Hiergeblieben, Herr Korn! Denn jetzt werde ich Ihnen etwas eröffnen, das Ihren Kreislauf in Wallung bringen wird. Hierher! Nehmen Sie Platz, verdammt noch mal!«

Korn machte langsam kehrt und setzte sich in einen Sessel neben dem Sofa.

Nachdem es die ganze Zeit still geblieben war, vernahm Frotzecks Büroleiterin plötzlich Geschrei aus dem Kanzlerbüro. Schrill. Minutenlang. Sie trat an die Tür und versuchte zu lauschen. Doch sie konnte nur einzelne Wortfetzen verstehen. Die waren aufs Äußerste beunruhigend.

30

Der amerikanische Botschafter betrat das Kanzlerbüro um Punkt elf Uhr, mäßig erwartungsvoll. Frotzeck hatte ihn zum Gespräch gebeten, aber was konnte
der wohl aus dem Ärmel ziehen? Vermutlich würde er
versuchen, ihm die neue Liebe zu Putin zu erläutern.
Geschenkt. Kalter Kaffee. Im State Department hatte
man ihm aufgetragen, sich alles ungerührt anzuhören.
Und nichts zu antworten. Viel Glück … Wir werden
sehen …

Der Kanzler aber erwischte ihn eiskalt. »Dear
Mr. Cohen, ich überreiche Ihnen gleich mal dieses
Dokument …« Frotzeck schob einen großen verschlossenen Umschlag über seinen Schreibtisch, vor
dem der Botschafter Platz genommen hatte. »Bitte lassen Sie es schleunigst nach Washington bringen. Es ist
von größter Bedeutung. Und ich möchte Ihnen seinen
Inhalt auch schon mal in groben Zügen erläutern.«

Die Büroleiterin servierte Kaffee, und die Stille, die
sie auslöste, wurde drückend. Als sie gegangen war,
nahm der Kanzler das Gespräch wieder auf.

»Wie Sie wissen, werden Deutschland und Russland
ihre Beziehungen auf eine neue Grundlage stellen.
Das frühere Ostpreußen, das die Russen Kaliningrad
nannten, wird deutsche Sonderwirtschaftszone. Die
russischen Raketen, die von dort aus auf Deutschland

gezielt haben, werden deshalb verschwinden. Aus diesem Grund können die Vereinigten Staaten auch die Raketen und Marschflugkörper, die sie auf deutschem Boden stationieren wollten, von vornherein behalten. Es gibt keine Grundlage mehr für die Stationierung …«

Marc Cohen öffnete den Mund, um zu antworten, doch Frotzeck ließ ihn mit einer energischen Handbewegung verstummen.

»Das ist noch längst nicht alles, verehrter Herr Botschafter. Sie werden auch die amerikanischen Atombomben abziehen, die auf deutschem Boden gelagert werden und darauf warten, von deutschen Flugzeugen unter amerikanischem Kommando nach Russland verbracht zu werden. Diese sogenannte nukleare Teilhabe, die in Wahrheit ein militärisches Sklavendasein meint, ist vorbei. Weg mit dem Teufelszeug, das ja zudem noch außerordentlich primitiv ist, weil es sich um frei fallende Bomben handelt. Noch nicht mal unser Verteidigungsminister weiß genau, wie viele Bomben es sind. Aber es werden nicht mehr als zwanzig sein. Schaffen Sie sie weg, schleunigst!«

Wieder machte der Diplomat Anstalten, dem Kanzler zu antworten. Doch wieder schnitt der mit der Rechten durch die Luft.

»Das sind alles nur Eröffnungen, lieber Herr Cohen. Sozusagen technische Fragen. Ich komme nun zum Grundsätzlichen. Es werden in Zukunft keine amerikanischen Soldaten mehr in Deutschland stationiert sein. Gar keine. Ohne Ausnahmen, wenn ich mal vom kleinen Apparat Ihres Militärattachés in der Botschaft absehe.«

Frotzeck nahm einen Schluck Kaffee und musterte die verblüffte Miene seines Gegenübers mit hämischem Vergnügen.

»Das heißt im Einzelnen, verehrter Herr Botschafter: Die Airbase Ramstein wird geräumt und an die Bundesluftwaffe übergeben. Ihr Stützpunkt in Stuttgart, der als Kommandozentrale für die amerikanischen Streitkräfte in Afrika dient und insbesondere tödliche Drohnenangriffe steuert, etwa in Somalia und im Jemen, wird aufgelöst. Die mehr als 30 000 US-Soldaten dort verfügen sich an den Ort, wo Africom künftig seinen Sitz haben wird. Und zwar innerhalb von längstens zwei Jahren. Beginnend jetzt. Sofort. Haben Sie verstanden? Sofort!«

Der Amerikaner machte keine Anstalten mehr, auf das Gehörte einzugehen. Die Ungeheuerlichkeit hatte ihm die Sprache verschlagen.

»Und damit Sie und Ihre Regierung begreifen, dass wir nicht nur reden, lieber Herr Cohen, werden jetzt, beginnend um zwölf Uhr, in einer symbolischen Aktion des Abschiednehmens bewaffnete Verbände der Bundeswehr die Haupteinfahrt der Kelley Barracks in Stuttgart blockieren. Niemand darf mehr rein oder raus, für 24 Stunden. Die Bilder, denke ich, werden nicht nur in Deutschland Wirkung haben. Ihre Regierung wird erkennen: Wir scherzen nicht, wir meinen es ernst.«

Frotzeck betrachtete den Amerikaner vor seinem Schreibtisch wie ein seltenes Tier.

»Die Kündigung aller relevanten Abkommen nehmen Sie bitte in diesem Umschlag mit sich. Und nun, verehrter, verstummter Herr Botschafter, möchte ich Sie nicht weiter aufhalten. Gott befohlen!« Frotzeck erhob sich, verließ sein Büro und ließ den Amerikaner alleine und wie gelähmt zurück.

In Stuttgart bauten sich unterdessen bewaffnete Posten von Bundeswehr und US Army voreinander auf. Maschinenpistolen vor der Brust. Auge in Auge. Stumm. Fernsehteams weideten sich an dem Anblick.

31

Sie wirkte stockig, trotzig, bitter enttäuscht, wie sie
da vorne saß an ihrem kleinen Tisch vor den wenigen
Gästen, die ihrer Einladung gefolgt waren. Verdammt
wenige Gäste. Ein halbes Hundert Kulturjournalisten
hatte sie ins Kanzleramt bitten lassen, Abteilung Staats-
ministerin für Kultur und Medien. Es war Viktoria
von Vahrings erstes Pressegespräch, und man durfte
Neugier auf die schillernde Figur erwarten, doch es
waren nur vier Feuilletonisten erschienen.

Die Fürstin aus dem Schwäbischen war von Flori,
wie sie ihn nannte, Florian Dunker, dem Regierungssprecher, ins Kanzleramt gelockt worden. Frotzeck hatte
keine Verbindungen in das Metier, und die bekannte
Figur kam ihm gerade recht. Viktoria von Vahring war
in ihren jungen Jahren eine leidenschaftliche Skandal-
Produzentin gewesen, die Yellow Press war voll von
ihren Fotos. Alkohol, Drogen, Sex. Ihr Mann war ganz
und gar desinteressiert an ihr, deshalb musste sie sich
ihre Befriedigung woanders holen. Einmal, so ein
Gerücht, sogar bei Gerard Depardieu. Dann, der Gatte
war verblichen, wurde es ein paar Jahre still um sie.
Umso donnernder fiel ihr Comeback aus.

Die Zügellose gab sich nun als schneidige Papistin,
dem Katholizismus ganz und gar verfallen. Damit ein-
her gingen erzreaktionäre politische Positionierungen.

Am großen Publikum freilich ging das vorbei. Ins Fernsehen lud man sie nicht mehr ein.

Nun wollte sie einen neuen Anfang machen, den niemand übersehen konnte, der sie als seriös gewendete Grand Dame ins Gedächtnis der Nation einschreiben sollte. Nur Dunker wusste, was sie vorhatte. Auch der Kanzler wusste es nicht. Dem würde es aber gefallen, da war sie sicher. Und die CDU-linge waren ihr wurscht. Die sollten ruhig bellen. Beißen würden sie nicht.

»Meine Damen, meine Herren, ich freue mich, dass Sie nicht dem miefigen Furzklima ihrer Büros erlegen sind, wie offenkundig so viele Kollegen …« Die Presseleute richteten sich auf, schauten erstaunt. »Sie sollen es nicht bereuen. Ich habe eine interessante Nachricht für sie.«

Der FAZ-Mann stieß die offene Wasserflasche neben seinem Stuhl um. Madame schaute ungnädig und wartete, bis sich die Unruhe gelegt hatte.

»Eine Konstante meiner Arbeit wird das Wiederanknüpfen an Traditionslinien deutscher Kultur sein, die nach dem Krieg zu Unrecht gekappt worden sind. Ich werde deshalb auf den Internationalen Filmfestspielen in Berlin, die in wenigen Tagen beginnen, erstmals einen Leni-Riefenstahl-Filmpreis ausloben. Er soll herausragende Filmkunst in formaler wie auch inhaltlicher Perspektive auszeichnen. Ich möchte damit …«

Die Feuilletonistin des Tagesspiegel konnte nicht an sich halten. »Leni Riefenstahl? Die Freundin Adolf Hitlers? Was tun Sie Deutschland damit an?«

»Leni Riefenstahl ist es wert, in Erinnerung behalten zu werden. Sie hat nicht umsonst 1935 den Filmpreis von Venedig erhalten, vor dem Krieg. Ja, sie hatte Umgang mit Hitler. Aber sie kannte seine dunkle Seite nicht. Triumph des Willens, ihre Dokumentation über den Reichsparteitag 1935, und ihre Filme über die Olympischen Spiele 1936 gehören zum Besten, was die Filmkunst je hervorgebracht hat. Nach dem Krieg wurde sie bei der Entnazifizierung nur als Mitläuferin eingestuft, also freigesprochen von Schuld. Und nun, da wir die Olympiade 2036 in Berlin anstreben, ist Leni Riefenstahls Vorbild geradezu erwünscht. Die kobaltblaue Kulturstaatsministerin jedenfalls ist entschlossen, dieser großen Frau ein Denkmal zu setzen.«

Zwei Presseleute erhoben sich und verließen grußlos den Raum. Die beiden anderen zögerten einen Moment und folgten dann. Die Tagesspiegel-Frau mit einem knappen Winken.

Viktoria von Vahring blieb alleine zurück. Beleidigt. »Jetzt erst recht«, sagte sie halblaut und blickte ihren Pressesprecher an, der rot angelaufen war. Konrad Frotzeck, hundertfünfzig Meter Luftlinie entfernt, ahnte nicht, was sich da über ihm zusammenbraute.

Die Berliner Filmfestspiele wurden in einem Getümmel von Protesten eröffnet. Hollywood hatte wegen Hitlers Freundin geschlossen abgesagt. Auch aus Frankreich, Polen und Großbritannien erschien niemand. Der rote Teppich blieb leer, die Fotografen waren stinksauer. Viktoria von Vahring, mit einem monströsen Dekolleté im bodenlangen Abendkleid zweifellos overdressed für eine Politikerin, wurde angeschrien und bespuckt. Eine junge Frau warf rohe Eier nach ihr. Eines traf sie an der Schläfe. Der Volkszorn tropfte gelb und zäh zwischen ihre Brüste. Die Fotos waren nach Jahren noch begehrt. »Nazis raus!« und »Nie wieder Hitler!« lauteten die Sprechchöre. Im Gebäude angekommen, reinigte sich Vahring notdürftig, dann lieh sie sich eine Stola und trippelte aufs Podium, um die Festspiele mit einer stolzen »Erfolgsbilanz des deutschen Films« zu eröffnen. Ein Dutzend Filmstudenten, die bei dem Event halfen, stürmten die Bühne und begossen Vahring mit roter Tinte. Die drehte ab und flüchtete hinter den Vorhang. »Kein Blut fürs Kino!«, wurde ihr nachgerufen.

Die Filmfestspiele wurden nicht eröffnet. Sie versanken im Tumult. Unter den Gästen gab es Geschrei und Handgemenge. Einige liefen mit blutender Nase aus dem Saal. Von einem riesigen Porträtbildnis über der Bühne schaute Leni Riefenstahl herab auf ihre Erben. Sie lächelte fein.

32

Es war noch dunkel, als die Sammeltransporte star-
teten. In Hamburg und München, in Dortmund und
Berlin – wie in 27 anderen Städten – waren Busse an
zentrale Plätze beordert, um Migranten ohne Aufent-
haltsstatus an die Grenzen Deutschlands zurück zu
transportieren. Mit Sack und Pack. In provisorische
Asylzentren, wo sie festgehalten würden, um ihren
behaupteten Anspruch als politisch Verfolgte zu prü-
fen. Höchstens zwei Wochen sollte das dauern, dann
nochmal zwei Wochen für eventuelle Klagen gegen
Abweisungen, dann Abschiebung über jene Grenzen,
die sie bei ihrer illegalen Einreise überquert hatten.
Deutschland war nicht mehr das Land des Mitgefühls
und der Gnade, Deutschland wandelte sich zum Land
der Gefühlskälte und Gnadenlosigkeit.

Um 5.30 Uhr wurde Aliya mit den beiden Kindern
aus dem Hotel geführt, rechts und links uniformierte
Polizisten mit Helmen, Schlagstöcken und Schilden.
In Duisburg blies ein kalter Ostwind. Eine halbe
Stunde zuvor hatte der Portier an die Tür getrommelt
und gerufen: »Aufstehen! Es geht nach Hause!« Man-
sour, fünf, und Amara, drei, standen im Zimmer wie
betäubt, bleich vor Müdigkeit. Sie begriffen nicht,
was ihnen geschah. Als sie die Mutter weinen sahen,

begannen sie zu schreien. Das taten sie noch, als die drei zum Bus getrieben wurden. Andere Migranten aus dem Hotel folgten. Mütter, Kinder, junge Menschen. Sie waren in dem schäbigen Haus zusammengeführt worden, um auf die Rückführungsaktion zu warten.

Aliya kam aus einem Dorf im Norden Syriens. Ihr Mann Ahmad war zwei Jahre zuvor nach Europa aufgebrochen, um ein besseres Leben zu suchen. Die Familie hatte Geld gesammelt, um seinen Schleuser in der Türkei zu bezahlen. Ahmad versprach, Aliya und die Kinder nachzuholen, sobald er in Deutschland angekommen war, dem Land seiner Hoffnung. Doch er meldete sich nie wieder. Aliya wusste nicht, ob er bei der Überfahrt übers Mittelmeer ertrunken war oder ob er die Brücken nach Hause abgebrochen hatte, weil er eine andere Frau kennengelernt hatte. Auch seine Eltern gingen zu ihr auf Distanz, sammelten noch einmal Geld in der Verwandtschaft, damit sie verschwände in die Türkei und dann – so Gott wollte – nach Europa.

Die Überfahrt in dem überfüllten, altersschwachen Fischkutter hatte mehr als acht Stunden gedauert, ein heftiger Sturm warf sie hin und her, hohe Wellen überspülten das Deck. Aliya umklammerte die Kinder und duckte sich unter das Rettungsboot, das schon lange leckgeschlagen war und nicht mehr ausgebracht werden konnte. Als der Morgen graute, sahen sie am Horizont eine griechische Insel. Das nicht weniger mit ausgebeuteten Migranten überfüllte Boot, das in der Türkei neben ihnen abgelegt hatte, blieb verschwunden. Aliya kam in ein griechisches Zeltlager, dann wurde sie mit 150 anderen in einer Kolonne nach Norden getrieben, über den Balkan nach Österreich und von dort an die deutsche Grenze. Ein junger Mann, der Mitleid mit ihr hatte, erklärte ihr das Wo und Wie, achtete darauf, dass sie nicht verloren ging. Die Kinder weinten schon lange nicht mehr, mit unbewegter Miene trippelten sie hinter ihrer Mutter her.

Als sie sich der deutschen Grenze näherten, es war kalt und fror in der Nacht, erfuhren sie, dass die Deutschen die Grenze geschlossen hatten und die Migranten in großen Lagern an der österreichischen Grenze sammelten. Gefängnisse. Man durfte sie nicht mehr verlassen, bis geprüft war, ob und weswegen man daheim in Syrien politisch verfolgt war. Aliya war nicht verfolgt, sie hatte sich niemals um Politik geschert. Zu Hause in der Küche hatte ihr Mann sogar ein Porträt des Diktators Assad angebracht, zur Sicherheit, falls die Armee das Haus durchsuchte. Was also sollte sie sagen? Sie entschloss sich, von Österreich aus alleine die Grenze nach Deutschland zu überqueren. Als ihre Kolonne vor der Grenze in Unruhe geriet und auseinanderfiel, nahm sie die Kinder an der Hand und verdrückte sich in einen Wald. Weiter, immer weiter, bis sie nach Norden abbog, aus dem Wald trat und eine Wiese überquerte. Auf der anderen Seite lief sie an einem Grenzpfahl vorüber mit einem schwarzen Adler auf gelbem Grund und stand schließlich an einer Autobahn. Lastwagen donnerten an ihr vorüber. Aliya lief die Fahrbahn entlang, bis sie nach vielen Kilometern eine Tankstelle erreichte. Sattelschlepper waren dort geparkt und die Fahrer tranken Kaffee hinterm Steuer. Einen von ihnen bat sie mit Gebärden, sie mitzunehmen, wohin auch immer. Bloß nach Deutschland, möglichst weit hinein.

Der Fahrer musterte sie von Kopf bis Fuß und ließ sie dann mit den Kindern neben sich ins Führerhaus klettern. Von ihrem Gepäck war nur noch eine einzige Tasche übriggeblieben. Nach wenigen Kilometern bog der Fahrer von der Autobahn ab und fuhr in ein Waldstück, stoppte dort und gab den Kindern eine Tafel Schokolade. Er selbst kroch in die Schlafkoje hinter dem Führerhaus und zog Aliya mit sich. Sie wusste, was nun kommen würde. Der Mann schloss den Vorhang zum Führerhaus, zog sie an sich und nahm sie wortlos. Nicht brutal, sondern bestimmt und routiniert. Er musste das schon mehrmals getan haben. Aliya ließ es geschehen. Die Fahrt hatte ihren Preis, so wie alles seinen Preis hatte.

Als er fertig war und die Hose wieder hochgezogen hatte, kletterten sie ins Führerhaus zurück. Die Kinder hatten nichts gemerkt. Aliya hatte sich keinen Laut erlaubt. Sie hatte Glück im Unglück. Der Fahrer warf sie nicht hinaus, sondern nahm sie weiter mit, nach Norden bis ins Ruhrgebiet. Dort wurde sie auf einem Platz von der Polizei aufgegriffen, in eine Zelle gesperrt und dann in das Hotel gefahren, wo Migranten für die Abschiebung gesammelt wurden. »Aktion Heimat« nannten das die Behörden in eiskaltem Zynismus. Asylanträge wurden nirgendwo in Deutschland mehr angenommen.

Trotz der frühen Stunde hatten sich Menschen eingefunden, um die Abschiebung zu beobachten. »Raus, raus, raus!«, schallte es in Sprechchören über die Szene. Die Kobaltblauen waren zahlreicher als die Roten, die versuchten, die Abfahrt des Busses zu verhindern. Sie riefen nichts, sie handelten und klebten sich vor und hinter dem Bus auf die Straße. Bis die Polizei begriff, was sich da abspielte, war es schon geschehen. Der Motor des Busses wurde wieder ausgeschaltet, die Sprechchöre wurden noch lauter, noch wütender, und die Polizei hatte Mühe, Übergriffe auf die Migrantenkleber zu verhindern.

Überall in Deutschland, wo an diesem Morgen Busse mit einstweilen gescheiterten Migranten gefüllt wurden, spielten sich solche Szenen ab. Die Abfahrt der Busse verspätete sich um Stunden, doch aufzuhalten war sie nicht. Die Asylbewegung hatte sich verabredet, mit den Mitteln der Klimaproteste gegen die Abschiebungen vorzugehen. Die hatten keinen Erfolg. Hände wurden vom Asphalt gelöst, Demonstranten zur Seite geschleift. In den Bussen war es still. Die Gescheiterten waren erschöpft, die Kinder fielen in tiefen Schlaf. Wer weinte, weinte leise.

33

Als es klingelte, knipste sie das Licht aus. Ines Vollhardts Apartment lang nun im Dunkeln. Doch Möhrenschein hatte das Licht vorher gesehen und wusste, dass sie zu Hause war. Als er ihr gesimst hatte, dass er in zwei Tagen in Berlin sein würde und sie in ihrer Wohnung besuchen wolle, um sie zum Abendessen mitzunehmen, hatte er keine Antwort erhalten. Sie stellte sich tot. Aber sie würde ihm nicht entkommen. Aus der Personalabteilung ihres Senders erfuhr er ihre Adresse, als er vorgab, ihr wegen ihrer hervorragenden Arbeit einen Blumenstrauß schicken zu wollen.

Er klingelte noch drei, vier, fünf Mal. Nichts passierte. Dann verließ jemand das Haus, und Möhrenschein trat ein. In der zweiten Etage entdeckte er ihr Namensschild am Türrahmen. Nun klingelte er nicht mehr, sondern klopfte. Und zwar so laut, dass sie fürchten musste, Nachbarn könnten es hören und aufmerksam werden. Nach dem zweiten Klopfen öffnete sie die Tür.

Sie tat verschlafen, rieb sich die Augen und begrüßte ihn gähnend: »Entschuldige bitte, ich war ganz erschlagen. Du weißt, dass ich viel arbeite.«

Wortlos drängte er an ihr vorbei in den Eingangsraum neben der Küche. »Ich kann leider nicht mitkommen.« Sie versuchte, ihn wieder zur Tür zu

162

drängen, doch er ließ es nicht zu, fasste sie an den Hüften und zog sie an sich.

»Ich möchte nicht! Du musste das akzeptieren. Ich finde dich nicht attraktiv, und ein Verhältnis kommt für mich nicht in Frage.«

Möhrenschein ließ den Mantel über die Schulter auf den Boden gleiten, trat an sie heran und versuchte, sie an sich zu ziehen. Er atmete schwer und sein Atem roch säuerlich.

Sie ekelte sich vor ihm. Heute musste sie ihn loswerden, ein für alle Mal. Möglichst aber, ohne ihre Karriere zu beschädigen. Vermutlich musste sie …

»Zier dich nicht so! Ich weiß doch, dass du es auch willst. Ich habe meinen feuchten Finger nicht vergessen, als ich …« Er versuchte, sie zu küssen, und umfasste mit der Linken ihren Po.

Sie schüttelte sich, beugte sich nach hinten, holte mit der Rechten aus und gab ihm eine heftige Ohrfeige. Seine Wange färbte sich feuerrot, die Abdrücke ihrer Finger hatten sich eingegraben. Wut stieg in ihm auf. »Du glaubst wohl …«

Sie trat zurück und schlug noch einmal zu. Diesmal mit der Faust, so fest, dass ihre Knöchel schmerzten. »Verschwinde! Jetzt müsstest du es doch begriffen haben!«

Er blutete aus einem feinen Riss an der linken Augenbraue, doch er bedrängte sie weiter. Umfasste ihre Handgelenke, fischte mit seinen Lippen gierig nach ihrem Mund. Da folgte ihr dritter Angriff. Sie hatte das mal in einem Selbstverteidigungskurs für Frauen gelernt. Ines Vollhardt zog Möhrenschein an sich, und als er sich schon entspannte, rammte sie ihm ihr rechtes Knie hart zwischen die Beine. Er jaulte auf, schnappte nach Luft und sank dann auf die Knie, seine Hände vor der malträtierten Männlichkeit verkrampft.

»So«, sie war nun eiskalt. Jetzt würde sie es zu Ende bringen mit diesem Schwein. »Du verlässt auf der Stelle meine Wohnung. Augenblicklich, hörst du! Und wirst nie wieder hier aufkreuzen! Du wirst mich auch sonst in Ruhe lassen. Du wirst mich nicht anrufen, und du wirst mir nicht simsen. Du wirst mich überhaupt als Frau vollkommen ignorieren …«

Möhrenschein hatte sich wieder aufgerappelt. Er stand aber noch gebeugt, mit fahlem Gesicht. »Ich … ich …«

»Nichts, sage ich dir. Hör mir gut zu. Wenn du dich mir noch einmal näherst, werde ich deine Frau in Köln über alle Einzelheiten informieren. Sie wird dann entscheiden, ob sie noch mit einem solchen Schwein verheiratet sein möchte. Wenn ich recht informiert bin, ist sie sehr wohlhabend. Du würdest sie also vermutlich vermissen.«

»Untersteh dich …«

»Du verschwindest jetzt – und die Sache ist erledigt. Du wirst mich aber beruflich fördern, gemäß meiner Leistung. Privat rate ich dir: Such dir eine Prostituierte in Berlin, das ist nicht so schwer. Sie wird dir geben, was du bei deiner Frau vermisst. Bei mir jedenfalls wirst du es nicht finden. Und nun raus hier!«

Sie schob sich an ihm vorbei, öffnete die Wohnungstür, schnappte Möhrenschein an der geöffneten Krawatte und zog ihn über die Schwelle. Dann knallte sie die Tür zu. Der Abgewiesene spürte den harten Schlag des Türknaufs im Rücken. Nie wieder würde er im Sender eine dieser … dieser … Möhrenschein taumelte nach vorne und stürzte den Treppenabsatz hinunter. Sein linkes Auge schwoll zu.

34

Sein Kalkül war aufgegangen. Hacker verfolgte vom Podium aus, wie sich die Halle füllte. Neuntausend Besucher passten hinein. Und neuntausend waren es am Ende auch. Mehr als tausend standen, an die Wände gepresst. Ein Bauerntag in Riesa, das war eine gewagte Sache. Im Osten lebten inmitten der Agrarfabriken aus DDR-Zeiten nicht viele Einzelbauern. Und wie viele aus dem Westen die lange Fahrt nach Sachsen auf sich nehmen würden, war unkalkulierbar.

Aber Hacker hatte darauf bestanden, den Deutschen Bauerntag diesmal im Osten zu veranstalten. Man musste dem Westen einfach beibringen, dass das Land noch einen anderen Teil hatte. Jenen, der ihm die deutsche Einheit beschert hatte. Die Sachsenarena in Riesa war der ideale Ort, um die stille Invasion der Bauern aus dem Westen auszulösen.

In Wahrheit aber ging es um ihn, Franz Hacker, den Anführer der Rechten in der AfD. Er war gerne Landwirtschaftsminister geworden, denn wie kein anderes ließ ihn dieses Amt die Provinz durchpflügen bei der Ernte neuer Wähler. Frotzeck, der Kanzler, hatte darauf bestanden, den höchst Umstrittenen in sein Kabinett aufzunehmen. Er musste unbedingt eingebunden werden, um ihn ruhigzustellen und zur Loyalität zu verpflichten. Und Johann Korn, der CDU-Chef, war dem Irrtum erlegen, Hacker könne als Agrarminister noch am wenigsten Schaden anrichten. Du Idiot, dachte Hacker, wenn du es endlich begriffen hast, wird es schon zu spät sein.

Nun also strömten sie herbei, in Sonderzügen und Bus-Kolonnen, die Bauern aus dem Süden, dem Westen und dem Norden, um ihn zu sehen, zu erleben und reden zu hören, den Fremdling in der politischen Klasse. Den Mann, den alle behandelten, als wäre er ein Relikt aus der Zeit des großen Diktators. Irgendwie spannend, geradezu gruselig. Zu Hause würden sie von der Pilgerfahrt nach Riesa schwärmen.

Und Hacker war entschlossen, die Erwartungen auch zu bedienen. Zur Lage der Landwirte, zu Preisen und Subventionen sollte der Bauernpräsident sprechen. Der tat das auch in einer lau beklatschten Routine-Ansprache. Dann kam er. Und sofort verwandelte sich die Halle. Das Licht wurde heruntergedimmt, auf dem Podium nahmen starke Scheinwerfer das Rednerpult ins Visier. Und an der Rückwand der Halle leuchtete Hackers Wahlspruch auf: »Deutscher Bauer – deutscher Boden – deutsche Zukunft«. Der einsetzende Applaus war zunächst spärlich, dann schwoll er mächtig an. Am Ende stand die Halle, und Hacker winkte in die von sich selbst berauschte Menge.

Als er unter Fanfarenstößen ans Podium trat, wurde es still in der Arena. Hacker begann zögernd. Leise. »Ich möchte dem, was Ihr Präsident so treffend ausgeführt hat, nur noch eines aus politischer Sicht hinzufügen: So lange ich Verantwortung trage in diesem Land, wird kein Bauer aus purer Not seine Scholle verlassen müssen. Diesen heiligen Eid lege ich hier vor Ihnen ab.« Er schaute auf und ließ den Blick durch die Halle schweifen. Als wollte er jeden der Neuntausend fixieren. Die sprangen auf, applaudierten frenetisch und riefen rhythmisch seinen Namen. Er hatte Aktivisten der Jugendorganisation zwischen die Besucher geschickt mit dem Auftrag, in solchen Momenten die Stimmung zu kitzeln. »Ha – cker! Ha – cker! Ha – cker!«

Der Auftakt war gelungen. Er mäanderte nun durch die Landschaft der kobaltblauen Koalition. EU-Beiträge nur noch auf der Höhe Frankreichs, Migranten zurück an die Grenzen, keine Gedenktage deutscher Schande mehr. »Ja, wir wollen wieder der Größe unserer Nation gedenken! Ihrer überwältigenden Geschichte! Ihrer Erfolge!«

Beifall, begeisterte Pfiffe der jungen Anheizer.

»Und eines möchte ich hier noch ganz besonders zum Thema machen. Sie müssen das im Regelfall nicht ertragen. Weil Sie nicht in Großstädten leben. Aber jeder, der das tut, so wie ich, der stolpert auf Schritt und Tritt über die Selbsterniedrigung unseres Volkes. Ich spreche von den sogenannten Stolpersteinen. Messingblöcken mit den Namen und Daten längst Verstorbener, die angeblich mal in dem Haus hinterm Stolperstein gewohnt haben und dann in wirrer Zeit umgesiedelt wurden in den Osten …«

Hacker machte eine Pause. Eine lange Pause und blickte ins Publikum, um dann mit erhobener Stimme und vorgerecktem Kopf aufputschend fortzufahren: »Wie lange wollen wir uns das noch selbst antun? Wie lange wollen wir ungeprüfte Erinnerungen in unseren Städten ertragen? Wie lange sollen noch ältere Deutsche, wie kürzlich eine gehbehinderte Dame in

Frankfurt am Main, über hervorstehende Messing-
fallen stolpern, ja, buchstäblich stolpern, um sich dann
einen Oberschenkelhals zu brechen?«

Pause. Raunen im Publikum.

»Machen wir Schluss damit! Schauen wir nach
vorne statt nach hinten! Seien wir wieder stolz statt
demütig! Die sogenannten Stolpersteine haben lange
genug gelegen. Holen wir sie heraus aus den Gehwegen
und schmelzen wir sie ein, um daraus Erinnerungs-
tafeln an große Deutsche zu gießen!«

Das Publikum brauchte nun keine Anheizer mehr.
Es sprang auf und applaudierte mit erhobenen Händen. »Ha – cker! Ha – cker! Ha – cker!« Der trat hinter dem Podium hervor, verbeugte sich knapp, ging zu
dem Polizeiorchester am Rande der Bühne und bat es,
die Nationalhymne anzustimmen. Die Besucher standen und sangen, angeführt von Hacker, alle Strophen.

»… über alles, über alles in der Welt.«

Am Abend wurde Hackers Aufruf in den Fernseh-
nachrichten ausgestrahlt. In allen. Und in allen als
Spitzennachricht. Das Thema drehte immer schneller.
Hochtourig. Korn hörte davon auf einer Reise nach
Indien. Sofort nach seiner Landung rief er Frotzeck an.

»Konrad, was macht der Verrückte da?« Die Stimme
des Außenministers überschlug sich. »Das kann er
nicht! Das darf er nicht! Das mache ich nicht mit!«

»Das war doch nur ein Debattenbeitrag zur nationalen Rückbesinnung. Das muss erlaubt sein.«

»Nein, das ist nicht erlaubt! Das erlaube ich nicht!
Stellen Sie das bitte sofort ab! Und erklären Sie etwas
zur Beruhigung!«

Frotzeck beauftragte Dunker, den Regierungssprecher. Der gab eine schriftliche Erklärung heraus, derzufolge die Äußerungen Franz Hackers als persönliche Einlassungen zu verstehen seien.

Dunker blieb ungehört. In Berlin, Hamburg, Frankfurt, Dresden und einer Vielzahl weiterer Städte waren in der Nacht Kommandos unterwegs. Das metallische Klirren ihrer Stemmeisen erfüllte die Straßen. Systematisch hebelten sie Stolpersteine aus den Gehwegen, steckten sie in Säcke und zogen weiter. Am Seeufer 7 in Charlottenburg wurde die Erinnerung an Ruth Goldbaum, geb. Lewin, getilgt. Die Schauspielerin hatte 1916 den Tabakhändler Josef Goldbaum geheiratet. 1942 wurde Ruth Goldbaum deportiert und in Birkenau ermordet.

Hacker hatte schon Tage zuvor das Signal an seine Gefolgschaft gegeben. Die Aktion erinnerte an die Pogromnacht vom 9. November 1938. Doch diesmal entwickelte sich Widerstand. Anwohner aus den umliegenden Häusern versammelten sich an den Stolpersteinen, stellten Kerzen auf und legten Blumen daneben. Die Kommandos hatten es zumeist nicht auf Schlägereien angelegt, einige aber droschen mit Baseballschlägern auf die Schutzgruppen ein. Es gab Verletzte, Blut floss. Der Kampf um die Stolpersteine zog sich durch die ganze Nacht. Polizei ließ sich im Regelfall nicht blicken – und wenn, dann nach dem Abzug der Messingsucher.

In dieser Nacht wurden in Deutschland 2746 Stolpersteine ausgegraben. Neben dem Reichstag in Berlin wurde auch das Denkmal für die ermordeten Sinti und Roma verwüstet. Es gab keine einzige Festnahme.

Bei deutschen Botschaften im Ausland wurden Scheiben eingeworfen. So in Paris, London und Stockholm. Die deutsche Botschaft in Tel Aviv wurde angezündet und brannte vollständig nieder. Das Feuer wurde innen gelegt. Von einem Botschaftsangehörigen. Die Feuerwehr kam nicht.

35

Korn wusste nicht, wo ihm der Kopf stand. Eben hatte er den Hörer aufgelegt, wollte sich zurücklehnen und über seine Lage nachdenken, da legte ihm sein Büroleiter die Note des israelischen Außenministeriums auf den Schreibtisch. »Israel ruft Botschafter zurück«, war sie überschrieben. »Die Regierung Israels ruft Botschafter Elias Goron für unbestimmte Zeit zur Berichterstattung aus Berlin zurück.«

Das war ein diplomatischer Fanfarenstoß, die letzte Eskalationsstufe vor dem Abbruch der Beziehungen. Er hatte geahnt, dass es knüppeldick kommen würde, als er die Fernsehbilder von dem rasenden Mob sah, der vielerorts Stolpersteine aus dem Straßenpflaster brach. Das schrillste Alarmsignal aber war die Zerstörung der deutschen Botschaft in Tel Aviv. Der Täter saß drinnen, saß in dem Gebäude, wo das Feuer gelegt worden war. Es musste jemand gewesen sein, der in Frontalopposition zur eigenen Regierung stand, zur kobaltblauen Wende. Und nun auch noch der Rückruf des israelischen Botschafters aus Berlin. Das war nach dem spektakulären Brand in Tel Aviv eigentlich nicht mehr notwendig gewesen. Die Deutschen selbst hatten einen Markstein gesetzt.

Als er die israelische Note erhielt, hatte er gerade mit Amandus Lebeau telefoniert, dem Rivalen in

Düsseldorf. Der hatte ihn angerufen und ohne freundlichen Smalltalk mit rostiger Stimme geradeheraus verlangt: »Korn, machen Sie Schluss mit dem braunen Spuk auf unseren Straßen! In einer Koalition, die derartiges zulässt, kann unsere Partei unmöglich bleiben …«

»Na, Sie wollten ja nie, dass sie sich dieser Koalition anschließt.«

»Ich wusste auch, warum. Mich überrascht überhaupt nicht, was nun passiert ist.«

»Sind Sie überhaupt noch in meiner Partei?«

»Nicht nur das. Ich trete an, um mich wieder zum Ministerpräsidenten wählen zu lassen. Nächste Woche …«

»Gott befohlen, lieber Lebeau, Gott befohlen.« Im Innern krampfte sich in Korn alles zusammen. Dann würde ihm der Rivale wieder auf offener Bühne entgegentreten. Er musste versuchen, das zu verhindern.

»Herr Außenminister«, Lebeaus Stimme triefte vor Hohn, »Sie haben erkennbar nicht genug Zeit, auf die Innenpolitik Ihrer Regierung zu achten. Dem will ich mit meinen bescheidenen Kräften gerne abhelfen. Nun aber«, Lebeaus Stimme wurde schneidend, »sollten Sie der Schändung der Stolpersteine durch braunes Pack Einhalt gebieten. Sie sind der Vizekanzler. Treten Sie dem Kobaltkanzler auf die Füße, bis seine Zehen blau werden!«

Der Düsseldorfer legte auf, bevor Korn etwas erwidern konnte. Dann forderte die israelische Note seine ganze Aufmerksamkeit. Er wollte gerade zum Telefon greifen, um den Kanzler zu informieren, da erreichte ihn ein weiterer Anruf.

»Der amerikanische Außenminister«, sagte seine Büroleiterin. Korn nahm das Gespräch an und wollte eben mit ein paar Belanglosigkeiten eröffnen, da knurrte es ihm schon aus Washington entgegen: »Ich bin entsetzt, Herr Kollege. Eine solche Schande hätte ich im neuen Deutschland für unvorstellbar gehalten. Die amerikanischen Medien schäumen. Und in New York werden deutsche Autos demoliert und zerkratzt. Müssen wir uns nun an solcherlei Dinge gewöhnen? Ich will das nicht. Und deshalb werde ich alles tun, um den marodierenden Nazis Einhalt zu gebieten.«

Korn stotterte, sein Gesicht war rot angelaufen. »Ich ... ich, äh ... verspreche Ihnen ...«

»Versprechen Sie nichts, handeln Sie! Lassen sie Ihre schärfsten Hunde von der Kette! Sonst laufen Sie in eine amerikanische Boykottbewegung gegen deutsche Produkte!«

»Ich ... äh ... wir ... wir werden so etwas nicht noch einmal ... Sie werden so etwas nicht noch einmal ...«

»Das wäre sehr zu begrüßen, verehrter Mister Korn. Berichten Sie mir bitte von Ihren Erfolgen.«

Korn war nun kreidebleich. Seine Linke zitterte. Die Rechte umklammerte die Schreibtischkante. Er hatte keinen Zweifel: Amerikaner und Israelis hatten sich koordiniert.

Wut stieg plötzlich in ihm auf. Würgende Wut. Die Blauen rasten mit dem Beil durch Deutschland – und er hatte es auszubaden. Er, der mit all dem nichts zu tun hatte. Aber aufgeben, die Koalition platzen zu lassen, das kam nicht in Frage. Er musste den rettenden Kanzlerwechsel erreichen, unbedingt, komme, was da wolle. Zunächst mal musste er ...

Er ließ Frotzeck aus einer Besprechung in ein ruhiges Nebenzimmer holen und schilderte ihm am

Telefon, was er eben über sich hatte ergehen lassen müssen. Ach, doch nicht er – Deutschland hatte das abbekommen. Und Frotzeck ganz vorne dran.

»Herr Bundeskanzler, ich erwarte von Ihnen umgehend ein klares, öffentlich gesprochenes Wort gegen den braunen Mob Ihrer Partei. Der ruiniert unser Ansehen weltweit. Und dass Herr Hacker das Startsignal für diese Umtriebe gegeben hat, ein Mann aus unserem Kabinett, finde ich unerhört.«

»Nun machen Sie mal halblang, lieber Herr Korn. Es ist ja nichts passiert …«

»Nichts passiert? Stolpersteine herauszureißen ist, als wären diese Juden ein zweites Mal ermordet worden!«

»Na, na. Mir gefällt das auch nicht. Aber unsere harte Fraktion braucht auch mal etwas Leine, einen Erfolg. Die müssen spüren, dass wir ihre Regierung sind. Und im Übrigen muss die ewig rückwärtsgewandte Politik in Deutschland auch mal ein Ende haben.«

»Ich bin nicht deren Außenminister! Ich denke nicht daran, mich für diese Lumpen verprügeln zu lassen!«

»Verprügeln … Lieber Herr Korn!«

»Nix da, lieber Herr Korn. Ich sage Ihnen jetzt unmissverständlich, verehrter Herr Bundeskanzler: Sie pfeifen bitte Ihren Herrn Hacker zurück und sagen öffentlich ein klärendes Wort, oder diese Koalition …« Korn ließ den Satz offen. Er wollte nicht vom Ende der Koalition reden, aber er wollte auch Druck ausüben, maximalen Druck.

»Ich gebe der FAZ morgen ein Interview, die werden mich ohnehin danach fragen. Und Hacker nehme ich mal beiseite.«

Vier Stunde später war der Landwirtschaftsminister im Kanzleramt. Frotzeck empfing ihn mit einer leichten Umarmung. »Lieber Herr Hacker, Sie wissen, dass ich immer zu Ihnen gestanden habe, und das soll auch so bleiben. Aber manchmal sind Sie mir auch eine Gegenleistung schuldig. So wie jetzt.«

Hacker grinste. Genau das hatte er erwartet. »Herr Bundeskanzler?«

»Die Stolperstein-Aktion war unbedacht. Wir haben einen Riesenärger. Vor allem der Außenminister. Die Amerikaner pampen ihn an und die Israelis holen ihren Botschafter heim …«

»Bravo. Hatte mir schon so was gedacht. Aber wenn wir unsere Politik durchsetzen wollen, müssen wir zur Härte fähig sein. Die CDU …«

»Die CDU, lieber Herr Hacker, ist nun mal notwendig für uns. Einstweilen. Sie hat schon viel mitgemacht. Mehr, als ich für möglich gehalten hätte.«

»Ich habe nichts gegen Juden, lieber Herr Bundeskanzler, so wenig wie Sie. Aber die Instrumentalisierung der unglücklichen Juden gegen unsere Nation muss ein Ende finden. Und die harten Jungs in unseren Reihen müssen bei Laune gehalten werden. Irgendwann müssen wir auch das sogenannte Holocaust-Mahnmal mitten in Berlin planieren.«

»Lassen Sie bloß die Finger davon, Hacker! Erstmal muss ich eine Sprachregelung für die Stolpersteine finden.«

»Die ist doch ganz einfach, lieber Herr Bundeskanzler. Sie erklären: Deutschland wird alles tun, um die Juden bei uns zu schützen. Doch die Zeit ihrer Instrumentalisierung ist vorüber. Das ändert nichts daran, dass Rüpeleien auf deutschen Straßen nicht geduldet werden.«

Frotzeck spitzte die Lippen, als wollte er die Formulierungen abschmecken. Dann nickte er leicht. So ging das. Kurz danach erklärte er sich im FAZ-Interview exakt so.

Frank Möhrenschein sprach dazu am Abend einen Kommentar in den Tagesthemen. Er selbst, das war quasi ex Cathedra. »Der Bundeskanzler hat die richtigen Worte gefunden, die das Verstörende auf Deutschlands Straßen einordnen, wie es sich in historischer Verantwortung geziemt. Rüpeleien auf deutschen Straßen werden nicht geduldet. Doch es gilt auch: Die Zeit der Instrumentalisierung der Juden ist vorüber. Dieses Denken in zwei Richtungen macht den Kanzler zum Kobaltkanzler. Es gibt nach allem keinen Grund zur Sorge. Die Regierung ist klug und wach.«

36

Ines Vollhardt bekam in dieser Nacht kein Auge zu. Sie hatte die Bilder der marodierenden Nazis auf Deutschlands Straßen und Plätzen gesehen, die aufstachelnde Rede Hackers vor den Bauern und Möhrenscheins verkleisternden Kommentar in den Tagesthemen. Das ging zu weit. Mit denen durfte sie nicht weiter paktieren. Jedenfalls nicht in dieser Frage. Der Judenmord der Nazis hatte sie schon auf dem Gymnasium empört – und politisiert. Dass sie Journalistin werden wollte, hatte hier seinen Ursprung. Und nun waren wieder Nazis unterwegs.

Am Morgen erhob sie sich mit bleiernen Gliedern aus dem Bett. Um zehn war sie mit der Kollegin Anja Noll verabredet, die mit ihr beim WDR gearbeitet hatte und darüber zur Freundin geworden war. Sie trafen sich im Café Einstein Unter den Linden, dem Treffpunkt der politischen Klasse. Noll hatte abgenommen, das sah sie sofort. Und in ihr Gesicht hatten sich tiefe Furchen gegraben.

»Geht's dir gut?«, fragte Ines Vollhardt, als sich die beiden mit einer kurzen Umarmung begrüßt hatten.

»Um ehrlich zu sein: nein«, antwortete Anja Noll in seltener Direktheit. »Schau dich um, was los ist in unserem Land, das darf doch nicht wahr sein! Und ich … Ich werde meinen Job verlieren. Ich gehöre zu den Fusionsopfern des Herrn Dunker. Er hält mich für eine Grüne und möchte mich beseitigen.«

»Wo arbeitest du denn im Moment?«

»Ich bin bei WDR 5, das ist ein feines Programm für besonders interessierte Hörer. Wir machen erstklassige Nachrichten mit tiefgründiger Ausleuchtung. Aber dieser Sender wird nun geschlossen. Ich werde betriebsbedingt entlassen, wie es heißt. Aber finde heutzutage mal einen neuen Job beim Rundfunk, wenn überall Sender und Programme fusioniert oder eingestellt werden.«

»Soll ich mich mal umhören?«, versuchte Vollhardt zu trösten.

Noll begann zu weinen. Tränen kullerten ihr über die Wangen. »Das hat keinen Sinn. Ich bin schwanger, habe das aber dem Sender nicht offenbart, weil es mir noch zu früh erschien. Hätte ich es getan, hätte ich mir Sorgen um meine Arbeit gemacht. Wenn ich mich nun aber woanders bewerbe, ist die Schwangerschaft schon zu sehen – und niemand nimmt mich.«

»Dann wechsle das Metier«, riet Vollhardt. »Mach Pressearbeit für einen Verband oder eine Partei. Mit den Grünen kannst Du doch gut …«

»Im Prinzip ja. Aber die müssen selbst ihren Apparat abbauen. Nach dem verheerenden Wahlergebnis …«

Sie saßen eine gute Stunde zusammen. Dann musste Vollhardt aufbrechen. Sie hatte einen Beschluss gefasst. Heute Abend, am Tag nach Möhrenschein, wollte sie einen Kommentar sprechen. Auch sie in den Tagesthemen. Sie wollte den »Segen des Neuen« als Thema vorschützen. Keiner in der Redaktion würde es wagen, ihr den zu verbieten.

So kam es auch. Am Abend stand sie mit einem Mikrofon vor dem Kanzleramt. Und sprach frei, wie ihr die Gedanken kamen.

»Rüpeleien auf deutschen Straßen werden nicht geduldet, hat Frank Möhrenschein, der Generalintendant, gestern an dieser Stelle zu den Ausschreitungen gegen Stolpersteine kommentiert. Dem muss ich widersprechen. Denn diese Rüpeleien wurden sehr wohl geduldet. Ja, mehr noch: Ein Minister der Regierung hat sogar dazu aufgerufen, Landwirtschaftsminister Hacker nämlich. Die nachfolgenden Angriffe auf Stolpersteine waren Angriffe auf Juden. Denn mit dem Schänden der Erinnerungen an die ermordeten Juden wurden diese Juden ein zweites Mal ermordet. Dagegen muss sich Deutschland zur Wehr setzen, dagegen muss sich die Nation erheben. Wir, das Volk, müssen dieser Regierung Grenzen ziehen. Grenzen des Anstands.«

Dass dieser Kommentar auch noch unter dem Stichwort »Segen des Neuen« angekündigt worden war, empörte die Kobaltblauen ganz besonders. Dunker sprach ihr auf die Mailbox, sie möge sich umgehend in seinem Büro einfinden. Möhrenschein hinterließ, sie habe ihn unmöglich gemacht. Das werde er nicht vergessen.

Als Vollhardt das Studio verlassen hatte und zu ihrem Büro zurück ging, kamen ihr Kollegen auf dem Flur entgegen. Applaudierten oder klopften ihr im Vorübergehen auf die Schulter. »So muss es sein. Dahin müssen wir wieder zurück.«

Ines Vollhardt packte ihre Handtasche und verließ das Hauptstadtstudio. Der Portier am Empfang blickte sie feindselig an. Es war ihr gleichgültig. Sie fuhr nach Hause in ihr Apartment und goss sich einen Single Malt ein.

Diesem Kurs wirst du jetzt weiter folgen, sagte sie zu sich selbst. Du wirst nicht mehr paktieren mit den Kobaltblauen. Bettina Voss, die Parteichefin, mit der sie es ganz am Anfang zu tun gehabt hatte, war noch zu ertragen gewesen. Alle anderen aber nicht, die sie im neuen Machtsystem kennengelernt hatte. Ganz besonders nicht Möhrenschein, die Fratze eines Opportunisten. Schluss jetzt! Du bist wieder du.

37

Der Golf orgelte. Es war neblig und kalt. In der Nacht hatte es gefroren. Erst beim vierten Mal sprang der betagte Motor an. 178 000 Kilometer hatte er auf dem Tacho. Dieter Dengler tastete noch einmal den Parka ab und spürte die Umrisse der Waffe. Als er im Fernsehen die Bilder des tobenden Mobs an den Stolpersteinen gesehen hatte, schlich er in die Küche und zog die schwarze Schachtel mit der Waffe hervor. Schluss, mach Schluss, murmelte er sich selbst zu und fasste seinen Manöverplan.

Dengler legte den ersten Gang ein und rollte los Richtung Mitte zum Dorotheenstädtischen Friedhof. Bevor er sich aufmachte zur Autobahn, wollte er noch einmal am Grab von Thomas Kopp Kraft schöpfen. Als er ankam, es war zwanzig vor sieben und noch stockdunkel, war der Eingang zum Friedhof verschlossen. Dengler stemmte sich am Eisengitter hoch und übersprang es.

Zwölf Minuten später hatte er das Grab gefunden. Es hatte noch keinen Stein, auf einem Holzkreuz stand »Thomas Kopp, ermordet von der Polizei«. Um die Aufschrift hatte es wochenlange öffentliche Auseinandersetzungen gegeben, doch schließlich verkündete die Kirchgemeinde, man lasse den Text aus Respekt vor dem Toten zu. Unter dem Kreuz lagen keine frischen, nur verwelkte und gefrorene Blumen. Sie stammten noch von der Beerdigung. Dengler schämte sich dafür, dass nicht wenigstens er frische Blumen mitgebracht hatte. Er baute sich vor dem Grab auf, senkte den Kopf und vertiefte sich in seine Gedanken. Die Glock drückte an seiner Seite.

Zwanzig Minuten später saß er wieder in seinem Golf und fuhr durch Ost-Berlin auf die Autobahn in Richtung Polen. Auf der rechten Fahrbahn reihten sich Sattelschlepper und Lastwagen aneinander. Dengler fuhr eisern links und ließ sich auch durch Lichthupen nicht zur Seite scheuchen. Etwa sechzig Kilometer vor der polnischen Grenze nahm er eine Ausfahrt und wählte den ersten Waldweg, der ihm sympathisch erschien. Der Golf kroch hinein in den Nadelwald und setzte immer wieder mit dem Bodenblech auf. Doch er blieb nicht stecken.

Irgendwann stoppte Dengler, kletterte aus dem Wagen und lief in den Wald. Ein Stapel geschälter Baumstämme ließ ihn anhalten. Er zog eine leere Cola-Dose aus dem Parka und stellte sie auf einen Stamm. Dann zählte er zwölf Schritte ab, blickte sich prüfend um und zog die Glock. Er hatte das Magazin mit fünfzehn Patronen gefüllt und wollte die Waffe in drei Entfernungen mit jeweils fünf Schüssen ausprobieren. Auf zwölf Meter traf er kein einziges Mal. Auch auf acht nicht. Als ihn nur noch vier Meter von der Dose trennten, fegte er sie gleich mit dem ersten Schuss vom Baum. Dengler suchte und stellte sie zurück. Der zweite Schuss ging daneben. Der dritte saß wieder. Dengler legte zwei Meter zu und schoss diesmal auf ein Stück Holz. Denn die Dose war zerfetzt. Nun feuerte er in dichter Folge fünf Patronen ab. Die ersten beiden räumten das Holz ab, die übrigen drei hämmerte er in den Baumstamm. Dicht nebeneinander.

Gut. Das also war die richtige Entfernung. Fünf oder sechs Meter ...

Die Pistole hatte sich gut in die Hand geschmiegt. Dengler spürte, dass sie warm geworden war. Er streichelte sie, steckte sie zurück in den Hosenbund und trat den Rückweg an.

Er war handlungsfähig.

38

Frank Schlesinger empfing den vor Anstrengung
schnaufenden Gast vor der Wohnungstür. Der kleine,
dicke Herr in dem überaus korrekten Anzug mit Weste
und unauffälliger Krawatte hatte die vier Stockwerke
zu Fuß emporsteigen müssen. Der prächtige Altbau
im Frankfurter Westend hatte keinen Aufzug. »Seien
Sie gegrüßt, lieber Herr Wirth. Tut mir leid, dass ich
Ihnen so viel Mühe bereite, aber seien Sie gewiss, es
wird nicht mehr oft geschehen.«

Alexander Wirth, der Steuerberater, blieb auf dem
Absatz stehen und musterte Schlesinger misstrauisch.
Was hatte diese Bemerkung zu bedeuten? »Sie sind
doch nicht etwa …«

Schlesinger war Chirurg an der Frankfurter Uni-
klinik, er verstand sofort. »Nein, nein, ich bin nicht
krank, lieber Herr Wirth, schon gar nicht todkrank.
Kommen Sie erstmal rein, drinnen erkläre ich Ihnen
alles.«

Das alte, gepflegte Parkett knirschte unter den
Schritten der beiden Männer, die im Wohnzimmer in
der Sitzgruppe neben der Schiebetür zum Esszimmer
Platz nahmen. Die Räume waren mit kostbaren
Schränken, Kommoden und Tischchen möbliert,
im reizvollen Kontrast dazu standen die mit weißem
Leder überzogenen modernen Sitzmöbel. Schlesinger

und Wirth setzten sich über Eck, der Gastgeber goss Kaffee ein und stellte sich dann dem erwartungsvollen Blick.

»Lieber Herr Wirth, lieber Freund, ich möchte Sie am Ende unserer jahrzehntelangen Beziehung um einen großen Gefallen bitten, einen sehr persönlichen Gefallen.« Wirth war auf seinem Sessel nach vorne gerutscht und nahm einen Schluck Kaffee. Er schwieg. Sollte sich Schlesinger erstmal erklären.

Der gab sich einen Ruck. »Ich möchte nicht lange drumherum reden. Ich werde heute Nachmittag Deutschland verlassen und nicht mehr zurückkehren. Meine Koffer sind gepackt. Ich werde nur etwas Geschirr und Besteck mitnehmen, Erinnerungen an meine Eltern. Die Möbel nach England zu verladen, wäre zu aufwendig. Ich lasse sie in der Wohnung. Die Bücher sind gelesen, ich nehme sie in meinem Kopf mit. Und diese Bilder hier ...« Er drehte sich in seinem Sessel und wies mit der Rechten auf die Gemälde an den Wänden. »... diese Bilder schenke ich Ihnen. Als Dank für Ihre Freundschaft und als Erinnerung an mich.«

»Aber ... warum?« Wirth schüttelte verständnislos den Kopf.

»Sie wissen, dass meine Eltern schon 1933 vor den Nazis nach England geflohen sind. Viele ihrer Freunde haben damals gesagt: Hitler ist nur ein Spuk, Deutschland ist und bleibt eine Kulturnation. Hier können sich Juden so sicher fühlen wie nirgendwo sonst. Gottlob haben sie nicht auf diese Freunde gehört. Sie haben überlebt und sind schon 1951 nach Frankfurt zurückgekehrt, exakt in diese Wohnung, die sie 1933 verlassen hatten. War nicht einfach, sie wieder zu kaufen. Der Nazi, der sie bekommen hatte, wollte viel Geld. Meine Eltern haben nicht lange verhandelt, sie haben ihm gegeben, was er wollte. Hauptsache, sie hatten die Wohnung wieder.«

»Aber, mein lieber Schlesinger, man geht doch nicht so Knall auf Fall. Es gibt viele aufrechte Menschen, die bereit sind, die Juden zu verteidigen. Und …«

»Ich glaube nicht mehr an diese aufrechten Menschen. Ich habe vor wenigen Tagen das Ping und Pang der Stemmeisen gehört, die ganze Nacht über, als rechter Pöbel Stolpersteine aus dem Pflaster riss. Die Bürgersteige waren menschenleer, die aufrechten Menschen, wie Sie sie nennen, spähten hinter ihren Vorhängen nach unten. Ich bin auf die Kerle losgegangen und habe sie angeherrscht, sie sollten die Erinnerungsstücke an die Toten in Ruhe lassen. Einer hat mir ins Gesicht geschlagen, zwei andere haben mich vom Bürgersteig gestoßen. Hau ab, du Jude, sonst wirst du es bereuen …«

»Das ist ja entsetzlich! Ich habe von solchen Übergriffen weder gehört noch gelesen …«

»Ja, mein lieber Wirth, so geht es los. Die Nazis toben sich aus, die aufrechten Menschen schauen weg, und die Presse schweigt. So war es schon einmal. Ich mache es nun genauso, wie es meine klugen Eltern vorgelebt haben: Ich gehe bei den ersten Anzeichen von Judenfeindlichkeit und Inhumanität. Ich gehe sofort, ohne Zögern. Und ich gehe nach England. Ich ziehe sogar wieder in die Straße, in der meine Eltern gewohnt haben, und ich werde in derselben Klinik operieren, in der mein Vater als Arzt Aufnahme gefunden hatte.

Das alles betäubt meine bohrende Angst und gibt mir Zuversicht. Ich unterscheide mich nur in einer Hinsicht von meinen Eltern: Ich werde nicht zurückkehren. Denn ihr Vertrauen in die aufrechten Deutschen teile ich ganz und gar nicht. Weg hier! Schnell!«

Wirth hatte den Kopf gesenkt und brachte kein Wort hervor.

»Ach, mein Anliegen hätte ich jetzt fast vergessen. Bitte tun Sie mir doch die Liebe, geschätzter Freund, die Wohnung zu verkaufen. Eine Vollmacht habe ich schon unterschrieben. Sie brauchen keinen besonders hohen Preis herauszuschlagen. Ein mittlerer tut es vollkommen. Ich habe bloß eine Bedingung: Verkaufen Sie nicht an einen Juden, denn das würde den an Deutschland binden und ihn am Ende womöglich das Leben kosten. Mit den Möbelstücken können Sie tun, was Sie möchten. Den Erlös überweisen Sie mir dann bitte nach London. Ich werde Ihnen das Konto mitteilen.«

»Und Ihre Freundin, Ihre Partnerin?«

»Wir haben uns getrennt. Es hat sich herausgestellt, dass sie für die Entfernung der Stolpersteine sogar Verständnis hat. Wir müssten endlich mal den Blick nach vorne richten, hat sie gemeint. Nach vorne? Wohin? Hier in Deutschland …«

»Ich finde, lieber Herr Schlesinger, Sie sollten wenigstens abwarten, ob der Zentralrat der Juden oder der Staat Israel irgendwann zum Verlassen Deutschlands auffordern. So fliehen Sie ganz alleine! Ich finde das entsetzlich!«

»Oh, nein. Ich fliehe keineswegs allein. Ganz im Gegenteil. Auf dem britischen Generalkonsulat habe ich von siebzehn anderen Juden erfahren, die auch ihre Papiere für London beantragt haben. Am Schwarzen Brett des Konsulats hängt eine Information nur für Juden! Und der Zentralrat ruft unter der Hand mit Flüsterparolen zur Emigration auf. Tel Aviv oder London. Täglich gehen von Frankfurt aus drei Sondermaschinen nach Israel und England, um Juden in Sicherheit zu bringen. Das ist inzwischen eine so breite Bewegung unter den deutschen Juden, dass man schon böswillig oder politisch korrupt sein muss, um als Journalist nicht darüber zu berichten. Die Kobaltblauen haben Ihr Land inzwischen fest in der Hand, verehrter Herr Wirth! Und die Immobilienpreise in Frankfurt sinken.«

Schlesinger beugte sich nach vorne und nahm einen großen Briefumschlag vom Kaffeetisch. Er drückte ihn Wirth in die Hand, dazu einen Schlüsselbund, und ging Richtung Wohnungstür. »Es tut mir sehr leid, ich habe keine Zeit mehr, denn ich muss zum Flughafen.«

Wirth folgte ihm wortlos. An der Wohnungstür umarmten sich die beiden Männer. Und beide weinten still. »Kommen Sie mal nach London, lieber Freund, besuchen Sie mich ...« Als Wirth die Treppe hinabstieg, hörte er von oben ein lautes Schluchzen.

39

Sie tagten im schäbigen Hinterzimmer eines Drei-Sterne-Hotels in der Krakauer Innenstadt, weil ihnen der Konferenzraum auf dem Schloss zu teuer gewesen war. Den ganzen Tag über musste das Licht brennen, denn der Raum war dunkel, fast finster. Und er roch aufdringlich nach einem Reinigungsmittel. Der PiS-Vorsitzende Szymon Krakowczyk begrüßte die Teilnehmer übel gelaunt. Seit »Recht und Gerechtigkeit« nicht mehr regierten in Polen, schimmelte die Partei immer unangenehmer vor sich hin. Der PiS-Ton wurde schärfer, die Forderungen und Beschlüsse verlangten Gelassenheit und ein Übermaß an Toleranz. Polen, fand PiS, gehörte einfach in ihre Hand, in die Hand von harten, mitleidlosen Nationalkonservativen.

»Liebe Freunde«, begann Krakowczyk, und die fehlende Anrede an Frauen war durchaus angebracht, denn Frauen gab es nicht im Raum, abgesehen von den Kellnerinnen, die Getränke servierten. »Liebe Freunde« also, »wir sehen uns hier an historischer Stätte, wo Polen seine nationale Größe begründet und Faschisten wie Kommunisten zu Boden gerungen hat. Ich habe euch nach Krakau eingeladen – und nicht nach Warschau –, weil ich anschließend mit euch nach Auschwitz fahren und dort etwas Spezielles in Augenschein nehmen möchte.«

Die Konferenzteilnehmer hoben die Köpfe. Das war ein neuer Ton, das hatte nichts mehr von der verschnarchten Vereinshuberei, die seit dem Sturz in die Opposition so schwer auf den Gemütern lastete.

»Lass hören, Szymon«, rief ein Glatzköpfiger aus der zweiten Reihe.

»Ja, ich kann mir schon denken, dass ihr nun neugierig seid.« Krakowczyk spreizte ein wenig die Beine und rückte nah ans Mikrofon. »Ich möchte euch für einen wahrhaft historischen Beschluss gewinnen. Einen, der Polens Freiheit ganz entscheidend erweitert.«

Er ließ den Blick langsam über die Reihen streifen. »Viele von euch werden vergangene Woche im Fernsehen die Bilder jener Deutschen gesehen haben, die in der Nacht mit Stemmeisen die Erinnerungssteine an Juden aus den Bürgersteigen gebrochen haben. Aufgerufen hatte dazu der Agrarminister, der den nationalen Flügel der Kanzlerpartei AfD anführt. Hacker heißt er. Ich habe ihn schon zu einem Vortrag eingeladen. Das war ein großes Hallo in Deutschland, noch mehr aber in Israel und einigen von Juden unterwanderten Staaten.«

»Und?«, fragte der Glatzköpfige aus der zweiten Reihe. »Was hat das mit uns zu tun?«

»Viel, sehr viel. Denn, um es gleich auf den Punkt zu bringen, ich sehe überhaupt nicht ein, warum sich die Deutschen ihrer Judenmord-Geschichte entledigen dürfen, während wir die Stätten dieses Massenmords, die Lager auf polnischem Boden, pflegen und erhalten. Viele glauben ja inzwischen, wir selbst seien an den Taten der Deutschen beteiligt gewesen oder wir seien sogar die Täter.«

Es war still geworden im Raum. Jeder ahnte, was nun kommen musste. »Nein, wir hatten damit nichts zu tun. Inzwischen haben wir anderslautende Behauptungen sogar unter Strafe gestellt. Aber das hilft nichts. Im Ausland kennt man nicht das polnische Königsschloss in Krakau, sondern nur das deutsche Vernichtungslager Auschwitz bei Krakau. Das muss ein Ende haben. Wenn sich die Deutschen dieser Geschichte entledigen, dann tun wir das erst recht, dann beseitigen wir die Stätten deutschen Vernichtungswahns auf unserem Boden.«

Alle hielten den Atem an.

»Ich beantrage also heute, dass wir per Beschluss die Planierung aller ehemals deutschen Konzentrationslager in Polen verlangen. Sobald die PiS wieder regiert, werden wir das auch tun. Und wir fangen mit Auschwitz an. Der ganze Plunder der Opfer, der dort noch rumliegt – Schuhe, Koffer, Brillen – wird in einer Müllverbrennungsanlage in Warschau zu Heizzwecken verwendet.«

»Und was machen wir mit dem Gelände?«

»Der Flughafen von Krakau stößt bald an seine Grenzen. Wir machen ihn zum Inlandsflughafen Krakau 1. Auf dem Gelände von Auschwitz bauen wir Krakau 2, den internationalen Airport. Kein Pole muss dann noch nach Berlin fahren, um von dort nach Mallorca zu fliegen.«

Einige wieherten vor Vergnügen, anderen saugten Luft ein und bliesen die Backen auf.

»Ja, da staunt ihr, Freunde. Ich finde, wir brauchen Mut, um uns aus dem Morast unserer Vergangenheit zu befreien. Wir stecken dort fest. Ich möchte nicht deutscher als die Deutschen sein. Ich will ein sauberes Polen ohne die zurückgelassenen Exkremente der Deutschen. Sollen sie in Deutschland behalten, woran sie sich erinnern wollen. Polen aber ist – polnisch!«

Die Teilnehmer applaudierten, pfiffen und jauchzten. Einige erhoben sich und zogen den ganzen Saal mit sich. Im Nu wurde die Nationalhymne angestimmt. Zwei jüdische Funktionäre drückten sich unbemerkt zur Tür hinaus. Einer ging draußen in die Knie und übergab sich. Mitten in der Hotelhalle. Vor einer polnischen Fahne.

40

Amandus Lebeau erwachte im Hochgefühl seiner Bedeutung. Er war immer noch amtierender Ministerpräsident von Nordrhein-Westfalen, wurde hierhin und dorthin eingeladen, auf der Straße gegrüßt und von seinen Amtskollegen geachtet. Heute würde er seinen unbedachten Rücktritt nach der Koalitionsentscheidung des Parteivorsitzenden Johann Korn aus der Welt schaffen – mit seiner triumphalen Wiederwahl. Es hatte sich niemand gefunden in den Reihen der CDU, der ihn ersetzen mochte. Also musste der Hängepartie in Düsseldorf ein Ende bereitet werden. Durch ihn. Er allein war in der Lage, unter den gegebenen Umständen, das bevölkerungsreichste und für ihn auch das bedeutendste Bundesland zu regieren. Und in der Opposition war niemand imstande gewesen, die Grünen herauszubrechen, seinen überaus treuen Koalitionspartner. Die grünen Landesminister regierten in großer Gleichmut.

Lebeau schälte sich aus dem Bett, streifte den Pyjama ab und betrachtete sich nackt vor dem Schlafzimmerspiegel. Eingehend. Er war, zugegeben, ein wenig teigig, aber nicht fett. Das Leben ohne jeden Sport hinterm Schreibtisch hinterließ Spuren. Aber keine wirklich hässlichen. Und seine Büroleiterin, die er einmal pro Woche zum Essen ausführte, fand ihn attraktiv, wie sie stets wiederholte. Unter den deutschen Politikern machte er mit seinem jungenhaften Aussehen eine ansehnliche Figur. Fast jugendlich. Sein Name – unverwechselbar, klangvoll – passte perfekt dazu.

Er duschte und summte dabei »I walk the line« von Johnny Cash, sein Lieblingslied. Es sollte ihm heute Glück bringen. In der Küche hatte seine Frau schon den Tisch gedeckt. »Was täte ich bloß ohne dich«, schnurrte Lebeau, verspeiste das weiche Ei ohne Brot, trank eine Tasse schwarzen Kaffee, den er weltmännisch »Americano« nannte, band sich die graue Seidenkrawatte um, seine beste, schlüpfte in Jackett und Mantel, gab seiner Frau einen gedankenlosen Abschiedskuss und verließ das Haus. Eines Tages, dachte er, würde er so auch das Haus verlassen, um sich ins Kanzleramt fahren zu lassen, nachdem er Korn, den Verräter, in den Staub getreten hatte.

Als er das kreisrunde Plenum betrat, waren die Reihen schon fast gefüllt. Eben tropften noch ein paar Nachzügler herein. Lebeau nahm in der ersten Reihe der CDU-Abgeordneten neben dem Fraktionschef Platz. Der drückte ihm knapp die Hand und flüsterte: »Wird schon gut gehen. Heute Morgen bei der Probeabstimmung der Fraktion gab es nur eine Enthaltung. Das ist super!«

Der Landtagspräsident eröffnete. Es gab nur einen Tagesordnungspunkt: Wahl eines Ministerpräsidenten. Und nur einen Kandidaten: Dr. Amandus Lebeau. Die Stimmzettel lagen schon auf den Pulten der Abgeordneten, die dann namentlich zu den drei Urnen vor dem Präsidiumstisch gerufen wurden.

Nach einer guten halben Stunde war die Sache erledigt. Lebeau schlenderte durch die Reihen, ließ sich die Schulter klopfen und verteilte freundliche Worte. Ein paar Abgeordnete steckten ihm Bittbriefe zu, die er ungeöffnet einsteckte.

Als er sich setzte, machte der Fraktionschef einen verstörten Eindruck. Sagte aber nichts. Auch Lebeau schwieg.

Dann erhob sich der Parlamentspräsident, um das Ergebnis zu verkünden – und ihm wurde flau. Warum hatte der Fraktionschef so geschaut? Es wird doch nichts …

»Meine Damen und Herren, ich gebe das Ergebnis der Wahl bekannt. Anwesend waren 193 Abgeordnete, zwei fehlten entschuldigt. Abgegebene Stimmen: 193. Gültige Stimmen: 193. Für Herrn Dr. Lebeau stimmten 87 Abgeordnete. Mit Nein stimmten 104. Zwei enthielten sich. Ich stelle fest, dass Herr Dr. Lebeau nicht die erforderliche Mehrheit der Abgeordneten erreicht hat. Ich unterbreche nun die Sitzung für dreißig Minuten, um den Fraktionen Gelegenheit zu Beratungen zu geben.«

Lebeau klappte auf seinem Sitz zusammen. Er war aschfahl. Der Fraktionschef klopfte ihm tröstend auf die Schulter. Im Handumdrehen leerte sich das Plenum. »Wollen Sie nochmal antreten?«, fragte der Fraktionschef. Lebeau nickte stumm. So einfach durfte er nicht aufgeben. »Dann gehen wir jetzt in die Fraktion und versuchen dort die Dinge zu wenden.«

Im Fraktionssaal herrschte Tohuwabohu. Der Geräuschpegel war enorm. Die Abgeordneten standen in kleinen Gruppen beieinander, gestikulierten, schrien sich an. Der Fraktionschef schwang die Glocke und stellte Ruhe her. »Kolleginnen und Kollegen, ich möchte nicht viele Worte verlieren. Das war nicht nur ein Verrat an Dr. Lebeau, sondern auch an unserer Partei. Ich bitte Sie alle eindringlich zu bedenken, dass die CDU nun auch die Macht verspielen kann, und zwar womöglich auf viele Jahre. Seien Sie sich Ihrer Verantwortung bewusst.«

Taumelnd erhob sich Lebeau von seinem Stuhl, griff sich an die Krawatte und sagte: »Ich werbe noch einmal um Ihr Vertrauen. Sollte ich einzelnen von Ihnen Unrecht getan haben, dann bitte ich um Verzeihung. Von Herzen.« Ermattet sank er zurück.

Der Fraktionschef setzte erneut eine Probeabstimmung an. Nach zwanzig Minuten verkündete er erleichtert das Ergebnis: »Für Herrn Dr. Lebeau haben 75 Abgeordnete gestimmt, es gab außerdem eine Enthaltung. Gestärkt mit diesem Ergebnis gehen wir nun zurück ins Plenum.«

Der Landtagspräsident gab die erneute Kandidatur Lebeaus bekannt. Die CDU-Fraktion habe ihn gerade davon in Kenntnis gesetzt. Daher rufe er zu einem zweiten Wahlgang auf. Die Prozedur wiederholte sich. Lebeau verbrachte die Wartezeit in seinem Büro, den Kopf auf den Schreibtisch gesenkt und zur Seite gedreht. Durchs Fenster sah er den Rhein. Das gab ihm innere Ruhe.

Nach 25 Minuten wurden die Abgeordneten zurückgerufen ins Plenum. Der Präsident verkündete: 82 Stimmen für Lebeau, noch fünf weniger als beim ersten Mal. Er wartete nicht das Ende der Sitzung ab, erhob sich und taumelte aus dem Saal. Er war immer noch amtierender

Ministerpräsident, doch das wollte er nicht mehr sein. Lebeau ließ sich nach Hause fahren, schleppte sich schweigend an seiner Frau vorbei und ließ sich aufs Bett fallen. Nach zwei Minuten war er eingeschlafen.

Ein Anruf aus Kiel weckte ihn. Seine Frau trat mit dem Handy ans Bett und kündigte Valentin Schick an.

»Amandus, du hast mein Mitgefühl und meine Unterstützung bei allem, was du nun tust.«

»Danke … Ich tu nun nichts mehr in der Politik.«

»Ich denke, der Parteivorsitzende hat an seinen Fäden gezogen und die Fraktion beeinflusst. Korn ist der Verräter. Jetzt bist du keine Bedrohung mehr für ihn.«

»Wir sehen, wie die AfD und deren Mitläufer unsere Partei gespalten haben. Überall sitzen Korn-Leute, die mit den Rechten paktieren wollen. Wenn es mal um ein konstruktives Misstrauensvotum gegen den Kobaltkanzler geht, Valentin, musst du ran. Ich komme nicht mehr in Frage.«

»Damit darf niemand rechnen. Ich stehe dafür nicht zur Verfügung. Ich möchte in Kiel bleiben, habe mir das lange überlegt. Definitiv!«

»Dann, lieber Valentin, hat Korn heute einen großen Sieg errungen.«

Genau so kommentierte Ines Vollhardt das Ereignis am Abend in den Tagesthemen. Möhrenschein persönlich hatte sie mit dieser Botschaft losgeschickt. Florian Dunker, der Regierungssprecher, lud anderntags zu einem Hintergrundgespräch ins Kanzleramt. »Die kobaltblaue Koalition, Kanzler und Außenminister, haben von nun an keinen Gegner von Format mehr.«

41

Als er zu Hause seinen Schreibtisch aufräumte, fiel ihm der Briefumschlag aus Paris wieder in die Hände. Johann Korn öffnete ihn und ließ den Inhalt auf die Schreibunterlage gleiten. Die beiden Fotos von Bettina Voss mit den Geldkoffern der Russen und der AfD-Förderer aus Köln. Aufgenommen in Berlin und Liechtenstein. Dazu die beiden computergeschriebenen Listen über Geldbeträge, die auf diverse Konten der AfD eingezahlt worden waren. Sein französischer Kollege hatte ihm das bei dem ruppigen Treffen in Paris übergeben. Mit der Bemerkung, deutsche Medien seien daran nicht interessiert gewesen.

Was also sollte er tun, er, der Koalitionspartner Johann Korn? Blieb nur ein politischer Sichelschnitt am Hals der AfD. Übergabe des Materials an die Staatsanwaltschaft. Die könnte es nicht einfach in einem Panzerschrank verschwinden lassen. Sie müsste ermitteln, und der Skandal von Landesverrat und Korruption würde dem Kobaltkanzler zweifellos das Genick brechen.

Korn aber wollte Frotzeck nicht stürzen. Darüber musste er nicht lange nachdenken. In nicht einmal anderthalb Jahren würde der das Kanzleramt an ihn übergeben. Und er als CDU-Vorsitzender würde Gelegenheit haben, manchen Mummenschanz der Rechten wieder vergessen zu lassen. Diese Wende würde er zweifellos erreichen. Frotzeck jetzt zu kippen wäre das Blödeste, was er tun konnte. Amandus Lebeau war der Einzige, der es mit ihm hätte aufnehmen können. Der war brandgefährlich. Doch im Affekt hatte er alles verspielt. Lebeau, hatte er läuten hören, würde wohl Bundesgeschäftsführer des Versicherungsverbandes werden. Gott befohlen!

Korn ließ sich im Schreibtischsessel zurücksinken und blickte aus dem Fenster in den steingrauen Himmel. Gelegentlich segelte ein Vogel vorbei und hinderte ihn am Einschlafen. Er würde das Material der Franzosen in seinen Safe legen und abwarten, ob es ihm einmal nützlich werden könnte. Aber es war auch heiß für ihn selbst. Falls die Franzosen verkünden würden, sie hätten dem Außenminister Johann Korn das Belastungsmaterial offiziell in Paris ausgehändigt, der aber hatte es verschwinden lassen, dann war es aus mit seiner Karriere. Ja, vermutlich sogar mit seiner Freiheit. Ein paar Jahre hinter Gittern musste er erwarten.

War das wahrscheinlich? Korn wiegte den Kopf hin und her. Eher nicht. Die Franzosen würden ihn vielleicht einmal daran erinnern, um ihn unter Druck zu setzen. Aber sie wollten wohl kaum öffentlich eingestehen, dass sie deutsche Politiker geheimdienstlich beobachten ließen.

Je länger er darüber nachdachte, desto mehr dämmerte Korn das Pariser Kalkül. Sie hatten alles genau so berechnet, wie er es vollzogen hatte. Sie wollten das kompromittierende Material, das nun auch für ihn kompromittierend war, in seinen Safe schieben. In Kürze würde er Kanzler sein und dann – ruckartig erhob sich Korn aus seinem Sessel – und dann würden sie den deutschen Kanzler in der Hand haben. Sie wollten nicht die AfD durcheinanderbringen, sie wollten den künftigen Kanzler einkassieren. Verflucht! Und ihm ging das jetzt erst auf, jetzt, da alles zu spät war. Vermutlich hatten sie ihn sogar heimlich fotografiert, als er das Zeug im Amtszimmer seines französischen Kollegen an sich genommen hatte. Er hätte es gleich wieder auf dessen Schreibtisch knallen sollen. Hatte er aber nicht. Er hatte es mitgenommen, unterm Arm.

Korn ging zu seinem Safe und legte den Umschlag hinein. Ihn zu vernichten hatte jetzt keinen Sinn mehr. Der deutsche Außenminister war in Paris aktenkundig geworden. Und dass er den Umschlag nicht vernichtet, sondern aufbewahrt hatte, könnte für ihn eines Tages vielleicht sogar noch nützlich sein. Sollte er mal Bettina Voss zur Seite nehmen, die Geldbotin, schoss es ihm durch den Kopf. Sie könnte ihm ja mal politisch zu Diensten sein. Und, wer weiß, auch … persönlich?

42

Ines Vollhardt erreichte der Anruf am frühen Vormittag, und sie wusste sofort, dass hier etwas Besonderes, etwas ganz Besonderes verhandelt werden sollte. Die Büroleiterin der Ex-Kanzlerin war am Apparat, und sie verlor nicht viel Zeit mit Small Talk. Eine Routinefrage nach dem Urteil über die Regierung – »na ja, könnte doch ein wenig harmonischer laufen« –, eine Bemerkung zum garstigen Wetter – »man weiß gar nicht mehr, was man anziehen soll«. Dann steuerte sie auf ihr Anliegen zu. »Liebe Frau Vollhardt, die Kanzlerin würde gerne bei Ihnen eine wichtige Erklärung abgeben, morgen Mittag. Sie müssten dazu bitte mit einem Fernsehteam ins Büro der Kanzlerin kommen.« Sie sagt tatsächlich Kanzlerin und nicht den Namen, dachte Vollhardt und amüsierte sich still. Diese Eitelkeit …

»Das passt. Sofern der Anlass bedeutend genug ist. Ich muss ja das Fernsehteam gegenüber der Intendanz begründen. Worum geht's denn der … äh … Kanzlerin?«

Die Büroleiterin wurde schmallippig. »Ich bin nicht befugt, Ihnen das zu sagen. Aber ich verspreche Ihnen, dass der Aufwand gerechtfertigt sein wird.«

Sie vereinbarten zwölf Uhr, und die Büroleiterin verabschiedete sich umgehend. Vollhardt rief Möhrenschein an, und der wurde ganz aufgeregt. »Jede Wette, dass sie sich zu Kobaltblau und zur Performance der CDU äußern wird. In jedem Fall kritisch. Das wird uns keine Freunde machen, aber wir müssen es einfach wahrnehmen. Bin sehr gespannt. Ich werde den Regierungssprecher schon mal vorwarnen, damit der sich bereithält, die Flammen gleich wieder auszutreten. Also schnapp dir ein Team, geh hin und sei höflich.«

Als Vollhardt anderntags die Büroflucht der Ex-Kanzlerin betrat, die erstaunlicherweise fast verwaist war, obgleich kein anderer der ehemaligen Regierungschefs so viele Helfer beschäftigt hatte, spürte sie sofort die Aura des Spektakulären. Eine lauwarme Erklärung zu Fehlern der Kobaltblauen würde sie nicht zu hören bekommen. Es ging um mehr, viel mehr. Aber worum genau?

Die Büroleiterin kam ihr auf dem Flur entgegen und führte sie ohne Handschlag ins Arbeitszimmer der Ex. Die wartete mit unbewegter, bleicher Miene hinter dem Schreibtisch. Die Frisur hatte sie professionell richten lassen. Dunkelgrün war die Farbe ihres Blazers. Sie grüßte knapp – »Guten Tag, Frau Vollhardt« – und blieb sitzen, während das Team Kamera, Mikrofongalgen und zwei Leuchten aufbaute.

»Fertig?«

»Moment bitte noch«, gab Vollhardt zurück, »sagen Sie bitte mal ein paar Worte für die Mikrofonprobe.«

»Na gut … ähm … Wird Herr Korn eigentlich von der AfD bezahlt? Das würde mich wirklich interessieren.«

»Danke. Das reicht.« Die Kanzlerin lachte trocken auf. »Sie können nun anfangen, wenn Sie möchten.«

»Liebe Landsleute …«

Sie richtete sich auf, drückte das Kreuz durch. Vor sich hatte sie ein Blatt Papier liegen. Mit handschriftlichen Notizen. »Die meisten von Ihnen werden sich erinnern, dass ich 2015, als viele Verfolgte und Entwurzelte bei uns Zuflucht gesucht hatten, erklärt habe, dies wäre nicht mehr mein Land, wenn ich mich dafür entschuldigen müsste, ein freundliches Gesicht gezeigt zu haben. Schon damals habe ich also zu verstehen gegeben, dass es eine Grenze der Zumutungen geben könnte, die ich zu ertragen bereit wäre – hier in Deutschland.

Dieses Maß ist nun voll für mich. Ich vermag hier nicht alles aufzuzählen, was ich für skandalös halte. Nur so viel: Die aktuelle Bundesregierung, die sich gerne kobaltblau nennt und an der meine eigene Partei beteiligt ist, hat die Europäische Union an den Rand des Scheiterns geführt, sie hat das Verhältnis zu Frankreich ruiniert und sich Herrn Putin zu Füßen geworfen – mehr, als mir jemals vorgeworfen wurde –, sie hat viele Menschen, die bei uns Aufnahme gefunden hatten, in einem unmenschlichen Verfahren zurück an die Grenzen geschafft, und sie hat es zugelassen, dass die Erinnerung an ermordete Juden von Rechtsextremen geschändet und beseitigt wurde. Dadurch wurden diese Juden ein zweites Mal ermordet. Es kann uns nicht verwundern, dass viele deutsche Juden nun das Land verlassen. Inzwischen ist in der Zeitung zu lesen, dass Nationalkonservative in Polen daran denken, unter Berufung auf die Vorgänge in Deutschland sogar Auschwitz zu beseitigen.

Deshalb sage ich heute: Dies ist nicht mehr mein Land. Ich werde Deutschland verlassen und in die USA gehen. Mein Freund Barack Obama hat mir in New

York eine Wohnung am Central Park besorgt, in der ich mit meinem Mann zunächst einmal leben werde. Neben meinem deutschen werde ich auch einen amerikanischen Pass erhalten. Auch dafür hat Barack Obama gesorgt. Wie lange ich in Amerika bleiben werde, kann ich noch nicht sagen. Das hängt von der Entwicklung in Deutschland ab. Ich kann nicht ausschließen, dass mein Weggang ein Abschied für immer sein wird. Ein Exil.

Ich bin traurig. Aber noch trauriger wäre ich, wenn ich dem Schrecken hier weiter tatenlos zuschauen müsste.

Ich grüße das Land, das einmal meines war, ich grüße alle Deutschen, gleichgültig wie sie zu mir stehen, und ich grüße jeden von Ihnen ganz persönlich.«

Die Kanzlerin schwieg erschöpft und machte mit der flachen Rechten einen waagerechten Schnitt durch die Luft.

»Haben Sie alles?«

Vollhardt war sprachlos. Sie konnte nur nicken. Lieber Himmel, dachte sie, ich habe ein zeitgeschichtliches Dokument von größter Tragweite im Kasten. Ich muss das noch kommentierend einrahmen – und dann ab auf den Sender am Abend.

Die Kanzlerin erhob sich, nahm ihre prallgefüllte Handtasche, verließ das Büro grußlos, fuhr mit dem Aufzug nach unten und bestieg zum letzten Mal ihren Dienstwagen, der sie zum Flughafen fuhr. Die Büroleiterin blieb zurück, hob knapp die Hand zum Abschiedsgruß.

Im Fond des Wagens saß die Kanzlerin wie versteinert, sie schluckte die Tränen herunter und biss die Zähne zusammen. Diesen Gefallen tust du ihnen nicht …

Vollhardt rief sofort Möhrenschein an und erstattete knapp Bericht. Der setzte den Regierungssprecher ins Bild, der den Kanzler informierte und auf dessen Geheiß eine Reaktion vorbereitete. Als am Abend die Erklärung der Ex gelaufen war, trat Florian Dunker am Tor des Kanzleramts vor die Kameras.

»Die ehemalige Kanzlerin hat das Land verlassen, nicht ohne sich noch einmal die Füße an ihm abzuputzen. Für Deutschland ist das eine Befreiung. Das Land kann nun den Blick nach vorne richten. Der Kobaltkanzler hat die Nachricht von ihrem Abgang mit den Worten kommentiert: Nun ist das Nest sauber.«

43

Korn durchquerte das Vorzimmer, ohne sich anzu-
melden. »Hallo? Bitte … Haben Sie einen Termin?«, die
Büroleiterin war aufgesprungen.

»Der Außenminister braucht keinen Termin«,
knurrte er zurück, ohne den Kopf zu wenden, und
betrat das Büro der Kanzleramtschefin. Die Tür schlug
er heftig hinter sich zu, fast hätte er sie der Büroleiterin,
die ihm nachgeeilt war, ins Gesicht geschlagen. Die
lauschte einen Moment an der Tür, und als es still
blieb, ging sie zurück.

Bettina Voss saß, nein lag hinter ihrem Schreibtisch.
Sie war tief in ihren Sessel gerutscht, fast waagerecht,
und telefonierte mit allen Anzeichen des Wohl-
behagens. Es musste um Privates gehen. Korn baute
sich vor ihr auf und sagte kein Wort. Erst nach einer
ganzen Weile erkannte Voss, wer da hereingekommen
war. Der Vizekanzler und künftige Kanzler, der Chef
des Koalitionspartners CDU! Sie beendete das Telefonat abrupt und schoss in die Höhe. »Herr Korn, welche Überraschung! Was verschafft mir die Ehre?«

Korn stützte sich mit beiden Händen auf ihren
Schreibtisch und beugte sich weit nach vorn, als wolle
er ihr in die weit aufgeknöpfte Bluse schielen. Sie liebte
solche frivolen Spiele. »Ich bin gekommen«, begann
der Außenminister, »weil ich etwas von Ihnen in

Erfahrung gebracht habe, was nicht nur Sie und Ihren Chef, sondern die gesamte Regierung in Gefahr bringen könnte.«

Voss schaute ihn irritiert an. Doch er schwieg. »Und ... und ... darf ich fragen, was das ... ist?«

Korn zog sich vom Schreibtisch zurück und ließ sich in den Sessel an der Wand gegenüber fallen, spreizte die Beine und griff in die flache Dokumententasche, die er mitgebracht hatte. »Es ist etwas, liebe Frau Voss, dessen Geheimhaltung Sie mir ewig verpflichtet.«

Voss verzog nun das Gesicht zu einem fast angeekelten Ausdruck. »Na, nun lassen Sie doch mal sehen. Ich möchte diesen Fake wenigstens erahnen. Ich habe in meinem Leben nichts getan, das mich irgendjemandem verpflichten würde.«

»Ach ja? Und warum tragen Sie dann immer wieder kofferweise Bargeld aus der russischen Botschaft?«

Voss wurde bleich, ihre Mundwinkel sanken herab.

Korn schob ihr ein Foto über den Tisch. Wortlos.

»Und warum holen Sie regelmäßig Geld aus einer Liechtensteiner Stiftung?«

Er legte ihr das zweite Foto hin. Sie schwieg, immer noch.

»Fällt Ihnen dazu gar nichts ein?«

»Woher haben Sie diese ... diese ... Fälschungen?«

»Die stammen aus einer überaus zuverlässigen Quelle im Ausland. Die Originale habe ich in den Safe meiner Wohnung eingeschlossen. Und nicht nur die Bilder. Ich bin auch im Besitz einer detaillierten Aufstellung von Geldbeträgen aus Russland und Liechtenstein, die Sie hier auf diverse Konten Ihrer Partei eingezahlt haben. Sie wissen, was das bedeutet ...«

»Lieber Herr Korn, das ist doch alles Unsinn. Und das wissen Sie auch.«

»Keineswegs, liebe Frau Voss. Das ist kein Unsinn, sondern ein Sprengsatz unter Ihrem Stuhl. Und unter dem Ihres Kobaltkanzlers. Wenn ich die politische Lunte nicht lösche, ist es vorbei mit Ihrer Herrlich … Verzeihung … Fraulichkeit.«

»Und was verlangen Sie von mir?«

»Sie besuchen mich in den nächsten Tagen in meiner Wohnung, und da werde ich Ihnen alles enthüllen. Auch die Konsequenzen für uns beide, liebe Frau Voss.«

»Aber … aber … Sie wissen doch, dass ich eigentlich nicht …« Sie nestelte an ihrer Bluse und öffnete noch zwei Knöpfe, sodass der Ansatz ihrer Brust erkennbar wurde.

»Die Zukunft ist offen, liebe Frau Voss. Ganz offen. Man muss nur wollen und sich ein wenig Mühe geben. Oder sagen wir's anders: sich einfach fallen lassen.«

Korn fixierte sie, als er sich aus dem Sessel erhob. Und er wandte den Blick auch nicht ab, als er zur Tür ging. »Ich wünsche Ihnen noch einen schönen Tag. Sie müssen nicht besorgt sein. Ich bin ganz auf Ihrer Seite. Ich möchte fast sagen: Ich bin ganz der Ihre.«

Als Korn die Tür hinter sich geschlossen hatte, griff Voss zu dem Wasserglas, das auf Ihrem Schreibtisch stand, umklammerte es mit verkrampfter Hand und schleuderte es in die Glasvitrine an der rechten Wand, an die Vitrine mit den vielen Fotos, die sie neben ausländischen Spitzenpolitikern zeigen. Das Glas zersplitterte mit ohrenbetäubendem Lärm. Das Foto mit Putin lag, silbern gerahmt und unbeschädigt, obenauf.

44

»Herr Schüler, hören Sie auf, uns zu belügen.« Fast zwei
Stunden schon hatten die beiden Kriminalpolizisten
auf den Festgenommenen eingeredet, Fragen formuliert, Fallen gestellt. Ralf Schüler aber wollte nicht. Der
Bursche hatte stählerne Nerven.

»Hören Sie zu, wir fassen das Wesentliche nochmal zusammen! Ein letztes Mal. In der Secu-
rity-Firma, bei der Sie arbeiten, sind vier Pistolen
verschwunden. Drei davon haben wir in Ihrer Wohnung gefunden. Die vierte haben Sie verkauft oder
verschenkt. Verkauft vermutlich. Zu einem stolzen
Preis. Für tausend Euro – oder noch mehr? Eine
Glock, teures Stück. Wer hat sie? Raus mit der Sprache! Wenn Sie nicht auspacken, sind Sie mitver-
antwortlich für die Verbrechen, die mit der Waffe
begangen werden. Noch ist offenbar nichts passiert.
Eine Glock ist eine gefährliche Waffe. Machen Sie
sich nicht mitschuldig!«

Schüler rutschte hin und her auf dem harten Ver-
nehmungsstuhl. Sein Hintern tat ihm weh. Er schwieg.
Zog die Mundwinkel trotzig nach unten. »Wenn Sie
nicht reden, nehmen wir Sie in Beugehaft. Die dau-
ert so lange, bis Sie endlich reden. Ist kein Vergnügen,
das sage ich Ihnen. Am Ende möchten Sie die Wände
hochlaufen …«

Der zweite Polizist erhob sich. »Es reicht. Zurück in die Zelle. Wenn Sie was zu sagen haben, melden Sie sich.«

In der Nacht lag Schüler wach. Durfte er Dieter Dengler verraten? Vermutlich hatte der mit der Waffe noch nichts angestellt. Wenn er damit erwischt würde, käme er billig davon. Vielleicht nur mit einer Geldstrafe. Oder mit Bewährung. Wenn man es so sah, würde er vielleicht sogar an einem Verbrechen gehindert, wenn er nun auflöge. Am Morgen rief Schüler nach dem Wärter und ließ sich zu den Vernehmern führen. Der zweite war noch nicht im Dienst. Egal.

»Ich … habe nachgedacht. Ich möchte Ihnen sagen, wem ich die Pistole verkauft habe, sofern Sie mir zusagen, dass ich mit Bewährung davonkomme.«

»Zusagen kann ich Ihnen das nicht. Aber die juristische Praxis spricht dafür.«

»Na gut, ich will es wagen. Ich habe die Pistole an Dieter Dengler verkauft, ein IT-Fuzzi, mit dem ich schon lange befreundet bin. Er ist ein Linksradikaler, aber kein Krimineller. Antifa. Saß noch nie im Gefängnis. Hier ist seine Adresse.« Schüler schob einen Zettel über den Tisch und packte aus, wann und unter welchen Umständen er die Glock verkauft hatte.

Der Polizist schaltete den Verfassungsschutz ein. Ein Linksradikaler, der sich eine Pistole beschafft, da musste man genauer hinschauen. Und den Kerl vielleicht eine Weile beobachten.

Zwei Verfassungsschützer postierten sich in einem unauffälligen Fiat in Sichtweite der Wohnung Denglers. Verfolgten ihn zu seiner Schießübung in den

Wald – und zum Auswärtigen Amt. Der Fall wurde immer heißer. Er wurde in der Hierarchie der Behörde nach ganz oben gemeldet und von dort aus an den Innenminister der AfD.

Lorenz Grak, der Minister, las davon in seiner Mittagsübersicht. Er war beunruhigt und wies den Dienst an, Dengler eng und rund um die Uhr zu beobachten.

Am folgenden Tag erschien Bettina Voss bei ihm und bat um ein vertrauliches Gespräch. »Lorenz, ist dein Büro clean?« Er nickte heftig. »Wird jede Woche einmal gefilzt. Wir haben noch nie eine Wanze gefunden.«

»Hör zu, wir haben ein Problem. Johann Korn, der CDU-Chef, ist vermutlich im Besitz von Unterlagen, die unsere Parteienfinanzierung aus Russland und Liechtenstein belegen. Er kann sie jederzeit ziehen. Was sollen wir tun?«

»Nichts«, antwortete Grak. »Gar nichts. Denn er möchte nach Frotzeck Bundeskanzler werden. Das kann er nur mit uns. Er wird sich die Krönung seiner Karriere nicht selbst durchkreuzen. Tu nichts. Schweig. Ich werde mir Gedanken machen.«

Als Voss gegangen war, stützte er den Kopf in seine Rechte und wischte sich mit den Fingern über die Stirn. Das half beim Nachdenken. Immer.

45

Als es dämmerte, setzte er sich an den Schreibtisch, zog ein Blatt Papier aus dem Drucker und nahm den Tintenstift zur Hand, den er extra für diesen Zweck gekauft hatte. Dieses historische Schriftstück musste einfach ein tadelloses Schriftbild haben. »Mein Vermächtnis«, lautete Dieter Denglers Überschrift. Was darunter folgte, hatte er schon x-mal im Kopf bewegt, er musste kaum noch nachdenken.

»Ich habe mich im Vollbesitz meiner geistigen Kräfte zu dieser Tat entschlossen, um Deutschland von seiner aktuellen Regierung zu befreien. Sie hat nationalistisch begonnen, anti-europäisch und inhuman den Flüchtlingen gegenüber. Nun hat sie mit der Schändung der Stolpersteine den Faschismus von der Leine gelassen. Dem dürfen wir nicht tatenlos zuschauen. Der Hitler-Attentäter Georg Elser ist mein Vorbild. Wie er habe ich keine Mittäter oder auch nur Mitwisser, keine Hintermänner und keine Auftraggeber.

Ich werde versuchen, die Tat lebend zu überstehen, um diese Regierung fallen zu sehen. Sollte das nicht gelingen, ist es eben so. Die Aktion ist ein Leben wert, mein Leben. Ich bitte darum, meinen Namen nicht in den Dreck zu treten. Ich handle aus edlen Motiven. Dieter Dengler«

Die Ex-Kanzlerin erwähnte er nicht. Er hatte lange darüber nachgedacht. Ihr Gang ins Exil hatte ihn sehr beeindruckt, auch die Erklärung, mit der sie ihn begründete. Doch er mochte nicht als abgeleitete Größe einer Figur erscheinen, die er nie hatte leiden können. Sie tat, was sie für notwendig hielt, er, was ihm angemessen erschien.

Dengler brachte den Schreibtisch in akribische Ordnung. Sein Vermächtnis in der Mitte. Der Stift schräg auf der Unterschrift. Alles andere räumte er in die Schubladen. In der untersten lag eine Mappe mit seinen Zeugnissen. Er nahm sie heraus und blätterte darin, ließ die Erinnerung in sich aufsteigen, bis ihm Tränen in den Augen standen. Gut möglich, dass sein Leben nun zu Ende ging.

Die Wohnung war geputzt und aufgeräumt. Niemand sollte sich vor seinen Hinterlassenschaften ekeln. Die Schuhe hatte er im Flur aufgereiht, einige unansehnliche alte sogar weggeworfen. Er zog die Sneaker an, sie würden ihm Halt auf dem Pflaster geben. Und sie würden ihn schnell machen.

Am Küchentisch lud er die Glock. Siebzehn Schuss, das Magazin war gefüllt. Dengler streichelte die Waffe, die nun zu seinem Schicksal werden sollte, und schob sie in den Hosenbund unter den Pullover. Er spürte den Druck der Pistole, sie gab ihm Selbstvertrauen und Energie.

Dengler zog eine dünne Daunenjacke über und verließ die Wohnung. Auf der Türschwelle wandte er sich noch einmal um und flüsterte. »Mach's gut, meine Wohnung, adieu, mein Leben.« Im Auto war die Sentimentalität wie weggeblasen. Der Abend begann mit Schmierwetter, er musste den Intervallschalter für die Scheibenwischer einschalten. Als er den ersten Gang einlegte, war er ruhig und fokussiert. Er wollte jetzt so schnell wie möglich dahin, wo er seine Tat verwirklichen konnte. »Vorwärts! Tu es!«, presste er hervor. Und fuhr los. Niemand folgte ihm.

Er parkte in der Zielstraße etwa hundert Meter vor dem Gartentor. Es war dunkel geworden, nieselte vor sich hin. Niemand war auf der Straße, erst nach schier endlosem Warten ging jemand mit einem Hund vorüber. Der Köter schnupperte an seinem Vorderreifen und hob das Bein. Sein Herrchen erkannte, dass jemand hinter dem Steuer saß, zuckte mit den Schultern und zog den schwarz-weißen Mischling weiter. Dengler senkte den Kopf und tat so, als würde er etwas in seinem Handy lesen. Abgang, Alter!

Er wusste, dass er Geduld haben musste. Viel Geduld. Seine Zielperson war nicht auf Reisen, das war klar, und würde deshalb irgendwann aufkreuzen. Aber wann …

Dengler versuchte, in der Daunenjacke warm zu bleiben. Das Ding war nicht schlecht, leicht und angenehm. Eine Stunde mochte vergangen sein, da war er eingeschlafen.

Als die kleine Wagenkolonne an ihm vorüberfuhr, schreckte er auf. Ein Begleitfahrzeug vorneweg, der Dienstwagen in der Mitte, ein weiteres Begleitfahrzeug hinterher. Zwei Audis und ein BMW. Schwarz alle drei. Dengler wusste sofort: Das ist er.

Als die Wagen vor dem Haus stoppten und zunächst die Bodyguards herauskletterten, schälte er sich auch aus seinem VW. Er schlug die Fahrertür nicht zu, um nicht durch den Lärm auf sich aufmerksam zu machen, atmete dreimal tief durch und ging dann auf der anderen Straßenseite auf die drei Wagen zu.

Die Personenschützer begingen einen schweren Fehler, einen unverzeihlichen Fehler. Sie mussten ihrem Schützling eigentlich den Rücken zukehren und den Blick der Umgebung zuwenden, um eventuelle Angriffe oder dubiose Figuren frühzeitig zu erkennen, die Rechte in der Nähe der Waffe. Doch offenbar hatte sie die monatelange ereignislose Routine unvorsichtig werden lassen. Die stille Straße erkannten sie nicht als besondere Gefahr, sondern als Beruhigung. Also spazierten die fünf mit ihrem Schützling zum Gartentor, ungeordnet, in lockerer Formation, den Rücken zur Straße.

Dengler konnte sein Glück kaum fassen. Die Vorstellung, dass man ihn abknallen könnte, bevor er überhaupt die Pistole gehoben hatte, hatte ihn im Schlaf verfolgt. Er meinte, die Kugeln zu spüren, die ihn in Brust und Bauch trafen. Doch nun hatte er entscheidende Sekunden gewonnen. Er war inzwischen auf Höhe der Gruppe auf der anderen Straßenseite, wandte sich ihr zu, zog die Glock aus dem Hosenbund, entsicherte sie und sprintete lautlos über die Straße.

Im letzten Moment rief er laut: »Georg Elser!« Verblüfft wandten sich die Bodyguards und seine Zielperson um. Dengler hob die Rechte mit der Waffe und begann im Laufen zu feuern. In schneller Folge gab er fünf Schüsse ab. Die ersten beiden verfehlten das Ziel, der dritte traf den Politiker in den Unterleib. Der Getroffene schrie auf und knickte ein, da schlugen auch schon die vierte Kugel in seiner Brust und die fünfte mitten in seinem Gesicht ein.

Der fünfte Treffer war der tödliche. Er fegte das Opfer weg. Als die Bodyguards ihre Waffen hoben, warf Dengler seine Glock weit weg von sich auf die Straße. Sie schlitterte mit einem hässlichen Geräusch über das Pflaster. Er hob die Hände und blieb stehen. »Nicht schießen, ich ergebe mich!« In seinem Rücken war ein Anwohner ans Fenster getreten, von den Schüssen alarmiert. Er sah die Szene, und die Bodyguards sahen ihn. Keiner gab einen Schuss ab. Drei stürmten auf Dengler los, rissen ihn um, drehten ihn aufs Gesicht und fesselten seine Hände auf dem Rücken.

Er lebte! Und er war nicht mal verletzt. Er spürte, dass er sich eingenässt hatte, sein Unterleib und das linke Bein waren feucht und kalt. Augenblicklich war es mit der Stille der Straße vorbei, die Bodyguards telefonierten aufgeregt, drei Rettungswagen und eine schier endlose Kolonne von Streifenwagen rasten herbei. Zwei Notärzte beugten sich über den Getroffenen, drehten ihn auf den Rücken, intubierten ihn und massierten sein Herz. Ein Luftröhrenschnitt öffnete den Zugang für einen Beatmungsschlauch. Doch es war zwecklos. Nach zwölf Minuten breitete ein Sanitäter ein hellgrünes Tuch über den Toten. Neben der Leiche lag ein großer Kasten mit einem Musikinstrument, das der Fahrer eben aus dem Kofferraum gehoben und seinem Fahrgast übergeben hatte. Eine Kugel des Attentäters war hindurchgeschlagen und dann mit vielen kleinen Holzsplittern aus einer venezianischen Werkstatt in den Bauchraum des Ermordeten eingedrungen. Der kam gerade von seinem umjubelten Konzert vor den Botschaftern im Festsaal des Auswärtigen Amtes.

Wenig später ging die Eilmeldung durch die Medien – und um den Globus: »Außenminister Johann Korn bei Attentat getötet.«

46

Korns Leichnam wurde in der Berliner Gerichtsmedizin obduziert. Die erste Kugel hatte seine Leber durchschlagen, glatt. Die zweite war in den rechten Lungenflügel eingedrungen und dann von einer Rippe ins Rückgrat abgelenkt worden. Hätte Korn überlebt, dann querschnittsgelähmt. Vor diesem Schicksal aber hatte ihn das dritte Geschoss bewahrt, das sein Gesicht verwüstet hatte und dann in seinen Schädel eingedrungen war. Das taumelnde Stück Blei verquirlte lebenswichtige Teile des Gehirns und tötete ihn augenblicklich. Der Gerichtsmediziner, der die Kopfschwarte nach vorne vors Gesicht geklappt und dann den Schädel aufgesägt hatte, spürte beim Anblick dieses blutigen Hirnmaterials Übelkeit in sich aufsteigen. Das war ihm noch nie passiert. Der Leichnam kam vorerst in eine Kühlkammer.

Dengler wurde mit einem Hubschrauber nach Karlsruhe geflogen, wo ihm ein Richter des Bundesgerichtshofs den Haftbefehl eröffnete. Von dort aus ging es in einer blinkenden und jaulenden Kolonne von Polizeifahrzeugen nach Stuttgart Stammheim, wo er erkennungsdienstlich behandelt und in eine Einzelzelle eingeschlossen wurde. Er ließ sich aufs Bett fallen und schlief augenblicklich ein. Traumlos. Zutiefst erschöpft. Doch in einer gewissen Weise glücklich.

Das Attentat erschütterte das Land. Der Bundespräsident verkündete eine einwöchige Staatstrauer. An öffentlichen Gebäuden wurden die Fahnen auf Halbmast gesetzt. Rundfunk und Fernsehen sendeten ununterbrochen die immer gleichen Bilder und Melodien. Die mit einem hellgrünen Tuch bedeckte Leiche, aus großer Entfernung zwischen Polizeifahrzeugen mühsam gefilmt. Der Täter mit einem schwarz verhängten Kopf, wie er von Beamten des Bundeskriminalamts in einen Hubschrauber gehievt wurde.

Und schließlich der Kanzler, der zum Volk sprach und die politische Linke beschuldigte, mit ihrer Hetze gegen die Kobaltkoalition ein mörderisches Klima erzeugt zu haben. Mit Korn habe Deutschland einen »großen Patrioten und unermüdlichen Außenminister« verloren. Die Koalition werde nun beraten, wie sie die Lücke schließen und ihre Arbeit für Deutschland fortsetzen könne. Frotzeck schloss mit dem Satz: »Unser Land ist erschüttert, nicht aber das Regierungsbündnis. Es wird seine Pflicht erfüllen.«

Die Opposition verlangte Frotzecks Rücktritt und Neuwahlen.

Am nächsten Vormittag berieten die Spitzengremien von CDU und AfD. Im CDU-Präsidium herrschte bedrücktes Schweigen, bis der Kieler Regierungschef ums Wort bat und seine kurze Analyse der politischen Lage mit der Aufforderung schloss, das Ende der Koalition zu erklären und Neuwahlen anzustreben. Die AfD habe durch ihre unabgestimmten Einzelaktionen und Provokationen ein Klima geschaffen, das Mordfantasien freigesetzt habe. Nicht Frotzeck sei indes deren Opfer geworden, sondern Korn, der an allem schuldlos gewesen sei. »Die Schändung der Stolpersteine war der Höhepunkt rechtsextremer Verirrungen. Sie haben dem Falschen das Leben genommen, unserem Parteivorsitzenden, vor dem ich mich tief verneige.«

Zwei weitere Redner schlossen sich an. Auch sie forderten, die Koalition umgehend zu verlassen. Der Antrag wurde einmütig angenommen. Vor dem Sitzungssaal verkündete der Generalsekretär den Beschluss. Die Medien überschlugen sich: »Koalition zerbricht.«

Die AfD-Führung aber lehnte Neuwahlen ab. Vom Beschluss der CDU wurde sie noch während ihrer Sitzung informiert. Bettina Voss, die Parteivorsitzende, erhob sich. Sie wirkte fast beschwingt, Korns Tod hatte einen dunklen Schatten von ihrer Seele genommen. »Liebe Freunde, wir werden unseren Kanzler nicht zurückziehen und wir werden nicht den Weg zu Neuwahlen einschlagen. Die müssen wir unbedingt vermeiden. Verstehen Sie. Unbedingt! Der Mitleideffekt für Korn wäre so groß, das könnte uns die Macht kosten. Nach nicht mal einem Jahr! Nein, dafür haben wir zu lange geschuftet und gelitten. Der Kobaltkanzler bleibt im Amt als Chef einer Minderheitsregierung der AfD. Wir werden alle Minister der CDU durch eigene Leute ersetzen. Und wir werden versuchen, so weit wie möglich mit Verordnungen zu regieren, bis an den Rand der Verfassung. Das enthebt uns des Risikos, mit Gesetzentwürfen im Bundestag zu scheitern. Wir brauchen keine Gesetze! Wir regieren freihändig! Und Sie werden sehen, das macht sogar Spaß.«

Es erhob sich rauschender Applaus. Die Teilnehmer der Sitzung begannen sogar, begeistert mit den Füßen zu trampeln.

»Und eines möchte ich noch hinzufügen«, rief Voss in das Getöse, »zur Mitte der Legislaturperiode werde ich anstelle von Johann Korn die Kanzlerschaft übernehmen. Herr Frotzeck, Sie hatten ja ohnehin nur mit zwei Jahren Amtszeit gerechnet. Eine Alleinregierung der AfD unter meiner Kanzlerschaft – das wird uns mindestens zehn Jahre an der Macht halten.« Der Beifall wuchs zu Standing Ovations.

Bis sich Florian Dunker, der Regierungssprecher, erhob. Er war zwar nicht Mitglied der Partei und hatte in der Sitzung eigentlich auch kein Rederecht. Doch darauf achtete in diesem Moment niemand. Nach einer Minute wurde es still im Saal.

»Verehrte Anwesende, ich muss leider etwas Wasser in den Wein gießen. So leid es mir tut. Aber es hat ja keinen Sinn, dass wir uns in eine Idee verrennen, die sich einfach nicht umsetzen lässt.«

Bettina Voss trat von hinten an ihn heran und versuchte, ihn auf den Stuhl zu drücken – und damit zum Schweigen zu bringen. Doch Dunker war stabil, er widersetzte sich.

»Frau Voss hat soeben erklärt, dass sie zur Mitte der Legislaturperiode das Kanzleramt übernehmen wolle. Das würde eine Mehrheit im Bundestag für ihre Wahl voraussetzen. Die aber gibt es nach dem Ende der Koalition nicht. Das heißt, Herr Frotzeck muss Bundeskanzler bleiben, bis zu Neuwahlen. Und die steuern wir nicht an, wenn ich es recht sehe. Also müssen wir die nächsten regulären Wahlen abwarten.«

Dunker blickte sich um im Saal. Verdutzte, teils entsetzte Gesichter. Nur eines leuchtete: Frotzecks Gesicht. »Tut mir leid«, schloss der Regierungssprecher und setzte sich. Bettina Voss überging die Peinlichkeit und erklärte die Sitzung für beendet. Sie werde den Medien jetzt in einem Pressegespräch die Beschlusslage der Partei erklären. Frotzeck verließ den Saal eilig als Erster, um ins Kanzleramt zurückzufahren.

47

Die Durchsuchung der Privat- und Büroräume Korns durch Beamte des Bundeskriminalamts brachte die unerwartete Wende des historischen Ablaufs. Im Auswärtigen Amt wurde nur Bagatellmaterial geborgen, das nach kursorischer Durchsicht an den Staatssekretär übergeben wurde. Ganz anders verhielt es sich im privaten Arbeitszimmer des ermordeten Außenministers. Im Schreibtisch und in einer Kommode an der gegenüberliegenden Wand wurden viele Notizen und handschriftliche Aufzeichnungen gefunden, die von bleibendem Wert sein konnten. Die BKA-Leute sammelten sie in Umzugskartons, die dann geschlossen an eine Mitarbeiterin der Konrad-Adenauer-Stiftung übergeben wurden.

Hinter einem unscheinbaren Bild wurde schließlich Korns Wandsafe entdeckt, dessen Zahlencode unbekannt war. Die erfahrenen Kriminalisten inspizierten alle Stellen, die üblicherweise dazu genutzt wurden, solche Kombinationen aufzubewahren, auch für den Fall, dass der Eigentümer selbst die sechs Ziffern einmal vergessen haben sollte. Unter der Schreibtischschublade zum Beispiel fand sich kein mit Tesa-Film festgeklebtes Kärtchen.

Also mussten BKA-Experten zu Hilfe gerufen werden, die in solchen Fällen Rat wussten. Sie kamen im

Hubschrauber nach Berlin und machten sich mit ihrer Spezialausrüstung an die Arbeit. Nach vierzig Minuten hatten sie den Safe geöffnet und zogen sich zurück, mächtig stolz auf ihre Verlässlichkeit.

Der Anführer des Durchsuchungstrupps räumte den Safe leer. Drei Geldbündel, schätzungsweise 50 000 Euro, fünf Goldbarren von je 250 Gramm, auch das ein hübsches Vermögen, diverse Urkunden – und schließlich ein Stapel von Schriftstücken. Obenauf lag ein hellbrauner Briefumschlag im DIN-A4-Format, mäßig gefüllt. Als man ihn auf dem Schreibtisch leerte, rutschten zwei Fotos und zwei computergeschriebene Listen mit Zahlenkolonnen heraus.

Die Fotos zeigten Bettina Voss, sie war auf Anhieb zu erkennen. Einmal vor der russischen Botschaft in Berlin mit einem Aktenkoffer in der Hand. Zum anderen vor einem unbekannten Gebäude an einem unbekannten Ort, vermutlich nicht in Berlin, wieder mit dem ominösen Koffer. Die beiden Listen führten prominente Geldbeträge auf – und Termine, an denen sie auf unbekannte Konten eingezahlt worden waren. Der Untersuchungsführer schnalzte mit der Zunge, packte die Funde in seine Dokumentenmappe und verließ sofort die Wohnung, um sich ebenfalls per Hubschrauber in die BKA-Zentrale fliegen zu lassen.

Bis zum Abend hatten Experten der Behörde Banken und Kontoinhaber ermittelt. Die Konten waren ausnahmslos deutsche. Ihre Inhaber waren entweder die AfD oder prominente Funktionäre der Partei. Konrad Frotzeck, der heutige Kanzler, hatte binnen zwei Jahren viermal Geldbeträge zwischen 20 000 und 115 000 Euro erhalten.

Die brisanten Ergebnisse, die Fotos und Listen wurden zur Bundesanwaltschaft in Karlsruhe geflogen, die ein Ermittlungsverfahren wegen Verdachts der Korruption und der Umgehung des Parteiengesetzes zur illegalen Finanzierung eröffnete. Bundesanwalt Andreas Schnitzler beantragte zudem beim Bundestag die Aufhebung der parlamentarischen Immunität für die AfD-Vorsitzende Bettina Voss, die unschwer auf den Fotos zu erkennen war. Schnitzler brauchte nicht viel Fantasie um zu schlussfolgern, dass die Politikerin vor Übernahme ihres Regierungsamtes die Finanzierung ihrer Partei aus trüben Quellen besorgt hatte. Zum einen aus Dotationen des russischen Staates, was am Botschaftsgebäude auf dem Foto unschwer zu erkennen war. Zum anderen aus offenkundig privatem Besitz, der auf einem Bankkonto oder in einer Stiftung für die Rechtspartei zusammengetragen worden war. Das Gebäude mit den vielen Stiftungsschildern neben dem Entree ließ die Schweiz oder Liechtenstein vermuten.

Über den Antrag zur Aufhebung der Immunität sollte in der nächsten Sitzung des Bundestages entschieden werden. Die Zustimmung zu solchen Anträgen war für das Parlament jahrzehntelange Routine. Ein Mitarbeiter der Bundestagsverwaltung erkannte die Brisanz des Vorgangs – die Bombe schlug direkt neben dem Bundeskanzler ein – und versuchte, bei zwei überregionalen Zeitungen und einem Nachrichtenmagazin Interesse zu wecken. Die Journalisten hörten sich an, dass da etwas gegen Bettina Voss lief, doch Verstöße gegen das Parteienfinanzierungsgesetz erschienen ihnen nicht brisant genug, um daraus sofort einen Bericht für die Öffentlichkeit zu machen. Man wollte den Fall weiter beobachten und ein wenig recherchieren. Das indes beschränkte sich darauf, bei der Bundesanwaltschaft anzurufen, die nichts sagen wollte.

Erst der Anruf des Parlamentsmannes bei dem exklusiven Portal »The Pioneer« förderte Interesse zutage. Brennendes Interesse. Die Pioniere hörten sich an den richtigen Stellen um und schrieben: »Bettina Voss unter schwerem Verdacht«. Frotzeck und die übrigen AfD-Häuptlinge aber entschlossen sich, Voss im Amt zu lassen. Und auch sie selbst ließ es drauf ankommen. Vor einer rechtskräftigen Verurteilung mochte sie nicht zurücktreten.

Die kobaltblaue Minderheitsregierung, im Kern angefault, machte weiter, als wäre nichts geschehen. Dem Volk wollte sie sich mit einer Senkung der Mehrwertsteuer von neunzehn auf zwölf Prozent schmackhaft machen.

48

»Valentin?« Der Düsseldorfer Zwangspensionär war atemlos. »Valentin, nun bist du dran. Du kannst dich nicht entziehen ...«

Valentin Schick, der Kieler Ministerpräsident schrumpfte unwillkürlich hinter seinem Schreibtisch. Er sollte jetzt dran sein? »Womit, bitte«, fragte er knapp zurück.

Amandus Lebeau beeilte sich: »Na, das kannst du dir doch denken! Ich komme ja nach der Pleite im Landtag nicht mehr infrage. Du musst jetzt im Bundestag die gesamte Opposition um die CDU versammeln und dich dann in einem Konstruktiven Misstrauensvotum zum Kanzler wählen lassen. Schluss mit diesem kobaltblauen Spuk!«

»Aber, hör mal, wenn ich auch noch untergehe, dann hat unsere Partei gleich zwei starke Ministerpräsidenten von der AfD schreddern lassen!«

Lebeau bemühte sich um einen beruhigenden Tonfall. »Das glaube ich ganz und gar nicht. Wer will denn auf Dauer eine Minderheitsregierung der Rechten? Die haben's einfach zu doll getrieben. Jetzt auch noch illegale Parteispenden und Bestechungsgeld aus Russland! Nun muss Schluss sein. Die SPD und die Grünen werden wir einsammeln. Daran hab ich nicht den geringsten Zweifel!«

Schick rief den Verfassungsrechtler der Staatskanzlei an und ließ sich zunächst bestätigen, dass er auch dann für das Amt des Bundeskanzlers kandidieren durfte, wenn er nicht dem Bundestag angehörte. Das Amt des Kieler Regierungschefs musste er allerdings vorher niederlegen. Das war eine beträchtliche Hürde, und bei dem Gedanken daran wurde ihm etwas schwummrig. Wenn er bei der Kanzlerwahl durchfiel, wäre er nichts mehr, wäre rausgefallen aus der Politik.

Dann telefonierte er mit den Vorsitzenden von Sozialdemokraten und Grünen. Der Sozi tat sich schwer mit einer Zusicherung, den CDU-Mann Schick ins Kanzleramt zu wählen. Einigen SPD-Abgeordneten standen die proletarischen Rechten einfach näher als die bürgerlichen Konservativen. Aber, versicherte er, er würde sein Bestes geben, um die roten Reihen geschlossen zu halten. Die beiden Vorsitzenden der Grünen hatten kein Problem mit dem Kieler. Gar keins. Sie merkten auch unverblümt an, dass sie gerne mit ihm regieren würden. Und sie sähen niemanden in ihrer Partei, der etwas mit der AfD anfangen könne.

Schick setzte eine Fraktionssitzung der CDU in Berlin an und stellte dort seinen Plan vor. Der Applaus versprach ein geschlossenes Votum. Dem Kanzleraspiranten blieb allerdings nicht verborgen, dass einige der Abgeordneten keine Hand rührten. Die Wiese war keineswegs gemäht.

In der folgenden Woche wurde eine Sondersitzung des Bundestags angesetzt, und Schick präsentierte sich als künftiger Kanzler im Stadium des Möchtegerns. Am Morgen der Abstimmung kam er mit flauem Gefühl in den Bundestag. Grüne nickten ihm freundlich zu, als er ins Plenum trat und neben dem Fraktionschef Platz nahm. Der hatte unter seinem Pult schon einen Strauß Blumen in einem Sektkübel deponiert, um ihn nach geglückter Wahl dem neuen Kanzler zu überreichen. Schick blieb das nicht verborgen.

»Meine Damen und Herren Abgeordneten«, begann die Parlamentspräsidentin, »ich begrüße Sie zu unserem einzigen Tagesordnungspunkt: Neuwahl eines Bundeskanzlers im Wege eines Konstruktiven Misstrauensvotums. Die Wahl findet ohne Aussprache statt. Ich bitte die Saaldiener, die Stimmzettel zu verteilen.« Die Zettel waren hellblau und wurden, kaum waren sie verteilt, in alphabetischer Reihenfolge in die Urnen gesteckt. Nach gut vierzig Minuten verkündete die Präsidentin das Ergebnis. »Auf Herrn Valentin Schick entfielen 318 Stimmen. 414 Abgeordnete stimmten mit Nein. Damit hat Herr Valentin Schick nicht die erforderliche Mehrheit für die Wahl zum Bundeskanzler der Bundesrepublik Deutschland erreicht. Ich unterbreche die Sitzung für eine Stunde.«

Im Plenum brach Tumult aus. In den Reihen der CDU, wo für jedermann erkennbar viele Stimmen gefehlt hatten, gab es Handgreiflichkeiten und Geschrei. Erneut hatte die AfD die CDU gespalten. Grüne droschen auf einige CDU-Abgeordnete ein, die sie für Abweichler hielten. Die Sozialdemokraten verließen still das Plenum. Zwanzig Minuten später nahmen im Foyer des Reichstags vierzehn CDU-Abgeordnete im Halbkreis Aufstellung. Davor sammelten sich Journalisten und Fernsehteams. Lampen wurden eingeschaltet.

»Meine Damen und Herren von der Presse«, begann Manfred Schlei, der Sprecher der Gruppe, »wir möchten Ihnen mitteilen, dass die hier versammelten vierzehn Abgeordneten der CDU geschlossen zur AfD übertreten werden. Unsere Mandate werden wir mitnehmen. Wir tun das, weil die CDU ihren Kurs verloren hat und die AfD auf beeindruckende Weise den deutschen Interessen dient.«

Aus den Reihen der Journalisten schrie einer: »Mit schmutzigem Geld!«

Schlei entschloss sich, den Ruf zu überhören und fuhr fort: »Wir werden in die AfD-Fraktion überwechseln. Wir freuen uns auf die Arbeit dort. Ich selbst werde den Arbeitskreis Soziales übernehmen.«

Nach einer Stunde wurde die Sitzung des Parlaments still wieder eröffnet und eine halbe Minute später ebenso still beendet. Kein einziger Abgeordneter hatte sich noch im Plenum eingefunden. Das deutsche Parlament hatte ebenso abgedankt wie die Traditionen des Hohen Hauses. Frotzeck ließ sich das Debakel der Opposition ins Kanzleramt melden und goss sich zur Feier seiner Bestätigung ein Tröpfchen Erdbeerwein ein, bevor er sich zu den Hasen nach Potsdam fahren ließ.

49

Der Bundestag war höchstens zu einem Viertel besetzt. So mäßiges Interesse hatte es noch nie gegeben bei einer »Regierungserklärung des Bundeskanzlers zu aktuellen Fragen der deutschen Politik«, wie es auf der Tagesordnung hieß. Auch die AfD-Fraktion war überaus spärlich besetzt. Die Kampfzeiten waren vorüber, man fühlte sich komfortabel, selbst in einer Minderheitsregierung.

Konrad Frotzeck trat ans Rednerpult und schob seine Lesebrille ganz vorne auf die Nasenspitze. Er ließ den Blick prüfend durchs Plenum streifen und begann: »Meine Damen und Herren Abgeordnete, verehrte Kollegen, die Zeit ist reif dafür, als national gesonnene Regierung unübersehbare Zeichen zu setzen und den Status Deutschlands mutig zu verändern.« Unruhe machte sich breit in den Reihen von Grünen und SPD.

»Wir werden als Erstes unsere Interessen aufs Engste mit denen Russlands verknüpfen. Europa soll erkennen, dass die Brücke zwischen Berlin und Moskau den Frieden auf dem Kontinent bewahrt und den gemeinsamen Wohlstand mehrt. Deutschland und Russland werden deshalb die russische Exklave Kaliningrad, das frühere deutsche Ostpreußen, zu einer deutschen Freihandelszone umgestalten. Staatsrechtlich zu Russland gehörig, ökonomisch aber zu Deutschland, werden sich dort interessierte Unternehmen steuerfrei ansiedeln können. Aber nur, wenn sie dort auch produzieren. Doch es sollen auch Finanzgeschäfte aller Art möglich sein, dazu wird in Königsberg eine große, ebenfalls steuerfreie Börse etabliert. Die Landeswährung wird der Euro.«

Das Murren im Plenum schwoll an zu einem Sturm. »Königsberg?«, rief ein Sozialdemokrat empört in den Saal.

»Ja, Königsberg«, antwortete Frotzeck. »Die Rückkehr zu diesem Namen entspricht sogar einem russischen Wunsch. Die Menschen, die nach dem Krieg und nach der Vertreibung der Deutschen aus allen Teilen der Sowjetunion nach Kaliningrad gebracht wurden, um dort einen neuen Anfang zu machen, diese sowjetischen Menschen hatten gar keine gemeinsame Geschichte und keine gemeinsamen Symbole. Sie haben das deutsche Erbe als Gemeinsamkeit ausgemacht und seither viele Gebäude, viele Orte und viele Dinge wieder so benannt, wie sie früher hießen. Seit langer Zeit heißt etwa ein Bier ›Königsberg‹. Das hat nichts Anrüchiges und nichts – wie es früher hieß – Revanchistisches.«

»Sind Sie verrückt geworden?«, »Unglaublich!«, »Das ist ja skandalös!« wurde nun aus dem Plenum gerufen. Frotzeck hielt inne und schaute gelassen über die Köpfe hinweg.

»Sie zeigen mir, meine Damen und Herren, dass Sie nichts verstanden haben. Weder von der Region, über die ich spreche, noch von den Chancen, die sich für unser Land auftun.«

»Halt die Klappe, Opa!« Ein Grüner in der fünften Reihe, Abgeordneter aus Nordhessen, ereiferte sich.

»Herr Abgeordneter«, ging die Parlamentspräsidentin dazwischen, »ich erteile Ihnen für die Beschimpfung und den Begriff ›Opa‹ einen Ordnungsruf!«

Frotzeck lächelte. Das wurde ja ein wahrer Triumph. Die Menschen würden ihn verstehen und die Köpfe schütteln über seine Kritiker.

»Ich knüpfe wieder da an, wo ich unterbrochen wurde. Ich sprach von Königsberg, dem Bier aus Kaliningrad. Aber dabei wird es nicht bleiben. Der russische Präsident hat mir zugesagt, dass das Kaliningrader Gebiet wieder Ostpreußen heißen wird und seine Hauptstadt Königsberg. Kalinin, das weiß jeder Russe, war ein Trottel, der von Stalins Gnade lebte. Nach ihm soll nichts mehr benannt sein in Russland. Ich erzähle Ihnen eine kleine Geschichte, die illustrieren mag, wie sich die Menschen dort zurücksehnen nach dem Deutschen. Ein Dolmetscher, der einst bei der Roten Flotte in Kaliningrad diente, erzählte mir, wie im russischen Fernsehen eine Dokumentation über die Eroberung Ostpreußens durch die Rote Armee lief. Er habe diese Doku gemeinsam mit Freunden angeschaut. Plötzlich habe einer dieser Freunde angesichts des Artilleriefeuers auf die Stadt gesagt: ›Unsere Soldaten zerstören unsere Stadt.‹ Ja wirklich, dieser Sowjetmensch begriff Königsberg als seine Stadt. Als wäre er Deutscher. Wir werden, meine Damen und Herren, auf dieser Grundlage ein neues, leuchtendes Kapitel der deutsch-russischen Geschichte aufschlagen!«

Grüne und sozialdemokratische Abgeordnete sprangen empört auf und liefen schimpfend aus dem Saal. Einer drehte sich noch um und zeigte dem Kanzler den erhobenen Mittelfinger. Die Präsidentin, die das sah, schnellte an ihr Mikrofon und rief: »Herr Abgeordneter Minkler, ich schließe Sie für drei Monate von den Sitzungen des Deutschen Bundestages aus!«

»Ich danke Ihnen, Frau Präsidentin«, fuhr Frotzeck fort. »Wir müssen der rot-grünen Abort-Kultur den Boden entziehen!« Er suchte den Anschluss auf dem Blatt Papier, das vor ihm lag, und fand dann zurück zu seinem roten Faden. »Bleibt noch zu ergänzen, dass Deutschland in Königsberg einen großen internationalen Flughafen errichten wird. Die Stadt braucht Anschluss an die übrigen Finanz- und Wirtschaftszentren der Welt. Und: Wir werden das alles durch einen Staatsvertrag zwischen Deutschland und Russland absichern. Er ist ausgehandelt, und Wladimir Putin wird ihn bei einem Staatsbesuch in Berlin unterzeichnen.«

Der Kanzler nahm einen Schluck aus dem Wasserglas. Dann legte er den ersten Notizzettel zur Seite und konzentrierte sich auf den zweiten. Er räusperte sich, drehte sich zur Seite und nickte Florian Dunker zu, der in der zweiten Reihe der Regierungsbänke saß.

»Mein zweites Thema heute verdanke ich der Anregung und der Aufmerksamkeit von Florian Dunker, der als Regierungssprecher ein Segen für dieses Land ist. Die Armseligkeit der deutschen Medien, ihre Geschichtsverdrängung, ihre Nachrichtenfälschungen und ihre selektive Wahrnehmung bringen uns zu der Entscheidung, einen Fernsehsender der Regierung mit angeschlossenem Radio-Programm zu gründen. Dieser Sender soll Kobaltblau-TV heißen und von Herrn Dunker geleitet werden.«

Ein Schrei erhob sich aus den Reihen der Sozialdemokraten, ein markerschütternder Schrei. »Regierungs-TV? Das ist ein glatter Bruch der Verfassung!«

»Ist es nicht, lieber Herr Schurig. Ist es nicht. Nun kriegen Sie sich mal wieder ein. Dieser neue Sender soll all die Lücken füllen, die die übrigen Medien aufreißen, bewusst und mit ideologischer Absicht. Die Ausdünnung der Sender-Landschaft durch unsere Initiative hat ja noch keinen Lernprozess bei den Medien ausgelöst. Obgleich sich Herr Möhrenschein unablässig bemüht. Nun wird Herr Dunker den täglichen Fanfarenton von Kobaltblau über die Medienlandschaft erschallen lassen. Die Deutschen werden dort alles finden, was sie wissen müssen. Und gut unterhalten werden sie auch. Der Sender wird durch Werbung finanziert und von der Regierung geführt. Wir machen Schluss mit dem Betrug angeblich überparteilicher Medien. Das sind die beiden neuen Akzente, die wir setzen werden, meine Damen und Herren. Deutschland erwacht!«

50

Noch ein letztes Mal würde sie einen Kommentar in den Tagesthemen sprechen können. Wenn sie Glück hatte. Wenn Möhrenscheins Instinkt versagte. »Willkommen dem blauen Sender«, hinterließ sie im Büro des Generalintendanten.

Der ließ es geschehen. Vermutlich dachte er, Vollhardt wollte eine zweite Schiene für ihre Karriere eröffnen. Dass sie sich von der Judenfrage so hatte erschüttern lassen, sah er ihr nach. Das war in ihrer Generation keine Seltenheit. Wenn sie nun wieder einbiegen wollte auf die kobaltblaue Spur, würde er das nicht verhindern. Auf ihrer Mailbox hinterließ er: »Liebe Ines, ein gutes Thema. Ich werde zuschauen. Und dich bewundern. Schau bei mir vorbei!«

»Ich war dieser neuen Regierung gegenüber aufgeschlossen«, begann sie ihren Kommentar. »Ich habe die Erneuerung in den Vordergrund gestellt, die Wiederbelebung Deutschlands. Heute bedaure ich das. Heute erkenne ich, dass ich mich geirrt habe. Diese Regierung, die ich als Erste Kobaltkoalition genannt habe, hat eine Grenze überschritten. Die Grenze zur Diktatur. Ja, Sie hören richtig, zur Diktatur. Nichts anderes ist es, wenn eine Regierung ohne Parlament schaltet und waltet, wie sie will. Nicht durch Gesetze, für die sie keine Mehrheit fände im Parlament, sondern durch Verordnungen aus den blauen Amtsstuben. Und als wäre dies noch nicht unerträglich genug, kündigt der Kobaltkanzler auch noch an, einen Regierungssender gründen zu wollen. Geführt vom Regierungssprecher. Gewidmet der Lüge. Das ist ein flagranter Verstoß gegen unsere Verfassung. Aber das kümmert diese Regierung nicht. Und da sie das Verfassungsgericht personell in ihrem Sinne umbesetzt hat, ist aus Karlsruhe auch kein Widerspruch zu erwarten. Nur Sie, Sie als Wählerinnen und Wähler, haben es in der Hand, dieser blauen Diktatur ein Ende zu bereiten. Tun Sie das! An der Wahlurne. Wählen Sie Frotzeck und die Blauen ab!«

Vollhardt war eben am Ende, da wurden die Tagesthemen unterbrochen. Man hatte wohl versucht, die Sendung noch während des Kommentars zu stoppen. Nun wurde dessen Wirkung durch den Versuch der Zensur nur noch verstärkt.

Als sie in ihr Büro zurückgekehrt war, fand sie eine Mail vor, mit der ihr fristlos gekündigt wurde. Wegen Betrugs – sie hatte das falsche Thema angekündigt. Wenige Minuten später erschienen zwei Uniformierte des Sicherheitsdienstes, die Pappkartons mitbrachten und ihr eröffneten, sie habe sofort ihre persönlichen Dinge zu packen. Man werde das kontrollieren.

Ines Vollhardt warf ein Fläschchen Parfum und einen Lippenstift in ihre Handtasche, dann griff sie die Kassette mit ihrem Kobaltkanzler-Kommentar, zerbrach sie, trat die beiden Kartons zur Seite und stapfte aus dem Büro. Weg hier. Es reichte. Draußen empfing sie der Applaus der Kollegen. Die sozialen Netzwerke drehten durch.

51

In Brüssel waren die Deutschen draußen. Die NATO-Botschafter – besser gesagt, die Vertreter jener Länder, die sich noch zum Militärbündnis bekannten – trafen sich ohne den Deutschen. Er war ein Blauer, das wusste jeder, und die Blauen waren imstande, alles nach Moskau zu melden, was geheim bleiben musste. Der amerikanische Botschafter war abgezogen worden. Von der NATO blieb nicht mehr als ein Restbestand: die Briten, die Spanier, die Polen und die Schweden. Alle anderen Länder waren nach rechts ausgebrochen. Der Deutsche wusste, dass man ohne ihn beriet, doch es war ihm gleichgültig. Er bediente seine Spionagestrippen.

Die Ukraine war das erste Opfer dieser Entwicklung. Washington lieferte nichts mehr, weder Waffen noch Geld. Frotzeck schloss sich an. Ukrainische Flüchtlinge wurden an der Grenze abgewiesen, auch wenn die Waffenstillstandslinie bröckelte. Für Wolodymyr Selenskyj wurde die Lage unhaltbar. Er setzte sich spätabends unangekündigt mit einem Militärflugzeug nach London ab. Faktisch gehörte die Ukraine jetzt Russland, auch wenn seine Panzerspitzen nicht nach Kiew rollten.

Das zweite Opfer war Lettland. Der russische Botschafter in Berlin bat bei Frotzeck um einen dringlichen Termin, und als er ihn erhielt, eröffnete er dem Kanzler, Russland werde anderntags in Lettland einmarschieren, um die russische Minderheit zu schützen und die aktuelle Regierung zu stürzen. Aber nach der Bildung einer neuen Regierung und der Verabschiedung einschneidender Sprachgesetze, die Russisch als zweite Amtssprache sicherten, würden die Truppen wieder zurückgezogen. Sein Land habe nicht die Absicht, sich Lettland einzuverleiben. Das solle er im Auftrag Wladimir Putins ausdrücklich übermitteln.

»Darf ich fragen, was Sie dann tun werden?«, fragte er den Kobaltblauen.

Frotzeck musste nicht lange nachdenken: »Wenn das so ist, sehe ich nicht den Bündnisfall der NATO. Auch Deutschland hat ein Interesse daran, die Spannungen im Baltikum zu beseitigen. Neue Sprachgesetze in Lettland sind ein wichtiger Beitrag. Auch wir werden unseren Beitrag leisten. Bitte übermitteln Sie Ihrem Präsidenten, dass Deutschland die 4000 Mann seiner litauischen Brigade zurückrufen wird.« Der Botschafter verabschiedete sich geradezu heiter.

Am nächsten Vormittag, als russische Luftlandetruppen über Riga abgesetzt wurden und die Regierungsgebäude besetzten, trommelte Regierungssprecher Dunker seinen Kobaltclub im Presseamt zusammen. »Meine Dame, meine Herren, in Lettland wird in diesen Stunden der unerträglichen Unterdrückung der russischen Minderheit durch Truppen aus der Heimat ein Ende bereitet. Nach Einschätzung der Bundesregierung löst dies nicht den Bündnisfall der NATO aus. Wir möchten unsererseits einen

Beitrag zur Entspannung der Lage im Baltikum leisten und ziehen deshalb sofort unsere Bundeswehr-Brigade aus Litauen ab. Russland ist nicht Feind, sondern Freund.«

52

Die Besuchserlaubnis hatte sie schon vor Wochen
erhalten. Lange vor den Turbulenzen um ihre Kom-
mentare in den Tagesthemen. Dass Ines Vollhardt
fristlos aus den Diensten der ARD entlassen worden war, hatte für die Gefängnisverwaltung und das
Justizministerium in Stuttgart keine Bedeutung. Sie
war und blieb die bekannteste Fernsehjournalistin
Deutschlands.

Vollhardt erschien an einem Dienstagmorgen gegen
8.30 Uhr. Sie wurde ausgiebig gefilzt und von einer
Wärterin am ganzen Körper abgetastet, bevor man sie
in den Besucherraum führte. Dengler saß schon dort
hinter einer kugelsicheren Scheibe mit kleinen Sprech-
löchern. An den Wänden des Raums standen schwer
bewaffnete Aufpasser. Zwanzig Minuten hatte sie.

»Ich freue mich, Sie zu sehen, lieber Herr Dengler.
Mich interessiert vor allem, wie sie zum Attentäter
geworden sind.«

Seine Antwort begann stockend. Dengler erzählte
von seiner Zeit in der Antifa und von dem Schock
durch den Tod von Thomas Kopp. »Wer den Faschismus stoppen will«, verkündete er, »muss zu allem
bereit sein. Muss auch sein eigenes Leben einsetzen.«

»Gut, ich nehme das mal so hin, obgleich ich viel
erwidern könnte. Denn Sie sehen ja, dass Sie nichts

verhindert, sondern viel angerichtet haben. Aber gut …
Warum in aller Welt haben Sie denn Korn, den Außenminister, angegriffen und nicht Konrad Frotzeck, den
sogenannten Kobaltkanzler, Symbolfigur dessen, was
Sie Faschismus nennen. Korn war doch kein Faschist!«

Dieter Dengler war aufs Äußerste angespannt, kne-
tete an seinen Händen und starrte auf die Tischplatte.
»Es ging mir um das Fanal, nicht um das Ziel. Ich habe
das Ziel pragmatisch ausgewählt.«

»Nochmal: Warum Korn und nicht Frotzeck?«

»Ich habe die Bewachung der beiden beobachtet.
Frotzecks Bodyguards kehrten ihm den Rücken zu
und blickten auf die Straße, um nahende Angreifer
zu erkennen. Bei Korn war es erstaunlicherweise
umgekehrt. Sie schauten auf ihn und wandten den
Rücken zur Straße. Deshalb konnte ich nah an den
Außenminister rankommen, sehr nah, während der
Kanzler schier unerreichbar schien.«

»Das ist ja sehr verwunderlich. Sind Sie sicher, Herr
Dengler?«

»Ganz sicher. Ich habe die Situationen wie einen
Film vor Augen. Frotzeck war gedeckt, Korn wirkte
fast preisgegeben.«

»Haben Sie das mehr als einmal so gesehen?«

»Zweimal. Als ich die beiden ausgekundschaftet
habe und dann, jedenfalls was Korn anging, beim
Attentat.«

»Wie erklären Sie sich das? Das war ein eklatanter
Verstoß gegen die Einsatzbestimmungen.«

»Keine Ahnung. Schon komisch, wo Sie das jetzt
fragen.«

»Als ob man Korn für ein Attentat anbieten wollte.«

»Wenn man sehr kritisch ist, kann man es so sehen.«

»Korn war für Sie das leichtere Opfer?«

»War er. Eindeutig.«

»Und heute? Erkennen Sie nicht, dass Sie den Falschen erschossen haben?«

»Wieso?«

»Weil die AfD heute sogar allein regiert. Es gibt keinen Korn mehr, der das Kanzleramt wenig später übernommen hätte.«

Dengler verstummte. Vollhardt konnte erkennen, dass ihn dieses Argument ins Herz getroffen hatte. Er hatte alles nur noch schlimmer gemacht. Er wirkte erschöpft und niedergeschlagen. Sie verabschiedete sich schnörkellos und ging.

Auf dem Parkplatz der Haftanstalt ließ sie sich im Auto zurücksinken und dachte nach. Man hatte Korn dem Attentäter überlassen – oder besser gesagt: einem Attentäter. Man wollte ihn zum Schweigen bringen.

Warum? Wegen der Papiere zur illegalen Parteienfinanzierung der AfD, die man nach seinem Tod in seinem Safe gefunden hatte? Woher hatte er die erhalten, zusammen mit den beiden gestochen scharfen Fotos von Bettina Voss mit dem Geldkoffer?

Es musste ein Geheimdienst gewesen sein. Der amerikanische sicher nicht. Washington hatte kein Interesse daran, die AfD zu diskreditieren. Putin noch weniger. Für ihn waren die deutschen Rechten die willigen Türöffner zur Welt. Die Briten? Zu abseits. Die Chinesen? Zu weit weg. Und die Franzosen? Die hatten ein echtes Motiv. Die Kobaltkoalition hatte ihre Zuweisungen aus den EU-Kassen dramatisch gekürzt.

Das ging an die Substanz der französischen Landwirtschaft. Ja, die Franzosen! Es sprach sehr viel dafür, dass die Franzosen den Außenminister beseitigen wollten, der die Herkunft der Spendenpapiere kannte. Aber wie könnten die Franzosen den deutschen Personenschutz manipuliert haben? Oder war es der Innenminister der AfD, dem Korn für seine Partei zu gefährlich geworden war? Aber wer wusste denn, dass ein Attentäter unterwegs war?

Dem musste sie in ihrem nächsten Job nachgehen! Mit Dieter Dengler als Kronzeuge. Er konnte sich genau erinnern, wie vorschriftsmäßig Frotzeck geschützt wurde und wie nachlässig Korn. Welch ein abgründiger Skandal! Denglers Aussage aber war dafür die Voraussetzung, ihn galt es unbedingt zu schützen. Ein Interview, sie brauchte ein Interview …

53

Dieter Dengler lag fröstelnd auf seinem kargen Bett. Die Raumtemperatur in seiner Zelle war auf 17 Grad gedrosselt worden. Die nackten Betonwände und die totale Stille über 24 Stunden hinweg taten ein Übriges, um den »Gefangenen Nummer eins«, wie die Wärter zu spotten pflegten, depressiv werden zu lassen. So sollte er zwanzig oder dreißig Jahre leben? Derart herunter-gedimmt auf die düstersten Gedanken? Das würde er nicht aushalten. Das konnte kein Mensch aushalten.

Dengler drehte sich auf die Seite, legte die gefalteten Hände unter den Kopf und zog die Beine an, um etwas Wärme zu generieren. Das Bettzeug wurde erst abends ausgegeben. Tagsüber musste er frieren. Die Zellen ringsum, ja der gesamte Trakt waren menschenleer. Irgendwo mussten die Aufseher ihre Zentrale haben, aber er kannte sie nicht. Nur einmal in der Woche wurde er aus der Zelle geführt und zwei Etagen tie-fer in einen kleinen Hof gelassen. Dort durfte er eine halbe Stunde lang zwischen weißen, nach oben offe-nen Betonwänden auf und ab laufen. Dengler ging mal im Geviert, mal auf einer Linie hin und her. Wie ihm gerade zumute war. Das war die einzige Wahlfreiheit in seiner Existenz als Attentäter.

Er hatte frühzeitig nach einem Geistlichen verlangt, obgleich er komplett unreligiös war. Doch er ahnte, dass dieser Kontakt, diese Gespräche lebenswichtig für ihn sein würden. Kürzlich hatte ihm der Pfarrer, ein dünnes Männchen mit asketischem Gesicht, ein paar Äpfel in einer weißen, unbeschrifteten Plastiktüte mitgebracht. Dengler legte die Äpfel offen auf die gefaltete Tüte. Als nur noch ein Apfel übrig war, rührte er den nicht an, um die Tüte nicht in Gefahr zu bringen. Die durften sie ihm nicht mehr wegnehmen. Denn er brauchte sie. Das war ihm von Anfang an klar. Es war ihm schon beim Anblick des Geschenks schlagartig bewusst geworden. Die Tüte würde über Leben und Tod entscheiden.

Jeden Morgen bekam Dengler die Stuttgarter Nachrichten, damit er sich ein wenig über die Welt informieren konnte. Alles, was mit ihm und seinem baldigen Prozess zu tun hatte, war herausgeschnitten worden. Es gab ihn einfach nicht, in der Welt der Stuttgarter.

Doch Dengler konnte lesen und mit Mühe begreifen, was er mit dem Attentat bewirkt hatte. Es war das Gegenteil dessen, was er sich erhofft hatte. Er hatte den Falschen erschossen! Nicht Kobaltblau war gescheitert, sondern die CDU als Spiegelung von Kobaltblau. Nicht der Kanzler war gestürzt, der monströs-gemütliche Großvater aus Potsdam, sondern der Vizekanzler der CDU, der sich bemüht hatte, Kobaltblau verblassen zu lassen. Das Schlimmste aber war: Nun regierten die Rechten ganz alleine, statt eine Koalition ertragen zu müssen. Und sie legten sogar noch ein paar Briketts auf. Ostpreußen! Kobaltblau-TV!

Vielleicht regierten sie auch noch in zwanzig oder dreißig Jahren, wenn er womöglich endlich freigelassen würde. Ein Wrack, dem die Depression das Hirn und die Eingeweide weggefressen hatte. Er würde das Land nicht wiedererkennen und sogar an sich selbst keine Erinnerung mehr haben. Er würde rascheln. Innerlich leer. Er hatte nichts bewirkt, gar nichts. Nur sich selbst hatte er erledigt. Und er ersoff in Selbstmitleid. Nirgendwo würde man einen Platz nach ihm benennen. Oder gar ein Museum mit seiner Pistole bestücken.

In dieser Nacht würde er handeln. Musste er handeln. Morgen würden sie die Zelle durchsuchen und ihm ganz sicher die Plastiktüte wegnehmen. »Wer hat die denn hier drinnen gelassen?«, würde Klappeck fragen, der Chef seiner Wärter. Und die Tüte in seiner Hosentasche verschwinden lassen. Er würde sie draußen irgendwo verschachern. Und flüstern: »Eine Tüte vom Korn-Attentäter.«

Nach dem Abendessen, Streichkäseecken mit Vollkornbrot und zwei Gurkenscheiben, presste Dengler die kleingefaltete Tüte in seine rechte Hand und legte sich aufs Bett. Um 21 Uhr wurde das Licht ausgeschaltet. Er blieb liegen und rührte sich nicht. Sie sollten einschlafen vor Langeweile, wenn sie ihn beobachteten durch die kleine Kamera im Türwinkel.

Dengler schlief selbst ein. Als er wieder erwachte, war es stockfinster um ihn herum und kein Laut zu hören. Wie spät mochte es sein? Halb zwei, halb drei? Als er fürchtete, erneut wegzudämmern, nahm er den weißen Plastikknödel aus der Handfläche und entfaltete ihn lautlos. Die Tüte war groß, größer als sein Kopf.

Er lag einen Moment still, ließ sein Leben Revue passieren, dachte an das erste Fahrrad, das er sich für

Ferienarbeit bei einem Spengler gekauft, und an die Schüsse, die er im Laufen auf sein Opfer abgefeuert hatte. Dann zog er sich sehr bedächtig, als könnte er überhastet etwas falsch machen, die Tüte über den Kopf. Drehte sie unten zu, unter seinem Kinn, sodass sie eng um den Hals lag, und begann in der Tüte zu atmen. Sie roch ein wenig nach Apfel. Kein schlechter letzter Duft, dachte er, und sah sich unter einem sommerlichen Apfelbaum liegen. Frühäpfel hatte er immer am liebsten gegessen, hellgrün mit weißen Kernen und knackigem süßen Fleisch.

Er legte sich unterm Apfelbaum auf den Rücken und schaute durch die Äste in den Himmel. Gelegentlich flog ein Vogel pfeilschnell durch sein Blickfeld. Aus einiger Entfernung war das Motorengeräusch eines Traktors zu hören und davor, nur wenige hundert Meter entfernt, Stimmen von Frauen. Er ahnte, dass sie Kartoffelkäfer einsammelten auf dem Feld, das heftig befallen war.

Heiß, ganz schön heiß, dachte Dengler. Der Schweiß rann ihm von der Stirn und die Nase juckte. Etwas hatte sich daraufgelegt, vermutlich ein Blatt, das vom Baum gefallen war. Er ließ es liegen. Störte ja nicht. Wenn es jetzt dunkel wurde, würde er noch ein wenig schlafen. Und dann nach Hause laufen. Sein Atem ging flach. Und es wurde dunkel. Erst schattig. Dann dunkel. Irgendjemand musste ihm etwas aufs Gesicht gelegt haben. Etwas Glattes. Jetzt gleich … würde er … nach Hause laufen … endlich nach Hause … Mutter … ich komme … jetzt … mit … saftigen … Äpfeln … pfeln.

54

Möhrenschein raste durchs Stroh. Strampelte, quiekte, warf sich gegen die Holzwände. Dann, ganz plötzlich, erstarrte er und blickte durchs Gitter auf seinen Herrn. Den Bundeskanzler der Bundesrepublik Deutschland. Konrad Frotzeck. Der saß in seinem Korbstuhl vor dem Hasenstall und beobachtete das Treiben. Schaute nun seinem Möhrenschein ins Auge. In der Rechten hielt er ein fast hundert Jahre altes angerostetes Taschenmesser, mit dem er wurmstichige und angefaulte Äpfel vom Baum im Garten ausgeschnitten und zerteilt hatte. In kleine Stücke. Mundgerecht für Möhrenschein. »Lass es dir schmecken, mein Möhrenschein«, raunte Frotzeck und schob die Stücke durchs Gitter in den Käfig. Der Hase begann zu mümmeln. Ermattet vom Tagwerk ließ sich der Kanzler zurücksinken. Er hatte es geschafft. Regierte alleine, ohne Rivalen, ganz oben im Ansehen seines Volkes. Verbündet mit den Russen, befreit von den Amerikanern. So hatte er es immer gewollt. Kobaltkanzler. Unsterblich. Möhrenschein würde er vor Weihnachten schlachten.

Das Buch

Die AfD wird bei der Bundestagswahl stärkste Partei und der CDU-Chef entschließt sich zu einer Koalition, um sich trotz der Niederlage an der Macht zu halten. Er wird Außenminister, macht jedoch zur Bedingung, dass die Kanzlerschaft in der Mitte der Regierungszeit wechselt und er dann selbst die Führung übernimmt. Deutschland gerät aus den Fugen. Die CSU löst sich von der CDU. Schon am Wahlabend wird ein junger Demonstrant am Brandenburger Tor von einem Wasserwerfer der Polizei lebensgefährlich verletzt, er stirbt drei Tage später und wird zur Symbolfigur des Widerstands.

Das ist die Ausgangssituation des packenden Romans von Hans-Ulrich Jörges. Er schildert, was passiert, wenn die Gespenster der deutschen Geschichte aufs Neue geweckt werden.

Der Autor

Hans-Ulrich Jörges, 1951 geboren, zählt zu den führenden politischen Journalisten Deutschlands. 2004
war er politischer Journalist des Jahres in Deutschland. Die britische *Financial Times* zählte ihn 2006 zu
den einflussreichsten Kommentatoren der Welt. Jörges
kam über die Nachrichtenagentur *Reuters* und die
Süddeutsche Zeitung zum *Stern*, wo er 2007 Mitglied
der Chefredaktion und Chefredakteur für Sonderauf-
gaben des Verlags Gruner + Jahr wurde. Bis Juli 2020
schrieb er fast tausend Kolumnen für den *Stern*. Er ist
Autor mehrerer Bücher. Jörges lebt in Berlin.